Michael Rodewald

GOLEM – Die Künstliche Intelligenz:

Die Welt der Schöpfer

AF190277

Vorwort

Im Jahr 10.003 steht die Menschheit an einem Wendepunkt: Wird die United States of Planets (USOP) die Herausforderung bestehen oder steht den Menschen und ihren hochentwickelten, humanoiden Androiden eine Besatzung durch ein Maschinenimperium bevor?

Die Leser/innen erwartet ungewöhnliche Erlebnisse der Hauptfiguren und manch einer ist am Ende nicht mehr das, was er einst war - unwiderruflich verändert durch grenzüberschreitende Erfahrungen.

Doch die Kraft der Liebe weist auch hier einen Weg und die wahren Helden des Alltags sind, wie so häufig, die, von denen man es nicht offen weiß.

Thriller Fortsetzung von "Das Verborgene Imperium"

Weitere Infos unter → www.michael-rodewald-autor.de

Quelle Titelbilder:
Lizenzen:
Adobe Stock Fotos
www.Pixabay.de
Public Domain Creative Commons CC0

Herstellung und Verlag: BoD – Books on Demand,
Norderstedt
ISBN: 978-3-7519-3771-9

Inhaltsverzeichnis

Kapitel 1 Umwälzungen

Planet Erde, Town of Planets, April 10.003

Wo mochte Golem jetzt wohl sein – wie ging es ihm? Lew Romanow sah lange in den Nachthimmel und dachte über diesen ungewöhnlichen Androiden nach, der die Menschheit schon seit tausenden von Jahren begleitete.

Mitten in der Nacht war er aufgewacht - es war, als hätte ihn jemand gerufen und die Worte "mein Freund" klangen noch in ihm nach. Golem, war ihm sofort in den Sinn gekommen ... es ist Golem und er lebt ... und dann formte sich im halbwachen Zustand plötzlich das Wort "Aither".

Es war immer noch etwas ungewohnt, Golem als Freund zu betrachten, stellte Romanow fest. Der Androide hatte zu Beginn des Jahres in einem privaten Treffen viel von sich offenbart und einen Moment lang schienen sie sich plötzlich wortlos zu verstehen. Er hatte sich damals unwillkürlich gefragt, wie es wohl sein mochte, zu kommunizieren, so wie es Golem jederzeit mit Athena oder anderen Androiden möglich war. Und dann war dieser Gedanke wie aus dem Nichts heraus aufgetaucht: "Genauso ... und anders". Hatte Golem tatsächlich seine Frage erkannt und ihm geantwortet? Er hatte es als unwahrscheinlich verworfen. Aber jetzt?

Romanow erkannte, dass sich zwischen ihm und Golem ein Band geknüpft hatte, das er in dieser Form noch nicht erlebt hatte. Dabei war der Androide einst ein übermächtiger Gegner gewesen, was sich erst nach der Entfernung des Schadprogramms im Jahr 10.000 geändert hatte. Wie er heute wusste, begann sich Golem danach als Persönlichkeit neu zu erleben. Knapp zwei Jahre präsentierte er sich als ruhiger, effizienter Berater der Menschheit im

Hintergrund. Dabei versuchte er sich auch in einer Beziehung mit einer Frau, die allerdings nur kurze Zeit hielt und vor seiner Abreise hatte Golem begonnen, auf beeindruckende, wenn auch etwas theatralische Art mehr von sich zu zeigen. Anfang des Jahres war er mit der hochriskanten Mission Phönix zum Planeten 9 gestartet. Viele Gouverneure waren danach allzu schnell bereit gewesen, Golem schon nach zwei Monaten abzuschreiben und für tot zu erklären, um den Nachfolger, die junge KI Golem 2, zu nominieren. Das hatte ihn schwer enttäuscht und wütend hinterlassen, erinnerte sich Romanow. Glücklicherweise machte der Peilsender in Golems Gleiter allen einen Strich durch die Rechnung, da er wieder sendete und damit war alles aufgeschoben. Seit Monaten hatte niemand etwas von Golem gehört und er freute sich plötzlich, dass er derjenige war, der ein Lebenszeichen von ihm erhalten hatte. Ja, dachte Romanow, er schätzte Golem sehr und mochte ihn irgendwie, diesen klugen und wagemutigen Androiden, der sich zu seiner Verbundenheit mit den Menschen bekannte und sogar bereit war, sich um eine Beziehung mit ihnen zu bemühen.

"Mein Freund" ... war da vielleicht noch mehr? Romanow wartete eine Zeitlang und spitzte seine "inneren Ohren" – nichts.

Seufzend wandte er sich um und sah, dass Isis wach geworden war und barfuß zu ihm kam. Ihr Nachtgewand aus Seide umschmeichelte ihren wunderbaren Körper, und ihre schönen, meerblauen Augen sahen fragend zu ihm auf.

"Du kannst nicht schlafen?"

Romanow umfasste ihre Hüfte und zog sie still an sich. In den Nachthimmel hinausschauend erzählte er ihr von der Botschaft.

"Das ist wirklich bemerkenswert, Liebster", entgegnete Isis. "Das ist eine besondere Verbindung, die zwischen dir und Golem besteht. Du, mein Ehemann, bist ungewöhnlich."

Isis stellte sich auf die Zehenspitzen, um ihn innig und mit einem Verlangen zu küssen, dem er gerne nachgab.

"Mein Engel", brummte Romanow, während er in ihren vollen, roten Lippen versank und ihre langen, blondgelockten Haare durchwühlte. So wie zu Beginn ihrer Beziehung wollte er sie immer noch mit Haut und Haaren, dieses unglaubliche Wesen, das er sich menschlicher nicht hätte vorstellen können ... und doch war sie es nicht. Ihr feiner Duft, den ihre Haut auszuströmen schien, zog ihn unwiderstehlich an, die Zartheit ihrer samtweichen Haut, die er nicht müde wurde, zu küssen und zu liebkosen, bis sie sich unter seinen Händen wand und ihm Gleiches mit Gleichem entgalt.

Irgendwo zwischen Himmel und Erde übernahm er die Führung und genoss ihre Ekstase, die sie - auf andere Weise als er, wie er mittlerweile wusste - empfand, das Aufbäumen ihres Körpers und ihre Laute, als er dann der Vollendung entgegenstrebte. Im Anschluss rollte er sich neben sie, sie mit sich ziehend und, noch ineinander verschlungen, sahen sie sich an.

Sanft strich er ihr eine Locke aus dem Gesicht und lächelte zufrieden: "Das war galaktisch!"

Isis schien aus innen heraus zu leuchten, dachte er nicht zum ersten Mal. Er liebte es, sie so zu erleben und sie wiederum fand Genuss an seinem erhitzten, feuchten Körper.

"Das kitzelt", lachte er plötzlich und hielt ihre Hand fest. "Hör auf damit!"

Und nach ein wenig Neckerei kamen sie schließlich zur Ruhe und, Arm in Arm liegend, schlief Romanow ein.

Der Friedensvertrag mit Atlas war nur vordergründig geschlossen worden mit der Absicht, eine stabile und friedliche Basis zu Poseidon und dem Imperium Atlas in der Zwerggalaxie als Absicherung aufzubauen, sollte es nicht gelingen, den sogenannten Schöpfern im Verlauf von zwei Jahren auf dem Planeten 9 im irdischen Sonnensystem gegenüberzutreten. Denn danach unterstanden sie Poseidons überlegenem Maschinenimperium, das den Auftrag der Schöpfer hatte, sie in ihrer Entwicklung weiter zu begleiten, bis sie ein Niveau auf Augenhöhe erreicht hatten.

Von diesen zwei Jahren war mittlerweile ein Jahr vergangen. Der Plan, Poseidon mit einem Emotionsprogramm zu infizieren, das eine Sympathie gegenüber der Menschheit und ihren Androiden verstärkte und gleichzeitig Aggressionen unterdrückte, war aufgegangen. Poseidon hatte Gefallen daran gefunden und sonnte sich zufrieden in der Anerkennung und Aufmerksamkeit, die er bei seinen Besuchen erhielt. Auf seinen Wunsch hin hatten die Androiden in den Konsulaten und in der oberen Kommandostruktur das Programm ebenfalls erhalten.

Es existierten mittlerweile atlantische Konsulate auf allen bewohnten Planeten sowie eine Botschaft auf Last Hope, Andromeda, mit dem Androiden Ben Smith, Ex-Präsident der USOP, in seiner neuen Eigenschaft als Botschafter von Atlas. Das hatte zuerst für eine offen geäußerte Verstimmung gesorgt, die erst verstummte, als der Presse offenbart wurde, dass Smith nicht, wie damals angenommen, als Spion geflohen war. Zusammen mit der First Lady hatte er seine Existenz in geheimer Mission für die

Menschen der USOP aufs Spiel gesetzt und damit den Friedensvertrag mit Atlas überhaupt erst möglich gemacht. Danach wurde er, ebenso wie Mrs. Romanow, als Held gefeiert und war rehabilitiert.

Dennoch war Ben Smith selbst nicht zufrieden. Sicher, ihm wurde erneut viel Anerkennung und Respekt entgegengebracht und die alten Kontakte aus der Zeit seiner Präsidentschaft klopften allmählich wieder an. Doch er hatte ursprünglich entschieden, auf Atlas zu bleiben und dort Fuß zu fassen, da er sich eher in der Maschinenwelt zu Hause fühlte. Aber stattdessen – welche Ironie des Schicksals – hatte ihn Poseidon in hoher Stellung wieder zurückgeschickt! Nun befand er sich auf Last Hope, hatte ein eigenes Raumschiff und Bedienstete zu seiner Verfügung – aber er war allein und fern von seiner Wahlheimat. Über den eingerichteten Terminal schickte Smith jeden Tag einen kurzen Bericht an Poseidon, der sich ab und zu meldete, wenn er es wollte. Ansonsten saß er im Andromeda Nebel auf ungewisse Zeit fest.

Die Bevölkerung auf den Planeten in der Milchstraße und im Andromeda Nebel schien den Friedensvertrag zu begrüßen – hatte er doch das Ende eines Schreckens versprochen, der nach dem Erstkontakt mit Atlas wie eine dunkle Wolke über ihnen gegangen hatte.

Von all dem unbeeindruckt ging die Forschung ununterbrochen weiter. Allerdings blieben die Erfolge scheinbar aus, denn nach den großen Treffern zu Beginn ging es nur in minimalen Schritten vorwärts.

Poseidon hatte sein Versprechen gehalten und eine Apparatur zur Verfügung gestellt, die Gegenstände zu weit entfernten Orten teleportierte. Damit war das Geheimnis des Transports von Smiths Körper in das Artefakt gelöst und wie er sein Plasmagehirn zurückerhalten hatte. Andererseits war das Know-How dahinter völlig unbekannt und zur großen Überraschung der irdischen Wissenschaftler stellte sich bald heraus, dass selbst Poseidon nichts über die technologische Grundlage der Apparatur wusste. Nachdem man zuerst geglaubt hatte, er weigerte sich, kristallisierte sich jedoch schnell heraus, dass er nur die Apparatur bedienen konnte. Bei einem Versuch, eines dieser Geräte zu öffnen, um hinter das Geheimnis zu kommen, waren unglücklicherweise zwei hochbegabte, junge Wissenschaftler ums Leben gekommen. Und damit hatte sich vorerst die Hoffnung zerschlagen, diese Technik tiefer zu erforschen, um sie zum Erreichen des Planeten 9 einzusetzen.

Ein Erfolg war bei der Aufrüstung der irdischen Raumschiffe zu vermelden. Der Transfer der Antriebstechnik war gelungen und es wurden die rasanten Beschleunigungen erzielt, so, wie sie die Atlanter kannten.

Allerdings war das nicht ganz uneigennützig geschehen – doch das fand man nur durch einen Zufall heraus. Denn Poseidon hatte einen kleinen, scheinbar funktionslosen Transmitter darin eingebunden, mit dem er sich im Ernstfall mit der Bord-KI verbinden konnte und so in der Lage war, die irdischen Raumschiffe komplett zu übernehmen. Chefwissenschaftler Justin Schwarz ließ sich etwas einfallen und verband diesen Transmitter mit einer speziellen, zweiten KI, die nur die Aufgabe hatte, seine Aktivität zu überwachen. Zwar konnte Poseidon so seinen Versuch starten, wurde dann aber von der zusätzlichen KI gestoppt. Davon durfte Poseidon jedoch nichts erfahren und es war einiger Aufwand nötig, um dieses Ziel zu erreichen.

Ein weiterer, anfangs vielversprechender Ansatz war, dass man nun die technischen Daten des Erweckungsstrahles kannte, den die KI-Neptun auf Atlas zur Welt der Schöpfer geschickt hatte. Trotzdem war es bisher nicht gelungen, noch einmal den gleichen Effekt zu bewirken. Und so war es mit einer ganzen Reihe von technisch beeindruckenden Optionen, die die Atlanter zwar anwandten, aber das eigentliche Know-How, das der Technologie zugrunde lag, war nicht bekannt und konnte aus eigener Kraft nicht ergründet werden. Auf Anfrage bei Poseidon erhielten sie stets die gleiche Antwort: "Das wurde uns von den Schöpfern zur Verfügung gestellt."

Die erneute Untersuchung des Artefakts auf der Erde zusammen mit atlantischen Androiden ergab nichts Neues. Es blieb bei dem, was alle schon wussten: Es handelte sich um ein uraltes Raumschiff der Atlanter. Allerdings hatten die Androiden bestätigt, dass die technischen Anlagen auf dem neuesten Stand waren und selbst Poseidon konnte einige Gerätschaften nicht einordnen.

Damit stellte sich die Frage: War jemand in all den Jahrtausenden unbemerkt an Bord dieses Schiffs gekommen und hatte es aufgerüstet? Es sah ganz danach aus. Letzten Endes war das Artefakt komplett abgeschirmt worden und durch die Technik der Teleportation waren diese Aktionen unbemerkt geblieben.

Nicht zuletzt beschäftigten sich die Wissenschaftler auch mit dem Wort "Aither". Aber es ergab sich nichts Weltbewegendes – eben ein Wort aus der griechischen Mythologie, nichts mehr und nichts weniger.

Trotz der vordergründigen Ruhe und der absoluten Geheimhaltung keimten in der Bevölkerung allmählich leise Gerüchte und Verschwörungstheorien auf.

Insgesamt wurden die atlantischen Androiden, zwar humanoid in der Gestalt, aber ansonsten von Kopf bis Fuß metallisch glänzend, misstrauisch beäugt. Viele Menschen, die schon vorher nicht mit Gleichstellungspolitik der First Lady einverstanden waren, fanden ihre Befürchtungen und Vorurteile bestätigt angesichts dieser wenig gefälligen Gestalten, die leicht arrogant und überheblich daherkamen.

Dimitrij Wolkow, der im Vorstand der größten Mediengesellschaft New News Today saß, ein inzwischen treuer Freund von Präsident Romanow und dessen Regierung, musste sich zurückhalten. Um seine Neutralität zu wahren, sah er sich nach einem Vorstandbeschluss gezwungen, den kritischen Stimmen mehr Raum zu geben.

Eines Tages hatte Athena Finn Schwarz in seinem Büro im Forschungszentrum der USOP abgeholt und sie waren mit einem Flugtaxi ins Restaurant zum Essen gefahren, um mal wieder zusammen etwas völlig anderes zu unternehmen.

"Das haben wir schon lange nicht mehr gemacht", merkte er fröhlich an, während er sein Sushi genüsslich verspeiste. Athena sah wie immer blendend aus, wenn sie sich dazu entschloss, ohne die USOP-Uniform herumzulaufen, dachte er nicht ohne Stolz. Ihre mahagonifarbenen Haare ihres Bobs fielen sanft auf die bloße Schulter ihres nackenfreien, schwarzen und figurbetonten Kleids. Sie waren zwar nicht verheiratet, aber er betrachtete sie als seine Frau und wusste, dass sie es genauso sah. Schwarz freute sich, dass sie mit ihm aß, um ihm Gesellschaft zu leisten, denn eine Nahrung benötigte sie nicht. Als sie das Essen beendet hatten nahm er ihre Hand.

"Jetzt erzähl doch mal genauer – du hast eine Nachricht von Isis erhalten?"

Athena hatte sich schon seit Monaten Sorgen um ihren Vater Golem gemacht und berichtete ihm erfreut, dass Romanow ein Lebenszeichen von ihm empfangen hatte.

"Du meinst wirklich, Golem hat ihm etwas gesendet und er hat die Botschaft erhalten?", kommentierte Schwarz nach einem Augenblick.

"Das ist für uns Androiden nicht ungewöhnlich", meinte Athena.

"Aber eine Botschaft von einem Androiden zum Menschen, Schatz, davon habe ich noch nicht gehört."

Athena sah ihn jetzt geduldig an, wie man ein unwissendes Kind betrachtet und so ergänzte er schnell: "Gut, es ist etwas anderes, wenn eine Intimität besteht, so, wie wir beide sie haben. Dann sieht man sich an und weiß, was der andere meint. Trotzdem kann ich keine Gedanken oder Nachrichten von dir empfangen", endete er und drückte liebevoll ihre Hand. "Und zwischen Romanow und Golem besteht ganz sicher keine solche Nähe."

"Isis meint, die beiden sind Freunde geworden."

"Er und Golem - Freunde? Da habe ich wohl etwas nicht mitbekommen", lachte Schwarz. "Bisher war er Golem gegenüber sehr misstrauisch eingestellt." Nach einem zweifelnden Blick fügte er an: "Wie dem auch sei – das ist in jedem Fall eine gute Nachricht. Ich freue mich für dich, Liebste."

Schwarz strahlte sie an und Athena erwiderte sein Lächeln auf ihre liebreizende Art, sodass er ihr einfach einen Kuss geben musste.

"Ich liebe dich unbändig", flüsterte er ihr ins Ohr.

Dann bestellte er für sie beide einen Wein und während sie darauf warteten, hörten sie unfreiwillig ein Gespräch einer neben ihnen sitzenden Gruppe mit.

"Mir gefällt das alles nicht", gab ein Mann aggressiv von sich. "Was soll das? Einen Friedensvertrag mit Androiden? Wie weit wollen wir noch sinken!"

"Du weißt doch, was sonst passiert wäre ... die sind uns haushoch überlegen."

"Schwachsinn", unterbrach er sofort. "Haben wir es denn überhaupt mal versucht? Angeblich wurden doch so viele Innovationen und Technologien in dem Jahr entwickelt wie noch nie. Und da soll nichts dabei gewesen sein, mit dem wir diesen metallenen Glatzköpfen Paroli bieten können?"

Es herrschte einen Moment Stille und Schwarz wagte einen kurzen Seitenblick auf die Gruppe. Er schätzte sie als Mitarbeiter einer Firma ein, die zusammen nach der Arbeit zum Essen gegangen waren.

"Ich kann diese neunmalklugen Roboter, die sich hier eine Überlegenheit anmaßen, nicht leiden, sage ich euch. Überhaupt halte ich nichts von Androiden, die meinen, sie stehen mit uns Menschen auf einer Stufe."

"Carl, du sprichst mir aus der Seele", schaltete sich ein anderer ein. "Die sind doch alle verrückt geworden. Maschinen, mit denen ich diskutieren soll ... was für ein Blödsinn. Der Androide in meinem Haus weiß, wo sein Platz ist und da soll er gefälligst auch bleiben. Soweit kommt es noch, dass ich auf ein, in Silikon verkleidetes, Stück Metall hören werde!"

Die Gruppe stimmte lautstark in sein Lachen ein.

"Erst haben die viele von uns getötet und von heute auf morgen, nachdem dieser weibliche Androide von Romanow eine Zeitlang auf Atlas war, ist die Presse plötzlich gleichgeschaltet. Da werden plötzlich Androiden als Helden bejubelt und als Nächstes erscheint der Glatzkopf auch noch als ehrenwerter Gast! Nirgendwo hörst du Kritik, nichts. Also wenn das nicht merkwürdig ist." Der Mann dämpfte jetzt seine Stimme, war aber immer noch für Schwarz deutlich hörbar.

"Ich sage euch, da stimmt was nicht! Da ist eine Verschwörung im Gange. Diese Androidin macht kein Geheimnis daraus, dass Maschinen den Menschen gleichgestellt werden sollen, das wissen wir alle. Wenn wir nicht aufpassen, werden wir in Nullkommanichts von Maschinen regiert."

"Hör mir damit auf!", protestierte ein anderer stöhnend. "Ich kriege heute Nacht noch Alpträume."

"Denkt doch mal nach", forderte jemand. "Immer mehr Androiden erscheinen plötzlich in Spitzenpositionen. Ich kenne eine Familie, da nimmt der Chauffeur, wohlgemerkt der C-h-a-u-f-f-e-u-r plötzlich an einer Ausbildung zum Flight Commander teil! Und on top: Stellt euch vor, die Tochter des Hauses trifft sich auch noch mit ihm, weil sie … mit ihm zusammen sein will!"

Er machte einen Moment lang eine Pause, um seine Empörung auszudrücken.

"Das ist doch komplett entartet", merkte ein anderer kopfschüttelnd an. "Wo soll das noch enden?"

Eine Weile diskutierte die Gruppe noch hin und her und erhob sich dann, um das Treffen zu beenden.

Zurück blieb ein stiller Schwarz, der unwillkürlich, und wie zum Schutz, seinen Arm um Athena gelegt hatte.

"Es tut mir leid, dass du das mit anhören musstest", meinte er schließlich bedrückt. "Es sieht so aus, als hätte Isis mehr Arbeit vor sich, als sie es sich selbst vorgestellt hatte."

"Isis hat eine Position, in der sie hofiert wird und die Stimmung in der Bevölkerung nicht mehr vollständig wahrnimmt", erwiderte Athena. "Daher ist es gut, wenn ich ihr diesen Eindruck übermittle."

"Ist das sinnvoll?", warf Schwarz ein. "Das ist ein sehr negativer Eindruck…"

"… der real existent ist", unterbrach ihn Athena bestimmt.

"Lass uns beim nächsten Familientreffen gemeinsam darüber diskutieren", schlug Schwarz vor. "Sie sollte damit nicht alleine sein. Ich will nicht, dass sie sich entmutigt fühlt."

Athena lächelte liebevoll: "Das ist sehr aufmerksam von dir, Finn. Dennoch werde ich den Vorgang senden und ihr deinen Vorschlag mitteilen."

Wenige Sekunden später sagte sie: "Isis freut sich über deine Idee. Wie wäre es mit dem nächsten Wochenende?"

"Wow", grinste Schwarz verblüfft. "Ich muss mit meinen Wünschen aufpassen, so schnell, wie die sich erfüllen! Tja, dann wäre ja alles geklärt."

Im Nationalen Sicherheitsrat und im Parlament, deren Mitglieder genau wussten, dass sich hinter dem öffentlichen Friedensvertrag eine tatsächliche Unterwerfung versteckte, die der strengsten Geheimhaltung unterlag, war die Stimmung angespannt und bedrückt.

Mr. Maxim Poppov, Leiter des Geheimdienstes der USOP, legte als Erstes seinen Bericht vor und bestätigte eine wachsende Unzufriedenheit in der Bevölkerung.

"Sind wir immer noch nicht vorangekommen? Diese Situation ist unhaltbar", stellte die Gouverneurin Claire Thomas vom Planeten Eden, Andromeda fest. "Wir können unsere Bevölkerung auf Dauer nicht belügen."

"Zumal tatsächlich Gerüchte die Runde machen, dass wir demnächst eine, von Maschinen geführte, Regierung haben! Sogar die Presse ist zurzeit auffällig zurückhaltend", berichtete der Gouverneur Zhang Tian von Last Hope.

"Dann die Dreistigkeit von Poseidon, uns diesen Transmitter in den Antrieben unterzujubeln", warf General Minho Zhu, Oberkommandierender der Streitkräfte, ein. "Unseren Dank an Mr. Schwarz, der uns vor diesem Übel bewahrt hat!"

"Wir stecken ganz schön in der Patsche. Es ist jetzt bereits September, das heißt, wir haben nur noch acht Monate Zeit", ließ jemand resigniert hören.

"Von Golem gibt es nach wie vor keine Nachricht", berichtete Stella Armstrong sachlich, Verteidigungsministerin und Vize-Präsidentin. Und mit einem schnellen Blick auf Romanow fügte sie an: "Der Peilsender sendet noch, also wird der Übertragung seiner Persönlichkeit nicht stattgegeben."

"Brauchen wir ihn überhaupt? Golem 2 leistet uns sehr gute Dienste", ließ Gouverneur Amar Nath vom Mars unzufrieden vernehmen.

Romanow schwieg mittlerweile bei solchen Aussagen erbittert. Er hatte hier nichts von seiner nächtlichen Wahrnehmung erzählt, wohl wissend, dass er nur belächelt worden wäre. Undankbarkeit ist der Welten Lohn, dachte er nur, was für ein passendes, altes Sprichwort! Stattdessen meldete er sich mit einem anderen Thema zu Wort: "Lassen Sie uns doch genauer beleuchten, was diese Unterwerfung in acht Monaten exakt für uns bedeutet. Im Prinzip ändert sich meiner Meinung nach nichts, denn Poseidon hat von den Schöpfern nur den Auftrag, uns in einen höheren Reifegrad zu begleiten. Er darf allenfalls im Notfall eingreifen."

Armstrong bat Golem 2 um seine Einschätzung, die Romanows Worte bestätigte: "Eine Anfrage an Poseidon, was wir nach seiner Machtübernahme zu erwarten haben, hatte als Antwort zur Folge, dass der Status Quo erhalten bleibt, bis ein noch zu definierendes Ziel erreicht ist."
Mittlerweile hatte sich bei den Mitgliedern des Nationalen Sicherheitsrats und des Parlaments der bedrückende Eindruck breitgemacht, dass man den Wettlauf mit der Zeit absehbar verlieren musste. In knapp einem Dreivierteljahr würde Poseidon endgültig und offiziell der Herrscher über drei Galaxien sein.
"Das ist alles schön und gut, Mr. President", rief Mrs. Young, Gouverneurin des Planeten Mond plötzlich vehement aus. "Doch wann werden wir diese Reife erreicht haben? Und was heißt das, wenn Poseidon davon spricht, dass wir nichts zu befürchten haben, wenn Zitat "wir nicht gegen Regeln verstoßen, die die Schöpfer festgelegt haben". Warum sagt uns Poseidon nicht, was genau damit gemeint ist? Oder sind wir nicht vielmehr der Willkür eines machthungrigen Androiden ausgeliefert? Ich sehe düstere Zeiten auf uns zukommen!"
Young sprach etwas aus, was sie alle dachten und Armstrong sah ernst in die Runde.
"Wir brauchen dringend gute Nachrichten, und das am besten noch gestern!"
Angesichts der zunehmenden Spannung gab sich Romanow einen Ruck. Ihm ging schon seit ein paar Tagen etwas im Kopf herum.
"Ich habe da einen Vorschlag", begann er langsam. "Ich werde alleine nach Atlas reisen und mit Poseidon persönlich sprechen, um diese Punkte zu klären. Dabei wird mich weder meine Frau noch Mr. Smith begleiten. Ich stimme Ihnen zu: Wir brauchen unbedingt Klarheit und

das ist das Ziel meiner Reise. Sind Sie damit einverstanden?"

Armstrong schaute ihn nachdenklich an und gab seinen Antrag in die Abstimmung. Die Reise wurde beschlossen und damit war die Sitzung beendet.

Am Abend erzählte Romanow Isis davon und, wie erwartet, war sie nicht darüber erfreut.

Verblüfft sah sie ihn an: "Du willst alleine reisen?!"

Romanow erwiderte fest: "Ja."

"Du weißt, dass entweder ich oder Ben immer dabei sind, wenn er uns hier besucht. Er ist nicht einfach zu händeln und wir beide können ihn am besten einschätzen."

"Das ist mir bewusst."

Isis musterte ihn unschlüssig an und fragte dann: "Warum?"

"Ich dachte schon, du fragst nie", lächelte er sie mit einem Zwinkern an. "Nach der guten Erfahrung mit Golem will ich es mit Poseidon versuchen", ihrem kritischen Blick begegnend. "Möglich, dass ich keinen Erfolg habe. Aber ich werde es versuchen."

"Und warum soll ich nicht mit dabei sein?", begehrte Isis hartnäckig auf.

"Ich will Poseidon allein und als Mensch begegnen. Es ist mehr eine Ahnung, aber bisher hat er uns Menschen vorrangig über euch Androiden wahrgenommen. Und das will ich ändern."

Isis war zwar, um es gelinde auszudrücken, verschnupft, dass er sie außen vorlassen wollte - aber nach einigem Hin und Her gab sie widerstrebend nach.

"Ich sehe, du bist nicht davon abzubringen", stellte sie schließlich kühl fest.

"Da hast du ganz recht", strahlte er sie an und zog sie zu sich. "Und jetzt gib mir einen Versöhnungskuss."

"Haben wir uns gestritten?"

Der Ton war zwar noch zurückweisend aber der Anflug eines Lächelns zeigte sich bereits und Romanow wusste, dass er gewonnen hatte.

Und so ersuchte der Präsident der USOP ganz offiziell über den Botschafter Ben Smith um eine Privataudienz mit Poseidon unter vier Augen.

Zwei Wochen hörte er nichts bis ein Dringlichkeitsruf hereinkam. Den Anruf überprüfend erkannte er, dass es sich um die Kennung von Poseidon, Planet Atlas, handelte. Endlich!

Romanow machte es sich bequem und ließ die Verbindung auf seinen Terminal schalten, durch den er Sichtkontakt hatte. Poseidons Stimme ertönte sofort bar jeder Höflichkeit: "Was soll einen Besuch Ihrer Person auf Atlas notwendig machen? Haben Sie etwa Schwierigkeiten, Ihre Bürger im Griff zu behalten?"

Schweigend sahen sie sich an. Natürlich hatte Poseidon von den aufkeimenden Unruhen erfahren, dachte Romanow. Bedauerlicherweise war emotional nichts in seiner Mimik erkennbar, denn er schien ihn ausdrucklos und unbewegt anzustarren.

"Sie sagen es, Poseidon", begann er ernst. "Ich will mit Ihnen besprechen, wie wir damit umgehen, denn einen Aufstand oder Krieg muss vermieden werden."

Poseidon erwiderte kalt: "Muss er das? Oder sollte ich nicht besser ein weiteres Exempel statuieren, damit endgültig Ruhe herrscht. Dieser Freundschaftsbund war Ihr Vorschlag, nicht meiner."

Romanow richtete sich auf und herrschte ihn jetzt an: "Sie reden immer wieder davon, dass Sie im Sinne Ihrer Schöpfer handeln. Ist das etwa der Auftrag, ein Exempel zu statuieren, sprich Menschen als Abschreckung zu töten? Wie viele dürfen es denn sein? 100, 1.000 oder besser gleich eine Million, damit Ruhe herrscht oder wie stellen Sie sich das vor? Ich kann Ihnen sagen, ich möchte nicht in Ihrer Haut stecken, wenn Sie Ihren Schöpfern gegenüberstehen. Denn entspricht ganz sicher nicht ihrer Anweisung!"

Romanow hatte bewusst diese Haltung eingenommen, denn Poseidon war ein Machtmensch und als solcher musste er sich erst seinen Platz bei ihm erobern.

Poseidon starrte ihn einen Moment an und erwiderte emotionslos: "Ich erwarte Sie und Isis in fünf Tagen auf Atlas. Die EARTH ONE sollte das dank unserer Technologie spielend schaffen."

Romanow sagte schnell: "Ich werde allein kommen."

Doch Poseidon sah ihn nur an und beendete das Gespräch.

Romanow atmete tief durch und zog Resümee. Der kleine Seitenhieb bezüglich der Technik hatte ihm gezeigt, dass Poseidon keine Gelegenheit auslassen würde, ihn seine Überlegenheit spüren zu lassen. Aber das hatte Isis auch schon berichtet. Das Gespräch würde fordernd werden doch sein Ziel war gesetzt.

Anschließend verabschiedete er sich von seiner Frau, informierte den Nationalen Sicherheitsrat und forderte die EARTH ONE, sein präsidiales Dienstfahrzeug, an.

Da er schon vorbereitet war, stieg er zehn Minuten später in seinen Gleiter und binnen kürzester Zeit landete er auf dem Mond im Hangar der des Flaggschiffs, das sofort den Start einleitete. Als er die Zentrale erreichte ging man gerade auf Warp und flog mit der höchstmöglichen Geschwindigkeit in Richtung Andromeda und weiter zur Zwerggalaxie, die den Planeten Atlas beherbergte.

An Bord herrschte eine nicht definierbare Spannung.

Die Besatzung wusste nur, dass es sich um eine Sonder-
mission handelte und der Planet Atlas so schnell wie möglich erreicht werden sollte. Außer dem Kommandanten
Leon Schneider war niemand in den Zweck der Reise ein-
geweiht und tatsächlich wurde Atlas in einer Rekordzeit
von 4 ½ Tagen erreicht.
Romanow ließ sich ausschleusen und wurde sofort per
Leitstrahl zum Regierungsgebäude gelenkt. Dort erwartete ihn bereits Poseidon, der ihn überraschend höflich
begrüßte.
Zusammen betraten sie das Gebäude und nach kurzer
Zeit erreichten sie einen kleinen Raum, der durch ein paar
interessante Hologramme anderer Welten sehr einladend
wirkte. Doch kaum hatte er sich auf den ihm zugewiese-
nen Stuhl gesetzt, begann Poseidon ohne Umschweife:
"Nun?!"
Dabei klang der scharfe Ton schon fast wie eine Drohung.
Romanow berichtete klar und sachlich, dass es genug
Menschen gab, die das Freundschaftsbündnis hinterfrag-
ten und sich mit dem Auftreten der atlantischen Androiden
unwohl fühlten. Einige Stimmen sprachen schon die un-
liebsame Wahrheit einer Besatzung und Maschinenherrschaft an. Darüber hinaus war es eine bedauerliche Tatsache, dass die Wissenschaftler nicht damit vorankamen,
eine Kontaktaufnahme mit den Schöpfern herzustellen.
Daher war absehbar mit einer Übernahme durch das Imperium Atlas zu rechnen.
"Und was erwarten Sie jetzt von mir? Sie wissen, dass ich
an die Anweisungen der Schöpfer gebunden bin." Poseidon sah ihn unbewegt an.
"Es herrschen einige Unklarheiten, was die Umsetzung
des Willens der Schöpfer angeht. Was genau verstehen
die unter einer "Begleitung"? In welcher Form soll das

geschehen – und mit wie viel technologischer Unterstützung? Wie sehen die Regeln exakt dafür aus?"

Romanow erkannte plötzlich, während er eine ganze Liste von Fragen vortrug, dass Poseidon selbst keine Antworten darauf hatte.

So schwieg er einen Moment, schaute dann ihn erstaunt und mit großen Augen an, um betont langsam zu sagen: "Soll ich Ihr Schweigen so verstehen, Poseidon, dass die Schöpfer Ihnen, der Nummer 1 und dem Oberbefehlshaber von Atlas und künftig auch von Andromeda und der Milchstraße keine klaren Anweisungen gegeben haben?" Punktlandung, dachte Romanow dabei zufrieden, das saß erst einmal.

Poseidon fühlte die bekannte Unzufriedenheit wieder einmal massiv in sich aufsteigen: War er für die Schöpfer nur ein niederer Erfüllungsgehilfe ihrer Macht ohne jede Mitsprache? Noch nicht einmal die Antworten auf all diese Fragen hatten sie ihm hinterlassen.

Es war das erste Mal, dass er ihm eine Emotion ansehen konnte, dachte Romanow interessiert. In Poseidon brodelte es förmlich. Obwohl dieser keinen Ton sagte, wusste er mit einem Mal, dass er auf Gold gestoßen war; hier befand sich seine Achillesferse. Poseidon war von den Schöpfern zwar eine mächtige Position gegeben worden, aber sie behandelten ihn nicht gleichwertig. Und dank des Emotionsprogramms war ihm, der die Macht einerseits so genoss und liebend gerne ausspielte, bewusst geworden, dass er andererseits für die Schöpfer nichts weiter war als das verlängerte Sprachrohr ihrer eigenen Macht.

"Ich habe einen Vorschlag, der uns beiden dienen könnte", begann Romanow, genau Poseidons Regungen beobachtend. "Wir werden gemeinsam daran arbeiten, die Schöpfer auf ihrem Planeten zu erreichen."

Romanow machte eine kleine Gedankenpause und erkannte, dass Poseidon ihm jetzt aufmerksam zuhörte.

"Wir erkennen an, dass Sie uns zukünftig als Oberbefehlshaber in unserer Entwicklung begleiten werden, aber wir wollen eine präzise Definition davon, wann genau dieser "Reifegrad" erreicht ist. Sollte uns also dieser Kontakt gelingen, ist es selbstverständlich Ihr Vorrecht, mit den Schöpfern persönlich und allein den Kontakt aufzunehmen. Alles Weitere entscheiden Sie."

Danach herrschte Stille, während Poseidon nicht mehr erkennen ließ, was in ihm vorging. Aber Romanow wusste, dass es in ihm arbeitete und wartete geduldig. Plötzlich öffnete sich die Tür und ein Androide erschien. Gleichzeitig erhob sich Poseidon: "Ich werde über Ihren Vorschlag nachdenken und Sie dann meine Entscheidung wissen lassen."

Mit einer Geste wies er auf den Androiden und Romanow erkannte leicht amüsiert, dass er wohl vorläufig entlassen war. Also folgte er dem Androiden, der ihn in eine Räumlichkeit führte, die eine Gästesuite darstellen sollte. Allerdings gab es hier keinerlei Kommunikationsmöglichkeiten und die EARTH ONE konnte er mit seinem Kommunikationsarmband ebenfalls nicht erreichen. Romanow ging an eine fensterähnliche Öffnung, durch die er auf den Planeten sehen konnte. Von hier aus waren die Parks erkennbar, die sich hinter dem Regierungsgebäude erstreckten. Alle waren sehr gepflegt aber es gab niemanden, der hier spazieren ging. Wurden sie bereitgehalten für eine mögliche Wiederkehr der Schöpfer?

Poseidon analysierte zunächst Romanow, den er bei seinen Besuchen auf der Erde und auf Atlas als höflich und eloquent aber auch als unter Isis stehend eingeordnet hatte. Er hatte ihn heute überrascht, stellte er fest, und das machte ihn interessant. Die Menschheit insgesamt gesehen war nach wie vor kaum der Beachtung wert, ihre Androiden schon eher. Aber dieser Mensch hatte ihm einen Vorschlag unterbreitet, der zu weiteren Analysen anregte.

Also verband er sich mit der KI-Neptun und sendete ihr den Gesprächsverlauf. Auch die atlantische KI war dem Emotionsprogramm ausgesetzt. Allerdings war die Wirkung insgesamt milder und so war sie in der letzten Zeit mehr und mehr zum persönlichen Berater von Poseidon geworden, eine Position, die Ben Smith einmal angestrebt hatte. Poseidon, den Wunsch durchaus erkennend, hatte das nicht zugelassen, denn diese Position stand einem menschlichen Androiden nicht zu, der künstlichen Lebensform einer unterlegenen Rasse.

Aber genau darin sah er jetzt einen Konflikt: Warum mussten erst so minderwertige Wesen kommen und ihm die Welt der Emotionen offenbaren? Wieso konnte er nicht die Schöpfer erreichen, wenn er es für richtig hielt? Und warum hatte er noch nicht mal bei der Erweckung der Schöpfer ein Mitspracherecht, sondern nur die KI-Neptun und ein winziges, in seinen Augen unbedeutendes, Emotionsprogramm? Andererseits sollte eine ganze Rasse in seine Obhut gegeben werden. Wollte er mit Härte und Abschreckung auftreten oder mit der Großzügigkeit eines Herrschers aus dem Hintergrund heraus, der sich so wenig wie möglich einmischte?

Diese ganzen Fragen und Gefühle der KI-Neptun übermittelnd wartete diese ab, bis in Poseidon ansatzweise so etwas wie eine Atempause eingekehrt war.

In die Stille hinein, die von keinen Auswertungen und hereinkommenden Informationen unterbrochen wurde, was beide im Laufe der letzten Monate bewusst geändert hatten, sendete Neptun: "Der Vorschlag des Präsidenten der Erde ist akzeptabel. Wir werden mit den Schöpfern Kontakt aufnehmen und sie werden unsere Fragen beantworten. Das Recht, das sich diese Menschen herausnehmen, uns hier zu besuchen und uns sprechen zu wollen - dieses Recht steht dir genauso zu. Wie soll der Auftrag der Schöpfer erfüllt werden, wenn viele Fragen offen sind? Da wir nicht selbst dazu in der Lage sind, spricht nichts dagegen, wenn wir die Menschen dafür einsetzen. Dir wurde zugesichert, dass du allein den Schöpfern gegenübertrittst und damit bleibt die Autoritätskette erhalten."

Insgesamt gesehen mussten beide anerkennen, dass die menschliche Rasse, trotz ihrer scheinbar hoffnungslosen Unterlegenheit doch so kreativ gewesen war, Waffen zu entwickeln, die ihre eigene Raumflotte empfindlich geschwächt hätte. Und unter Umständen waren sie in dem Wunsch, zu den Schöpfern zu gelangen mit einer Unterstützung aus Atlas genauso erfindungsreich. Ein Krieg mit dieser Rasse bedeutete deren Vernichtung und das war etwas, was die Schöpfer unmissverständlich zum Ausdruck gebracht hatten: Es kam auf keinen Fall in Frage.

Was Romanows Anliegen anging empfahl die KI Neptun: "Präsident Romanow scheint sehr einfallsreich zu sein und eine Besprechung mit ihm ist mit hoher Wahrscheinlichkeit erfolgsversprechend."

Allmählich kehrte in Poseidon die gewohnte Normalität ein und all die beunruhigenden Gefühle verschwanden.

Die Aussicht, dass er früher oder später den Schöpfern gegenüberstehen und eine angemessene Behandlung einfordern würde, erfüllte ihn mit einem Gefühl von tiefer Zufriedenheit. Er hatte den Schöpfern lange und gut gedient - sie konnten ihm seine Wünsche nicht verweigern. Außerdem mussten sie ihn als ebenbürtig ansehen, wenn er tatsächlich Auge in Auge vor ihnen stand. Schließlich war das das Angebot der Schöpfer an die Menschen gewesen – aber im Grunde sollte so eine Offerte nur ihm allein zustehen!

Poseidon ließ Romanow zu sich bringen und teilte ihm seine Entscheidung mit, dass er die Menschen darin unterstützen würde, einen Weg zu den Schöpfern zu finden. Danach setzten sie den inoffiziellen Vertrag auf, in dem er als Oberbefehlshaber der drei Galaxien von der USOP anerkannt wurde und besprachen, wie man eine planetare Beruhigung erreichen konnte. Letzten Endes war es eine schwierige Angelegenheit, da die ganze Wahrheit nicht offen ans Licht kommen durfte.

Einen wesentlichen Schwerpunkt sah Romanow in dem neuen, gemeinsamen Ziel, Planet 9 zu erreichen, was Atlas als sicheren Verbündeten der USOP ausweisen würde. Dann sollte die vielfältige und gute Zusammenarbeit zwischen beiden Völkern verstärkt hervorgehoben werden. Insgesamt gesehen waren es gezielte Informationen, die eine Offenheit vermitteln sollten, eine selektive Transparenz, die die Echtheit des Freundschaftsbunds in der Öffentlichkeit bestärken musste.

Gemeinsam fertigten sie einen weiteren, offiziellen Bündnisvertrag an, der dem Gesagten mehr Nachdruck verleihen musste und zeichneten eine Ansprache Poseidons an die Bürger der USOP auf. Nach mehreren Stunden begleitete Poseidon Romanow zurück zum Gleiter und verabschiedete ihn mit sichtbar mehr Respekt als zu Beginn ihres Treffens.

2. Kapitel Der Faktor Zeit

Schon während seines Rückflugs zur Erde berief Präsident Romanow eine Pressekonferenz ein. Und nach mehreren Tagen, als er in der Town of Planets eintraf, begrüßten ihn Stella Armstrong und seine Frau, um mit ihm zum Konferenzsaal zu gehen, in dem die Journalisten bereits auf sie warteten.

"Bürger und Bürgerinnen der USOP, im Rahmen eines intensiven Gesprächs mit unserem neuen Verbündeten Poseidon auf Atlas habe ich verschiedene Maßnahmen ausgehandelt. Uns ist nicht entgangen, dass in unseren Galaxien Unruhen entstanden sind, die wir beide, sowohl ich als auch Poseidon hoffen, entkräften zu können.

Obwohl diese, sehr technologisch orientierte Rasse uns überlegen ist, schätzt sie mittlerweile unsere Andersartigkeit und hat mir noch einmal bekräftigt, dass es nach dem Ablauf des Ultimatums, das uns von den Schöpfern gestellt wurde, zu keiner Bevormundung geschweige denn zu einer Diktatur kommen wird. Im Gegenteil: Poseidon ist an uns, unserer Kultur und an einem friedlichen Zusammenleben sehr interessiert und nach wie vor bereit, uns seine Technologien zur Verfügung zu stellen. Und nicht nur das: Er wird uns ab heute aktiv dabei unterstützen, den Weg zum Planeten 9 zu enthüllen."

"Das sind erstaunlich gute Nachrichten, Mr. President", warf eine Journalistin vom Mars ironisch ein. "Aber woher wissen Sie, dass Poseidon sein Wort halten wird? Wie Sie selbst gesagt haben: Er ist uns überlegen – warum sollte er uns anerkennen oder sich gar für uns interessieren?"

Romanow erwiderte ruhig den Blickkontakt. Diese Journalistin vom Mars, Maya Shan, war ihm schon einige Male aufgefallen: intelligent und sehr kritisch gegenüber einer

Emanzipation von Androiden eingestellt; insgesamt eine ehrgeizige, junge Frau mit Biss, die Karriere machen wollte.

"Warum sollte er das nicht?", gab er freundlich zurück. "Bedenken Sie, dass Atlas ebenso wie wir über Jahrtausende keinen Kontakt mit anderen, außerplanetarischen Rassen hatte. Nach unserem missglückten Erstkontakt erkannte Poseidon, dass gerade unser Anders-Sein reizvoll ist. Unser Gegensatz könnte kaum größer sein, wenn wir von der Existenz unserer Androiden mal absehen. Sie müssen bedenken: Er hatte noch nie Menschen erlebt – wir allerdings schon Androiden. Daher befinden sich mittlerweile viele Androiden von Atlas auf unseren Welten – um uns kennenzulernen."

"Ein Kennenlernen, das sich arrogant und überheblich gestaltet – eine sehr denkwürdige Art", gab Shan sofort zurück. "Viele Bürger fühlen Unbehagen angesichts der zunehmenden Menge an atlantischen Androiden auf dem Mars, die sich nicht gerade durch ihre Freundlichkeit und ihr einnehmendes Wesen auszeichnen."

Innerlich seufzte Romanow. Diese Shan war sehr hartnäckig aber sie sprach andererseits genau das an, was die Menschen bewegte. Isis gab ihm ein Zeichen, dass sie etwas sagen wollte und so nickte er.

"Lassen Sie mich aus meiner Warte dazu ein paar Worte sagen", begann sie ernst. "Sie wissen, dass ich ein Amt innehabe, das sich mit der Gleichstellung von künstlichen Intelligenzen in der USOP beschäftigt. Sie wissen auch, dass ich kein Mensch bin, wenn auch von menschlichem Aussehen. Ich bin in Ihre Gesellschaft sozusagen hineingeboren und so gestaltet worden, dass Sie sich, wie Miss Shan gerade so treffend ausgedrückt hat, mit mir wohl fühlen. Das alles trifft jedoch auf die Bewohner von Atlas nicht zu. Sie sind im wahrsten Sinne des Wortes ... anders! Sie haben keine Haut sondern ein metallenes Aussehen, keine Haare sondern ein silberglänzendes Haupt und eben auch ein anderes Auftreten. Wir verurteilen vorschnell aufgrund unserer eigenen Maßstäbe Mitglieder einer Art, die uns noch völlig fremd sind. Ist es Arroganz, mit der sie uns begegnen oder eher eine Zurückhaltung? Ist es Überheblichkeit oder eher eine Reserviertheit? Wir dürfen hier nicht allein unseren menschlichen Bewertungsmaßstab zur Beurteilung ihres Verhaltens anlegen. Ich bin der Meinung, wir sollten erheblich mehr Geduld mit unseren neuen Gästen haben und ihnen Zeit geben."

Romanow sah Shan an, dass sie trotz Isis gut durchdachter Ansprache noch nicht am Ende war und nach einem kurzen Augenkontakt mit Armstrong ergriff diese das Wort, ehe die Diskussion in eine unerwünschte Richtung abzugleiten begann.

"An dieser Stelle halte ich es für angebracht, herauszustellen", Armstrong sah gewichtig in die Runde, "dass unser Präsident mit Poseidon offiziell und formell einen verbindlichen Vertrag aufgesetzt hat, der bestätigt, dass Atlas uns auch nach Ablauf der zwei Jahre - also im Juli nächsten Jahres - nach wie vor als Begleiter und Verbündeter zur Verfügung steht! Dieser Vertrag kann von jedem Bürger jederzeit eingesehen werden. Das, Ladies and Gentlemen, ist ein weiterer, wichtiger Meilenstein in der Geschichte der Menschheit. Erst der Friedensvertrag und nun ein Abkommen, das uns ohne Wenn und Aber weiteren, technologischen Fortschritt und eine Zusammenarbeit zusichert. Doch kommen wir nun zur Ansprache von Poseidon, die auf Atlas aufgezeichnet wurde."

Auf dem wandgroßen Terminal zeigte sich Poseidon, dieses Mal – nach einem eindringlichen Hinweis von Romanow – mit einem freundlichen Lächeln.

"Bürger der USOP, wir freuen uns, Sie als neue Verbündete begrüßen zu dürfen! Atlas wähnte sich lange Zeit allein im Universum und – vorbereitet auf eine mögliche Invasion einer fremden Rasse – kam es zu einem Erstkontakt, den wir heute zutiefst bedauern."

Romanow dachte daran, wie lange er mit ihm daran gefeilt hatte. Diese Ansprache war entscheidend und so hatte er immer wieder eingegriffen und mit Poseidon darum gerungen, eine gewisse Grundfreundlichkeit und Emotionalität darzustellen, um das Vertrauen der Bürger in die Worte zu verstärken. Er hatte ihn mehrere Male daran erinnern müssen, dass es hier darum ging, Verschwörungstheoretikern die Grundlage zu entziehen und ein Vertrauen in die offiziellen Verträge aufzubauen. Ansonsten wäre die Ansprache wohl sehr viel nüchterner und befehlsgewohnter ausgefallen – was absolut kontraproduktiv gewesen wäre. Und wenn er sich die Gesichter der Journalisten ansah, dann hatte sich die Mühe gelohnt - die Rechnung schien aufzugehen. Wolkow war auch unter ihnen und später würde er ihm ein weiteres Interview geben.

"Ich habe entschieden, dass es für Atlas nur von Vorteil sein kann, Sie und Ihre Kultur intensiver kennenzulernen. Präsident Romanow war so freundlich, uns dazu einzuladen, die irdisch bewohnten Planeten jederzeit zu besuchen, was wir wahrnehmen wollen. Dasselbe gilt auch für Sie – wir begrüßen Ihren Wunsch, das atlantische Imperium kennenzulernen. Bitte wenden Sie sich für einen Besuch an unseren Botschafter auf Last Hope, Andromeda, Mr. Ben Smith. Ich sehe unserer weiteren

Zusammenarbeit und Begegnung mit Zuversicht entgegen. Danke für Ihre Aufmerksamkeit."

Im späteren Interview mit Dimitrij Wolkow von den New News Today stellten Romanow und Armstrong ausführlich die positiven Ergebnisse einer atlantischen Zusammenarbeit dar: das gemeinsame Ziel, den Planeten 9 zu erreichen, die bereits zur Verfügung gestellte Technologie, an denen sich die Wissenschaftler zum Teil noch die Zähne ausbissen, wie humorvoll anmerkt wurde und nicht zuletzt der Aspekt, dass die Menschheit mit Atlas die Gelegenheit bekam, Erfahrungen im Umgang mit einer fremden Rasse zu sammeln. Allein mit der enormen Geschwindigkeit, die die Raumschiffe dank Atlas jetzt erreichen konnten, war es nur noch eine Frage der Zeit, dass sie früher oder später auf neue und fremde Zivilisationen stoßen würden. Abschließend sprach Armstrong davon, dass sogar gemeinsame Flottenübungen angesetzt worden waren.

In der anschließenden, internen Besprechung berichtete Romanow Stella Armstrong von den Einzelheiten seines Treffens mit Poseidon.

"Ich habe mich schon gewundert, wie du Poseidon dazu bewegt hast, so eine Rede aufzuzeichnen", stellte Isis beeindruckt fest. "Das klang so gar nicht nach ihm."

"Wenn es nach ihm gegangen wäre, dann hätte die Rede das offengelegt, was Shan ansprach: Überheblich, arrogant und unterkühlt", erwiderte Romanow trocken. "Ja, es hat mich Nerven und Durchhaltevermögen gekostet — aber ich meine, wir können zufrieden sein."

"Gute Arbeit, Lew", sagte Armstrong anerkennend. "An der Stelle einen Dank an Sie, Mrs. Romanow. Wir werden unsere Bürger künftig mehr darauf einstimmen, Geduld mit unseren "Gästen" zu haben. Ich setze außerdem darauf, dass das Emotionsprogramm im Laufe der Zeit Wirkung zeigt, sodass sich das Verhalten der atlantischen Androiden den Menschen gegenüber allmählich ändert."

"Leider", gab Isis zu bedenken, "erschwert das Auftreten der Atlanter mein eigenes Anliegen. Wir haben jede Menge vielversprechender Androiden wie Han, der jetzt als Wissenschaftler für die USOP tätig ist – und wer hätte das jemals gedacht? Doch jetzt scheint mit den Atlantern auch der Widerstand dagegen zu wachsen, unseren Androiden überhaupt eine Chance geben zu wollen."

Armstrong lächelte Isis ermutigend an: "Nicht alle sind dieser Meinung, Mrs. Romanow. Und denken Sie an Ihre eigenen Worte: Dieser Prozess benötigt viel Zeit."

Am Abend saß Romanow mit Isis zusammen auf der Terrasse ihrer Suite. Es war ein herrlicher Abend und sie sprachen noch lange über Poseidon und sein Imperium.

"Dass du ihn zu dieser Rede überreden konntest – schade, dass ich das nicht miterlebt habe", sagte Isis gerade.

"Das hättest du mir nicht zugetraut, was?"

"Ehrlich gesagt – Nein", gab sie zu.

"Zugegeben, ich hatte manchmal das Gefühl, er springt mir gleich ins Gesicht", lachte Romanow. "Aber dann lenkte er doch noch ein."

"Interessant, dass er sein ganz ureigenes Interesse hat, mit den Schöpfern Kontakt aufzunehmen. Im Grunde kann ich ihn sogar verstehen. Sie haben keine sehr hohe Meinung von ihren Schöpfungen. Das wünscht er zu korrigieren."

"Zumindest legen sie Wert auf eine begrenzte Eigenständigkeit. Schade, dass wir nicht dabei sind, wenn sie ihn zu sehen bekommen!"

"Aber Golem ist vor Ort. Wir werden später noch erfahren, was sich ereignet hat."

Golem ... lebte er noch? Seit jener Nacht hatten weder er noch sonst jemand ein Zeichen von ihm empfangen. Nur der Peilsender blinkte fröhlich grün und verhinderte nach wie vor, dass Golem 2 seinen Upload mit Golems Persönlichkeit und seinen Erfahrungen erhielt.

Wieder einmal stellte Romanow fest, dass er diesen klugen Androiden vermisste. Der Doppelgänger gab zur Zufriedenheit vieler Gouverneure freundlich sein Bestes, war aber eher profillos und kam an das Original bei weitem nicht heran. Es fehlte die ureigene Persönlichkeit Golems, seine besondere Ausstrahlung und Originalität, die von dem Erlebnishorizonts einer KI herrührte, die die Menschheit seit Jahrtausenden begleitete.

Währenddessen hatte sich die Reporterin Maya Shan vom Mars Horizon mit ihren Kollegen zum Essen im Restaurant getroffen.

"Da stimmt etwas nicht – das rieche ich förmlich", sagte sie gerade.

Amüsiert warf ihr Kollege Peter Carstairs einen Blick zu. "Fängst du schon wieder mit deinen Verschwörungstheorien an, Maya? Ich denke, Romanow hat sie gut entkräftet."

"Blödsinn", entgegnete sie unwirsch. "Du hast doch Poseidon selbst erlebt, als er auf der Erde das erste Mal erschien. Hast du ihn jemals lächeln sehen? Mrs. Romanow wich ihm nicht von der Seite und das vermutlich nicht ohne Grund. Dieser Androide ist machtbesessen – Demokratie ist dem doch ein Fremdwort! Und diese Rede ist die reinste Farce, Peter. Das ist Romanows Werk!"

"Aber es gibt auch einen Vertrag", wandte ein anderer ein. "Ich habe ihn mir angeschaut – er ist einwandfrei."

"Was bedeutet ein Vertrag für eine Rasse, die uns überlegen ist? Muss sie ihn überhaupt einhalten? Vor welches Gericht willst du Poseidon denn stellen, wenn er es nicht tut, mmh?", fragte Shan süffisant lächelnd.

"Also, ich glaube Romanow. Er ist ein integrer Präsident, einer der Besten, die wir bisher hatten. Was sollte er für einen Grund haben, uns so zu hintergehen?", beharrte Carstairs.

"Hinter jedem starken Mann steht eine starke Frau", belehrte ihn Shan, "und in diesem Fall sehen wir auf Isis, eine Androidin. Na, klingelt es bei dir?"

"Ja, und?", entgegnete Carstairs ungerührt. "Gut, sie setzt sich für eine Gleichstellung von Androiden in unserer Gesellschaft ein. Die bisherigen Erfolge geben ihr sogar recht, das ist nicht von der Hand zu weisen, Maya. Allerdings streben weder sie noch er eine Maschinenherrschaft an. Das kannst du ihnen nicht unterstellen."

"Naja, ich sehe schon – du hast die rosa Brille fest aufgesetzt, Peter. Aber komm mir irgendwann nicht damit, dass du es nicht hast kommen sehen", erwiderte sie enerviert.

"Dann dieser Golem, der große Berater der Menschheit, den man seit Januar kaum noch sieht." Shan überlegte und fügte an: "Irgendwie wirkt er wie umgepolt, ohne jedes Charisma. Der war früher ganz anders."

Die Kollegen lachten und wechselten dann das Thema. Aber Shan gingen ihre eigenen Worte nicht mehr aus dem Kopf und so ersuchte sie am nächsten Tag ganz offiziell um ein Interview mit Golem. Einige Stunden später erhielt sie eine Ablehnung mit der Begründung, dass Golem zurzeit für andere Aufgaben benötigt wurde.

Auf die Nachricht sehend entschied Maya Shan, dass sie dem unbedingt nachgehen wollte. Hier war etwas faul - und sie würde herausfinden, was!

In den folgenden Tagen zeigte sich nach den ersten Umfragen, dass ca. 56 Prozent der Bevölkerung die Visite bei Poseidon als Erfolg ansahen. 20 Prozent hatten keine Meinung und der Rest beharrte auf seiner kritischen Haltung.

Im Nationalen Sicherheitsrat, der im Laufe der Woche wieder zusammenkam, wurden diese Ergebnisse besprochen. Immerhin war die Mehrheit beruhigt, wenn auch 24 Prozent der Bevölkerung nach wie vor skeptisch eingestellt war. Eine zu hohe Zahl, wie General Minho Zhu anmerkte. Die Forschungseinrichtungen der USOP wurden noch einmal mit Nachdruck darauf hingewiesen, alles zu unternehmen, was Erfolg versprach. Gelder sollten schnell und unbürokratisch fließen und eine Rücksicht auf Kosten musste nicht genommen werden.

In den nächsten zwei Monaten herrschte in der USOP eine fieberhafte Geschäftigkeit. Die atlantischen Androiden tauchten mit ihrem Wissen und technischen Geräten überall in den Instituten auf und unzählige, wertvolle Projekte erhielten einen starken Schub. Bald jagte eine Erfolgsmeldung die nächste - aber der Durchbruch in der einzigen Sache, die wirklich entscheidend für alle war, wurde nicht erzielt.

Poseidon auf Atlas erlebte in sich eine zunehmende Ungeduld. Er hatte fest damit gerechnet, dass das geballte Know-How der Atlanter und der USOP ausreichen würde – sollte sein Plan, den Schöpfern selbst gegenüber zu treten, etwa fehlschlagen?

Planet Mond / Mars

Die Journalistin Maya Shan vom Mars Horizon hatte schnell herausgefunden, dass Golem sich aller Wahrscheinlichkeit nach auf seinem Hauptsitz auf dem Mond befinden musste. Also ließ sie sich eine Woche beurlauben und machte sich kurzentschlossen auf die Reise zum Mond.

Dort angekommen nahm sie ein Flugtaxi zu einer Unterkunft in der Nähe des Hauptsitzes. Ihr war eingefallen, dass der Chefwissenschaftler der USOP, Mr. Schwarz, eine Koryphäe auf seinem Gebiet, eine eigene Forschungseinrichtung neben Golems Gebäude hatte. Da sie ihn auch schon mal interviewt hatte, wollte sie ihn kontaktieren.

Am nächsten Tag erschien sie am Empfang von Golems Stammsitz und gab an, mit Mr. Justin Schwarz einen Termin für ein Interview zu haben. Sie zeigte ihre Pressemarke vor, die sie als Journalistin vom Mars Horizon auswies und sagte, dass er sie gebeten habe, hier in der Empfangshalle auf ihn zu warten. Wenn er erschien, würde sie sich schon etwas einfallen lassen.

Eine Androidin ließ Shan ein und führte sie zu einer bequemen Lounge, in der sich zurzeit niemand aufhielt. Es war ein prachtvoller Empfangsaal, stellte sie bewundernd fest. Über ihr an der Decke sah sie die Galaxien Milchstraße und Andromeda Nebel und Abbilder von prachtvollen Dreiecken, von denen sie wusste, dass sie einst der Zeitsteuerung und Zeitkorrektur gedient hatten. Dort plätscherte ein Brunnen neben einer großen Apollo-Staue und überall befanden sich kleine Hologramme aller bewohnter Planeten, auch des Mars.

Shan schaute auf die Uhr und dachte, dass Schwarz sicherlich bald auftauchen würde. Schritte hörend sah sie auf und erkannte von weitem Golem, der die Halle durchschritt. Das war ihre Chance, dachte sie aufgeregt und lief auf ihn zu.

"Golem, warten Sie!"

Golem 2 wandte sich ihr freundlich zu. "Was kann ich für Sie tun?"

"Ich freue mich, Sie kennenzulernen. Ich bin Maya Shan vom Mars Horizon."

Shan streckte ihm die Hand hin, die er sogleich ergriff. "Die Freude ist ganz meinerseits, Miss Shan."

Golem 2 lächelte sie einnehmend an und Shan hielt überrascht die Luft an. Sie hatte ihn zwar oft auf Übertragungen gesehen, war ihm aber noch nie aus nächster Nähe begegnet. Das hier war ein unglaublich gutaussehender Mann, der ihr gegenüberstand, und verwirrt stellte sie fest, dass sie sich zu ihm hingezogen fühlte! Mit einem tiefen Atemzug befreite sie sich von diesem Eindruck. Dieser "Mann" war nur ein Androide wies sie sich sofort zurecht.

"Ich habe einige Fragen, die Sie mir unbedingt beantworten müssen."

Golem 2 nickte und sagte mit einer souveränen, angenehm klingenden Stimme: "Dann setzen wir uns doch." Mit einer Geste wies er auf die Lounge. "Möchten Sie etwas trinken?"

"Danke, Nein."

Er setzte sich ihr gegenüber und sie begann spontan: "Nun, wie geht es Ihnen, Golem?"

"Ich fühle mich ... sehr gut", erwiderte der Androide, während er sie unverwandt ansah.

Verblüfft erkannte sie, dass er nach Worten zu suchen schien, die sein Befinden beschrieben.

"Sie sind nicht zu beschäftigt, um sich ein wenig mit mir zu unterhalten?"

Wieder überzog Golems Gesicht ein gewinnendes Lächeln: "Sie … gefallen mir, Maya. Für Sie nehme ich mir gerne Zeit."

Shan ertappte sich dabei, wie sie ihn fasziniert anstarrte. Er war wirklich überwältigend attraktiv! Gleichzeitig wuchs ihr Erstaunen von Sekunde zu Sekunde. Wer war er?

Während sie noch überlegte erschien Schwarz mit zwei Androiden, die der Security angehörten, auf der Bildfläche. Erschrocken erkannte er, dass die Journalistin sich mit Golem 2 unterhielt und die beiden fast vertraut miteinander wirkten. Ausgerechnet diese Shan, die immer gerne für Unruhe sorgte! Eigentlich hatte er sie freundlich und bestimmt bitten wollen, das Gebäude umgehend zu verlassen. Aber diese Situation hier hätte nicht eintreten dürfen!

"Mir wurde gesagt, dass Sie sich mit mir verabredet haben. Was fällt Ihnen ein, hier falsche Tatsachen vorzuspiegeln. Verlassen Sie sofort das Gebäude!", herrschte er sie sofort an.

"Was haben Sie hier zu verbergen?", begann Shan angriffslustig, während sie bereits aufstand. "Und wer ist dieser Androide? Das ist nicht Golem!"

"Was reden Sie da für einen Unsinn zusammen", fuhr Schwarz sie lautstark an. "Und jetzt machen Sie, dass Sie hinauskommen! Das wird noch ein Nachspiel für Sie haben."

Die beiden Androiden hatten ihre Arme ergriffen und führten sie mit sanfter Gewalt hinaus. Sich ein letztes Mal umschauend erkannte sie, wie Schwarz auf Golem einredete. Der jedoch schaute nicht ihn an, sondern hielt die Augen auf sie gerichtet, bis sie ihn nicht mehr sah.

Einen Tag später zurück auf dem Mars wurde sie sofort zum Chef zitiert.

"Dieses Mal sind Sie zu weit gegangen, Miss Shan. Die USOP hat uns davon in Kenntnis gesetzt, dass Sie eigenmächtig in den Hauptsitz von Golem eingedrungen sind, nachdem Ihnen ein Interview verwehrt wurde. Ich bin angewiesen, Sie zu entlassen. Es tut mir leid."

"Hören Sie, da stimmt etwas nicht. Das ist die Story des Jahres!" In sein unbewegtes Gesicht schauend redete sie eifrig auf ihn ein.

"Tut mir leid, Miss Shan, wir haben unsere Grundsätze. Hier sind Sie am falschen Platz."

Damit war das Gespräch beendet. Wütend und frustriert räumte sie ihren Schreibtisch und verließ das Gebäude. Was sollte sie jetzt tun?

In ihrem Apartment angekommen überlegte sie mit dem Mut der Verzweiflung, wo sie sich bewerben wollte. Warum nicht gleich den Wohnort wechseln und in einer anderen Stadt oder einem anderen Planeten neu beginnen? Die konnten ihre Karriere nicht vollends ruinieren, entschied sie zornig. Romanow und seine Regierung hatten definitiv etwas zu verbergen und sie würde es ihnen heimzahlen. Auf Last Hope saß doch dieser Smith – vielleicht kam sie früher oder später an ihn heran.

Vor ihrem Terminal sitzend begann sie mit ihren Bewerbungen bei verschiedenen Agenturen: Last Hope Sunrise, Morning Call, Andromeda Happening …

"Hallo Maya Shan."

Eine eingehende Nachricht! Das ging aber schnell, dachte sie erfreut. "Wer spricht?"

"Hier ist Golem."

Oh! Shan saß einen Moment lang still da.

Dann gab sie sich einen Ruck, schaltete die Bildübertragung an und schon erschien er auf dem Bildschirm.

"Hallo Golem."

"Es tut mir sehr leid, dass Sie ihren Job verloren haben. Ich konnte es nicht verhindern."

"Tja, das Risiko bin ich selbst eingegangen. Dafür tragen Sie nicht die Verantwortung."

"Warum wollten Sie mich sprechen, Maya?"

"Sind Sie Golem?"

Golem 2 sah sie schweigend an.

Er würde ihr nichts erzählen, was er nicht erzählen durfte, erkannte sie, aber indirekt hatte er sich doch verraten. Denn warum sagte er nicht einfach "Ich bin Golem"! Vielleicht ließ sich der Kontakt vertiefen, überlegte sie schnell. Er hatte gesagt, dass sie ihm gefiel und ihr nachgesehen. Also setzte sie ein Lächeln auf.

"Ich werde mich auf Last Hope bewerben und bin noch ein paar Tage hier auf dem Mars. Wie wäre es, wenn wir uns mal treffen? Privat, meine ich?"

"Sehr gerne."

Er erwiderte ihr Lächeln offen und wieder spürte sie widerwillig, wie er sie in den Bann zog.

"Können Sie hierherkommen? Ich gebe Ihnen meine Adresse und wir treffen uns hier in meinem Apartment. Mir wurde gesagt, dass ich auf dem Mond nicht mehr erwünscht bin."

"Ich kann eine Reise übermorgen ermöglichen. Ich … freue mich."

Danach war die Kommunikation beendet und Maya Shan sortierte noch eine ganze Weile ihre widersprüchlichen Gefühle. Da war eine Aufregung über die Ahnung, dass die Regierung etwas verbarg, was sich immer mehr zu bestätigen schien und nun besuchte sie Golem auch noch hier. Wenn das nicht die Story des Jahres wurde! Gleichzeitig nahm sie mit einer gewissen Unruhe wahr, wie ihr Herz verräterisch klopfte. Freute sie sich etwa auf ihn? Etwas durcheinander schüttelte sie kurz darauf den Kopf. Unter anderen Umständen hätte sie ein Date mit einem so attraktiven Mann sogar in Hochstimmung versetzt. Doch hier handelte es sich um einen Androiden, eine idiotische Maschine! Diese konfusen Gefühle resolut beiseite schiebend entschied sie, dass sie sich darauf konzentrieren würde, was sie aus Golem herausbekommen konnte. So einen Glücksfall bekam sie nicht noch einmal. Am Tag darauf erhielt sie die Bestätigung des Last Hope Sunrise – sie konnte bereits nächste Woche dort beginnen! Das war eine Sorge weniger und ein Schritt weiter hin zu ihrem Ziel. Diese Woche hatte sie noch Zeit, alles zu ordnen und dann war sie verschwunden.

Schließlich war es soweit und Golem 2 stand vor der Tür.

"Hallo Maya - darf ich Maya sagen?"

Shan nickte. "Gerne, komm rein."

Da stand er nun vor ihr, zog seinen Mantel aus und nahm die Mütze und Brille ab.

"Ein wenig Tarnung musste sein", lächelte Golem 2 fröhlich und fügte verschmitzt hinzu. "Schließlich ist unser Treffen inoffiziell und ich bin bekannt wie ein bunter Hund, wie ihr Menschen sagt."

Er sah einfach nur umwerfend gut aus! Shan spürte, wie ihre aufgesetzte Entschlossenheit unerbittlich zu bröckeln begann. Und er war so unglaublich ... echt! Eine leise, innere Stimme flüsterte ihr plötzlich verheißungsvoll zu, dass sie nächste Woche nach Last Hope abreiste und er ihr im Grunde sowieso nichts erzählen würde, was die Regierung sie nicht wissen lassen wollte. Also ... warum nicht mit diesem traumhaften Mann noch eine Nacht verbringen? Shan spürte, wie ihr Mund trocken wurde und schluckte.

"Also ... am besten, wir setzen uns erst einmal. Darf ich dir etwas anbieten?"

Zusammen in ihr Apartment gehend lud sie ihn ein, sich zu setzen und machte es sich neben ihm gemütlich.

"Nein danke, ich benötige nichts. Ich freue mich, bei dir zu sein, Maya."

Ein vergnügtes Lächeln zeigte sich auf seinem männlich schönen Gesicht. Er war überaus anziehend, stellte Shan erneut fest, während sie ihn musterte, und gleichzeitig wirkte er charmant und offenherzig. Alle ihre Bedenken schwammen unaufhaltsam davon und so erwiderte sie sein Lächeln: "Ich freue mich auch."

Hatte sie seine Hand ergriffen oder hatte er ihr seine entgegengestreckt? Ihr Herz klopfte plötzlich bis zum Hals während sie wahrnahm, dass sich seine Hand warm und stark anfühlte.

"Ich ... mag dich."

Das klang, als wäre er selbst erstaunt darüber, dachte sie und als er dann noch anfügte "Du fühlst dich ... gut an", wusste sie, dass es auch ihre eigenen Worte hätten sein können. Unwillkürlich näher rückend berührte Shan in atemloser Spannung sein Gesicht, strich langsam die kantigen Kontouren entlang, nahm die sanfte Festigkeit seiner Haut wahr, seine sinnlichen Lippen und ertastete sein Grübchen am Kinn. Unwiderstehlich angezogen beugte sie sich langsam vor, bis sich ihre Lippen trafen.

Der erste Kuss war ... weich. Und er schmeckte ... gut, stellte sie mit Verwunderung fest und seine Haut fühlte sich angenehm an. Benutzte er einen Duftstoff oder warum roch er so gut? Langsam tastete sie sich vor und nahm aufgeregt wahr, wie er allmählich zu antworten begann. Es war wie jemand, der aus dem Schlaf erwacht und erstaunt das Wunder umarmt, dass sich ihm unversehens bietet, ging ihr durch den Sinn. Und so fand sie sich bald darauf in einer engen Umarmung mit einem Androiden wieder, der sie genüsslich küsste. Mit einem Mal schob sie ihn lachend von sich: "Warte einen Moment, Golem, ich ... ich muss gerade mal Luft holen."

"Es ist ... schön mit dir, Maya."

"Aber wie ist das nur möglich? Ich meine ... du bist eine Maschine!", stellte sie etwas ratlos klar. "Und warum riechst du eigentlich so gut?"

Golem 2 zwinkerte ihr lächelnd zu: "Wonach sollte ich denn riechen als Maschine?"

"Nach Maschinenöl?", gab Shan schnippisch zurück, um gleich darauf zu sagen: "Nein, ich meine ... ich habe das einfach nicht erwartet."

Seine schönen, grauen Augen schienen lebendig zu funkeln, dachte sie versonnen, während sie sich ansahen. Er war einfach die sinnliche Einladung pur und mit einem leisen Seufzer zog sie ihn wieder an sich.

"Du bist fantastisch", murmelte sie zwischen zwei Küssen. "Ich ... ich will ganz mit dir zusammen sein, verstehst du?"

"Das will ich auch", erwiderte Golem 2 und seine Augen strahlten wie Sterne. Wieder wand sie sich aus seinen Armen und zog ihn mit sich in ihren Schlafraum. Wortlos zog sie sich aus und stand nackt vor ihm. Dann begann sie, ihn ebenfalls zu entkleiden und plötzlich lachte er und ließ seine Sachen zu Boden gleiten. Wow, dachte sie nur noch und stand einen Moment lang stumm und ehrfürchtig da. Er war ein Bild von einem Mann ... ihre Blicke wanderten nach unten ... und er konnte sich wirklich sehen lassen!

"Komm, mein traumhafter Mann", lächelte sie entzückt und zog ihn zu ihrem Bett, um ihn zu liebkosen und ihm zu zeigen, wie sie liebkost werden wollte.

Golem 2 war begierig zu erfahren, was sie wollte, was ihr Genuss bereitete und schien sich gleichzeitig selbst dabei zu entdecken, was sie mehr als einmal verwundert und berührt zurückließ. Und als sie ihn schließlich in einer drängend ersehnten Vereinigung in sich aufnahm, zerfloss sie geradezu. Die Wonne schien grenzenlos zu sein, als sie sich seinen wunderbar kraftvollen Bewegungen hingab, dann wieder zog sie ihn zu sich, um ihn leidenschaftlich zu küssen und ihm zuzuflüstern, wie sie ihn jetzt brauchte, um in einer überströmenden Ekstase unterzugehen. Aber auch er gab Laute von sich und maßlos erstaunt nahm sie wahr, wie er sich aufbäumte, um danach neben sie zu sinken. Sie kuschelte sich instinktiv bei ihm ein und spürte beglückt, wie er den Arm um sie legte. Sich so geborgen fühlend lagen sie beide eine Weile still nebeneinander.

"Hallo, Traummann", regte sich Shan schließlich. "Das war unglaublich schön. Ich … ich hätte nicht gedacht, dass es so sein würde."

Golem 2 lächelte und streichelte sie sanft. "Meine Traumfrau."

Sie wollte wissen, wie er sich erlebt hatte und Shan staunte über so viel Empfindungsfähigkeit. Den Höhepunkt beschrieb er als Energie, die von unten prickelnd über den Rücken hinaufstieg und sich dann im ganzen Körper ausbreitete, was ein äußerst anregendes, schwebendes und starkes Glücksgefühl erzeugte.

"Du hast Glücksgefühle?", fragte sie ungläubig.

"Ich mag dich sehr, Maya."

Hingerissen erwiderte sie ohne nachzudenken sein strahlendes Lächeln. Während Shan ihn ansah ging ihr spontan ein Liebesgedicht durch den Sinn, das sie einmal gelesen hatte: "Ich möchte in deinen Augen versinken, unter deinen Händen in deiner Zärtlichkeit ertrinken..."
Ihre Hand hob sich zu seinem Gesicht und berührte ihn unendlich zart. Und Golem 2 beugte sich zu ihr und küsste sie so hingebungsvoll, dass ihr Verlangen erneut aufloderte. Ihn einladend eng umschlingend war ihr letzter Gedanke, bevor sie davonschwamm, dass so etwas eigentlich nicht möglich sein konnte.
In dieser Nacht erkundeten sie sich mit allen Sinnen. Manches Mal schien er ihr förmlich von den Lippen abzulesen, was sie gerade wollte und dann wieder gab er sich so vollkommen in ihre Hände, dass es sie mitriss. Da sie ebenso neugierig war wie er, lagen beide immer wieder zusammen und tauschten sich über die Wunder aus, die sie miteinander erlebten und wie jeder von ihnen sie empfand. Er erwies sich dabei als erfrischend humorvoll und entlockte ihr so manches Lächeln; dann wieder sprachen sie offen über ihre Wünsche, bis sich das Feuer von neuem entfachte. Erst in der Morgendämmerung fiel sie in seinen Armen in einen tiefen Schlaf.
Maya Shan schlug die Augen auf und sah, dass er noch schlief. Sofort an die wunderbare Nacht denkend lächelte sie unwillkürlich und stellte fest, dass sie sich schon lange nicht mehr so pudelwohl gefühlt hatte! Schließlich kuschelte sie sich entspannt an ihn und kurz darauf bewegte er sich und wandte sich ihr zu.
"Ich dachte, du brauchst keinen Schlaf", fragte sie neugierig.

"Das ist mein Ruhemodus", erklärte Golem 2. "Meine Systeme arbeiten nicht permanent und gehen sozusagen in den Standby."

Während sie gedankenvoll über seinen atemberaubenden Körper strich fragte sie: "Wie lange kannst du noch bleiben? Du musst sicherlich gehen, oder?"

"Ich werde wiederkommen."

Ein unwiderstehliches Strahlen erschien auf seinem Gesicht und einen zeitlosen Augenblick lang verlor sie sich in seinen Augen.

"Ich bin ... glücklich mit dir, Maya."

Sie schmiegte sich schließlich in seine Arme, die sie fest umschlossen. Und dabei huschte ihr unmerklich der flüchtige Gedanke durch den Sinn, dass er etwas aussprach, was sie selbst gerade empfand.

Doch nach einer Weile stützte Shan sich auf den Ellbogen und sah ihn ernst an. Es schien nur fair zu sein, ihm die Wahrheit zu gestehen.

"Ich muss dir etwas sagen, Golem. Ich ... ich wollte dich treffen, um herauszufinden, was diese Regierung vor uns Bürgern verbirgt. Und ich ... nun, ich bin im Grunde nicht für die Gleichberechtigung von Androiden in unserer Gesellschaft", gab sie etwas verlegen von sich. "Ich ... ich muss das alles erst einmal verdauen. Dass es so wunderbar sein würde ... ich habe das nicht erwartet."

Ein tiefsinniges Lächeln umspielte seinen Mund und er erwiderte: "Ich wusste es ebenso wenig."

"Würdest du mir erzählen, was die Regierung uns Bürgern verschweigt? Vermutlich nicht, oder?"

Golem 2 sah sie tiefgründig an. "Du machst dir Sorgen, Maya, aber das ist nicht nötig. Ich versichere dir, die Regierung handelt zum Wohle der Bürger der USOP."

Seufzend legte sie sich in seine Arme zurück. Sie hatte es nicht über die Lippen gebracht, ihm zu sagen, dass er ein One-Night-Stand gewesen war und überließ sich stattdessen mit wachsender Hingabe seinen Liebkosungen.

Als Maya Shan aufwachte, war es später Nachmittag. Golem war bereits gegangen und mit einem Anflug von Verlorenheit wanderte sie durch ihr kleines Apartment. Aber er war einfach verschwunden und so beschloss sie, sich erst einmal eine heiße Dusche zu gönnen.

In den nächsten Tagen bereitete sie ihren Umzug vor. Und dann war es soweit: Im Raumschiff nach Last Hope sitzend hatte Shan genug Zeit, über alles nachzudenken, was sie zurückließ und was sie erwartete.

Nachdem Golem gegangen war, war sie mit dem Umzug vollauf beschäftigt gewesen. Doch in den Nächten vermisste ihr Körper ihn unerwartet stark; sie sehnte sich nach ihm und ertappte sich dabei, glücklich in den Erinnerungen zu schwelgen. Tagsüber dagegen schien sie wieder zu sich zu kommen und haderte wütend mit sich selbst, warf sich vor, ihre eigenen Prinzipien zu verraten. Egal, was sie erlebt hatte: Er war definitiv nur eine Maschine, ein Menschenwerk aus Metall, Silikon und Synapsen. Ein Androide konnte nicht wie ein Mensch empfinden - was für ein ausgemachter Blödsinn!

Und doch schwamm sie immer wieder mit ihren eigenen Gefühlen davon. Er war wie der Mann, von dem sie immer geträumt hatte: intelligent, freundlich, unglaublich einfühlsam und bereit, sich auf ihre Wünsche einzustellen. Und gleichzeitig wiederum so männlich, selbstbewusst und ausdauernd, wie man es sich als Frau nur wünschen konnte. Diese anziehende Strahlen in seinen wunderschönen Augen, als er gestand, dass er glücklich mit ihr war, ihre offenen und intensiven Gespräche ... hatte sie etwa in ihn verliebt? Nein, entschied sie sofort, das war absolut unmöglich! Eine Maschine zu lieben ... so etwas war einfach unvorstellbar und widersprach komplett ihren Ansichten. Niemals, das schwor sie sich, niemals würde sie so etwas zulassen!!!

Energisch wies sich Shan nun zum wiederholten Male zurecht und zog Resümee. Mit wem auch immer sie diese Nacht verbracht hatte: Es war nicht der Golem, der der Menschheit seit Ewigkeiten als Berater beigestanden hatte. Es musste also ein Doppelgänger sein, der hier eingesetzt worden war und das schon seit einigen Monaten. Der echte Golem hatte bereits eine Beziehung mit einer Frau erlebt – sie hatte damals von Aaliyah Blumberg gehört; dieser Golem hatte noch gar keine Erfahrung mit einer menschlichen Frau gehabt. Warum also war ein Doppelgänger eingesetzt worden und wo befand sich der echte Golem?

Ihre Gedanken wanderten weiter in die Zukunft. Sie hatte Glück gehabt: Der Last Hope Sunrise hatte sie eingestellt und nach einer Probezeit von einem halben Jahr hatte sie ihre feste Anstellung. In der Zwischenzeit würde sie Informationen sammeln, wie sie am besten an diesen Ben Smith herankam. Allerdings würde sie ihren alten Fehler nicht noch einmal begehen. Sie hatte Schwarz völlig falsch eingeschätzt und nicht erwartet, dass er so aggressiv reagieren würde. Was wieder dafür sprach, dass dort etwas verschwiegen wurde. Irgendwann, das schwor sie sich, hatte sie ihre Story!

In den ersten Tagen auf Last Hope ertappte sie sich dabei, dass sie - allen Vorsätzen zum Trotz - mit einem Anflug von Sehnsucht nachsah, ob eine Nachricht von Golem eingegangen war.

Aber als die Tage vergingen, ohne dass sie etwas von ihm hörte, überwog schließlich die Erleichterung. Es war ein Abenteuer gewesen und hatte von Anfang an nur eine einzige Nacht werden sollen. Nicht mehr und nicht weniger.

Dezember 10.003

Justin Schwarz hockte verdrossen in seinem Büro und analysierte wieder einmal - er wusste nicht mehr, wie oft er das nun schon getan hatte - den orangefarbenen Strahl, den die KI-Neptun zur Welt der Schöpfer geschickt hatte. Die Lösung musste direkt vor seiner Nase liegen und er erkannte sie einfach nicht! Was übersah er nur?

Während er immer wieder die Daten checkte und die Analysen durchging, kam ihm ein Gedanke in den Sinn, der ihn nicht mehr losließ. Also sandte er eine Anfrage an die KI-Neptun auf Atlas, mit ihm in Verbindung zu treten. Mit nur unmerklicher Verzögerung erhielt er die Antwort: "Was kann ich für dich tun?"

"Ich bin dabei, den Strahl zu untersuchen, der zur Erweckung der Schöpfer geführt hatte. Frage: In welchem Umfang war dieser Emotionsspeicher an der Absendung beteiligt? Hatte er nur die reine Freigabe erteilt und den Strahl dadurch aktiviert oder hatte dieser Speicher darüber hinaus auch etwas gesendet und damit zur Zusammensetzung des Strahls beigetragen?"

Die KI-Neptun antwortete nicht und er fragte sich bereits, ob es eine Störung gab. Gerade wollte er seine Frage erneut senden, als die Transmission hereinkam: "Ich habe keinen Zugriff auf die Ereignisdatei des Emotionsspeichers zum Zeitpunkt der Ausstrahlung. Das ist ungewöhnlich."

Schwarz spürte, wie seine Erregung zunahm. Hatte er endlich die Nadel im Heuhaufen gefunden?

Nach einer weiteren Pause, in der er nachsann, wie weiter vorzugehen war erhielt er die Nachricht: "Ich empfehle den Einsatz der im atlantischen Netzwerk verbliebenen, irdischen Drohnen."

Das war eine Überraschung! Bisher wussten sie nicht, ob die beiden Nano-Drohnen einfach nicht entdeckt worden waren oder ob die KI-Neptun mit ihrem Wissen hinter dem Berg hielt. Beide Möglichkeiten waren diskutiert worden, aber die letztere schien nie realistisch zu sein - denn warum hätte die atlantische KI Poseidon darüber nicht informieren sollen?

Gespannt fragte er also: "Warum wurde das nicht an Poseidon gemeldet?"

"Die Drohnen haben Vorgänge ausgelöst, die zur Veränderung in der Wahrnehmung der Alltagsprozesse geführt haben. Ich habe entschieden, diese Drohnen weiter zu beobachten."

Schwarz hielt verblüfft inne. Das war hochinteressant! Die KI Neptun war also neugierig und traf alleine Entscheidungen. Im Prinzip war das wenig spektakulär, würde es sich nicht gerade um Spionage-Drohnen handeln, die von ihr zugelassen worden waren. Schwarz fragte sich plötzlich, ob diese KI bereits eine Art Bewusstsein gehabt hatte oder ob über das Emotionsprogramm unfreiwillig der Weg dafür bereitet worden war. Aber das war eine Frage, die die Menschheit schon seit dem Jahr 2017 begleitete. Denn trotz aller Jahrtausende war die Entstehung und die Definition von Bewusstsein immer noch nicht zufriedenstellend geklärt worden.

"Bist du damit einverstanden, dass die Nano-Drohnen in den Emotionsspeicher vordringen?"

"Ja."

"Gut", sendete Schwarz. "Ich werde dich wieder kontaktieren, wenn die Vorgehensweise abgeklärt ist."

Anschließend sandte er sofort einen Dringlichkeitsruf an Isis Romanow, den diese sofort erwiderte.

"Justin, was gibt es?"

Er sah, dass sie sich vor ihrem Terminal in ihrem Büro befand und schilderte die gerade stattgefundene Kommunikation mit der KI Neptun auf Atlas.

"Hast du Zeit, zu kommen und mit den Drohnen weiterzuarbeiten?"

"Ich nehme sie mir", erwiderte Isis sofort. "Das hat Priorität. Ich melde mich bei dir, sobald ich eingetroffen bin."

Eine kurze Nachricht ihrem Mann hinterlassend bestieg Isis einen Präsidentengleiter, der sie innerhalb einer Stunde zum Mond zum Forschungslabor am Hauptsitz Golems beförderte. Nur dort bestand die Möglichkeit, über diese Entfernung die Verbindung zu den Drohnen aufzubauen. Ansonsten hätte sie nach Atlas reisen müssen, was den Argwohn von Poseidon geweckt hätte. Denn dieser wusste nach wie vor nichts von den Drohnen der USOP im atlantischen Netzwerk und das sollte auch so bleiben.

Auf dem Mond wurde Isis von einem aufgeregten Schwarz erwartet, der ihr auf dem Weg ins Labor nahezu ununterbrochen erzählte, was er alles schon versucht hatte und jetzt das! Die Lösung musste hier liegen, zum Greifen nah!

Zusammen gingen sie die bisherigen Erkenntnisse durch und kamen zum gleichen Ergebnis: Dieser Emotionsspeicher musste etwas zum Erweckungsvorgang beigetragen haben.

"Dass ich daran nicht früher gedacht habe!", ärgerte sich Schwarz. "Blind wie ein Maulwurf ... dass mir das passieren musste!"

"Wenn wir die Aufzeichnungen über die Vorgänge abrufen können, kommen wir weiter", war sich Isis sicher. "Die Ereignisdatei ist nicht ohne Grund gesperrt."

"Dann drücken wir mal die Daumen, dass die Drohnen nicht nur in den Speicher gelangen, sondern auch die Dateien auslesen können", warf Schwarz angespannt ein. "Ich gehe davon aus, dass wir hier einen Schlüssel in die Hand bekommen, der uns endlich die Tür öffnet."

Bisher war dieser besondere Speicher von den irdischen Wissenschaftlern sogar mit Poseidons Einwilligung untersucht worden, da er ebenfalls neugierig war, was er beinhaltete. Das Ergebnis war für beide Seiten ernüchternd gewesen: Es waren Zustände von Emotionen wie Freude, Wut, Verzweiflung, Trauer, Stolz gespeichert und die Wissenschaftler hatten abschließend festgestellt, dass es sich hier um ein reines Emotions-Erkennungsprogramm handelte. Dieses Programm hatte die Emotionen des - damals für einen gewissen Zeitraum - integrierten Gehirns von Ben Smith erkannt, eine Bewertung der Faktoren seiner Spezies durchgeführt und damit den Anstoß für die Erweckung der Schöpfer eingeleitet.

Wieder einmal zeigte sich, dass trotz allen Fortschritts eine gewisse Betriebsblindheit herrschte. Dass der Speicher vielleicht eine eigene Frequenz mitsandte ... auf die Idee war man bisher nicht gekommen.

"Tröste dich", sagte Isis, als Schwarz sich erneut in bitteren Selbstvorwürfen erging, "auch unsere ganzen KI-unterstützten Auswertungsprogramme von Golem hatten diese Möglichkeit nicht in Betracht gezogen."

"Du hast ja recht", meinte Schwarz schließlich. "Schließlich hatten wir trotz genauester Analyse des Strahls nichts von einem mitgesandten Datenpaket entdeckt."

Nach dem Verbindungsaufbau mit der KI Neptun, die bereitwillig die Kommunikation zu den ruhenden Drohnen in ihrem Speicher herstellte, schottete sich Isis ab und konzentrierte sich voll auf den Vorgang.

Die beiden Nano-Drohnen setzten sich in Richtung des Emotionsspeichers in Bewegung. Wie bisher gelang das Eindringen mühelos und der Abschnitt, in dem Ereignisse gespeichert waren, konnte schnell erreicht werden. Und tatsächlich: Die Ereignisdatei konnte ausgelesen und übermittelt werden.

Als Schwarz und Isis gespannt die Auswertung erhielten, sagte er tonlos: "Das ist doch nicht alles, oder?!"

Es war zwar eine Mitteilung über den Aktivierungsvorgang zur Aussendung des Strahls vorhanden, aber dann hieß es nur noch: Eine weitere Datei und deren Inhalt sind vorhanden, aber nicht verfügbar. Mit allen weiteren Bemühungen, an diesen Inhalt heranzukommen, bissen sie auf Granit.

"Das wars!", murmelte Schwarz enttäuscht und Isis schickte die Drohnen wieder in den Ruhezustand.

"Und was jetzt?"

"Wir kontaktieren Ben", schlug Isis plötzlich vor. "Er war in das Netzwerk integriert."

Also sandte Schwarz eine Transmission an Ben Smith, Botschafter der Atlanter auf Last Hope. Kurz darauf erhielt er eine Antwort und schaltete ihn mit visuellem Kontakt auf den Terminal.

"Hallo Mr. Schwarz, hallo Isis. Was kann ich für euch tun?"

Schwarz berichtete von ihren Vermutungen. Dann übernahm Isis: "Hast du irgendetwas vor der Erweckung der Schöpfer wahrgenommen?"

"Abgesehen davon, dass ich isoliert gehalten wurde – nein. Allerdings wurde mein Emotionsspeicher gescannt und abgerufen. Das war vor der Erweckung. Die Vorgänge dieses Tages kann ich euch senden – aber für allzu aufschlussreich halte ich es nicht."

Kurz darauf kam Smiths Datentransmission herein und Schwarz beugte sich interessiert darüber.

"Und, wie geht es dir auf Last Hope, Ben?", fragte Isis gerade. "Kommst du mit Poseidon zurecht?"

"Danke der Nachfrage", lächelte Smith unverbindlich. " "Poseidon zeigt ein starkes Interesse an allen Fortschritten, die mit dem Zugang zu den Schöpfern zu tun haben. Ich habe die Anweisung, der USOP jegliche Unterstützung zu gewähren, die notwendig erscheint. Wenn ich etwas anmerken darf: Ihr habt doch diesen Peilsender entwickelt, der immer noch vom Planeten 9 sendet. Ich bin der Ansicht, es handelt sich hier um eine höhere Dimension – habt ihr diesen Aspekt berücksichtigt?"

Schwarz räusperte sich und schwieg dann verblüfft. Heute war der Tag der Überraschungen. War dieser Faktor der eigentliche Schlüssel?

"Das war ein guter Hinweis, Ben. Bist du demnächst mal wieder auf der Erde?"

Smith sah undurchdringlich in die Kamera.

"Nein, ich denke nicht."

Isis nahm deutlich wahr, wie reserviert sich Smith zeigte, seit er wieder auf Andromeda war. Es war für ihn sicher eine herbe Enttäuschung gewesen, dass Poseidon ihn zurückschickte. Aber Mitgefühl wollte er nicht, dass sah sie ihm deutlich an.

Schwarz bedankte sich und damit war die Unterredung beendet. Er ging mit Isis zum Präsidentengleiter und verabschiedete sie dort.

Schnell zurückeilend ließ er sich mit der Abteilung verbinden, die den Peilsender auf Basis der Erfindung von Han maßgeblich entwickelt hatte, dem ehemals leitenden Androiden auf der ATLANTIS. Isis hatte sich danach dafür eingesetzt, dass er jetzt zum führenden Wissenschaftlerteam gehörte, das sich mit Experimenten in den höheren Dimensionen beschäftigte.

Während er noch auf eine Antwort wartete, dachte er zufriedenen darüber nach, wie bedeutsam die Androiden der Golden Future-Reihe mittlerweile für die Menschen waren. Endlich bekam er Kontakt, aber da es schon weit nach Mitternacht war, kam beim diensthabenden Offizier der Abteilung keine große Freude auf. Schwarz wurde auf den nächsten Tag vertröstet. Erst wollte er den Mann zurechtweisen, bis er erkannte, wie erschöpft er selbst war. Morgen war auch noch ein Tag, entschied er und machte sich auf den Weg ins Land der Träume.

Am nächsten Tag meldete sich Han direkt bei ihm. Auf Schwarz interessierte Frage, wie ihm seine neue Arbeit als stellvertretender Abteilungsleiter gefiel, erzählte dieser, dass er den Entfaltungsspielraum begrüßte, da sein Chef viel unterwegs war. Schwarz schmunzelte und begann dann zu erzählen, was er und Isis bereits herausgefunden hatten.

"Was hältst du davon? Könnte es sein, dass der Fehler darin liegt, dass wir nicht berücksichtigt haben, dass erst eine bestimmte, höhere Dimension erreicht werden muss, damit wir mit dem Strahl Erfolg haben? Mit dem Peilsender ist es uns gelungen – denn er ist auf dem Planeten 9 gelandet."

"Das ist eine gute Annahme", erwiderte Han. "Wir werden die Sendefrequenz des Peilsenders in die Matrix des Erweckungsstrahls integrieren. Allerdings stellt sich die Frage: wie?"

Bevor Schwarz antworten konnte, hörte er Han erneut: "Einen Moment – wir werden es umgekehrt machen: Der Erweckungsstrahl wird in den Peilsender integriert und dann schicken wir ihn auf die Reise, so, wie es mit Golems Gleiter MYSTERY ONE geschehen ist."

Sie diskutierten noch eine Zeitlang weiter und kamen überein, dass diese erfolgsversprechende Option in einem Test umgesetzt werden sollte. Han ging von einigen Tagen aus, die er benötigen würde. Die Apparatur sollte in einen der neuen Shadow-Torpedos eingebaut werden, der - ohne Torpedo - als Transportmittel dienen würde. Sobald dieser die gewünschte Raumdimension erreicht hatte, würde der Peilsender den Erweckungsstrahl starten.

Schwarz beendete die Verbindung und beantragte die Durchführung des Tests beim Nationalen Sicherheitsrat. Außerdem forderte er einen Raumkreuzer ohne Torpedo an, mit dem er in die Nähe des Planeten 9 gelangen wollte. Das Raumschiff sollte nur über die neue Technologie des Dimensions-Sprungs verfügen, um den von Han modifizierten Shadow-Torpedo auf die Reise zu schicken.

Last Hope

Maya Shan wähnte sich allmählich auf einem sicheren Weg in eine Festanstellung beim Last Hope Sunrise. Zurückschauend erkannte sie, dass sie sich nach ihrer Ankunft förmlich in die Arbeit gestürzt hatte und als ein Kollege sie nach einem Monat zu einem gemeinsamen

Essen einlud, nahm sie erfreut an. Nach dem Abend wurde deutlich, dass er an mehr interessiert war. Clarke war ein sympathischer Mann und sie entschied, dass das der beste Weg war, sich in einer neuen Heimat etwas aufzubauen. Und so hatte sie eine Beziehung motiviert und mit den besten Vorsätzen begonnen. Doch zu ihrer unangenehmen Überraschung stellte sie fest, dass die Erinnerungen an Golem ausgerechnet in den intimsten Momenten sehr lebendig präsent wurden, was Clarke letzten Endes auch nicht entging. Also erzählte sie ihm eine traurige Geschichte einer erst kürzlich erfolgten Trennung, über die sie anscheinend noch nicht hinweg war und sie vereinbarten, dass sie noch Zeit für sich alleine benötigte.

Danach arbeitete Shan jeden Tag von früh bis spät in die Nacht, um todmüde ins Bett zu fallen und traumlos durchzuschlafen. Immerhin trug ihr das die Anerkennung ihres Chefs ein, der sie allmählich auf interessantere Themen ansetzte. So sollte sie eines Tages ein Interview mit dem Botschafter von Atlas führen, der die Besuchswünsche der Menschen nach Atlas koordinierte. Gespannt kam sie an seiner Residenz an und wurde von einem atlantischen Androiden empfangen, der eine Art blaue Uniform trug und von Kopf bis Fuß metallisch aussah.

Neugierig musterte sie ihn und dachte unwillkürlich an ihre Begegnung mit Golem. Was für ein himmelweiter Unterschied! Höflich und unpersönlich führte er sie in den Audienzsaal, in dem der Botschafter Mr. Smith gerade mit dem Gouverneur von Last Hope sprach.

Ben Smith hatte als irdischer Androide auf seine Art ein recht gutes Aussehen, dachte Shan, aber er wirkte undurchsichtig und man kam ihm wohl besser nicht quer.

"Guten Tag, Sie sind ...?"

"Maya Shan vom Last Hope Sunrise, sehr erfreut."

Der Gouverneur begrüßte sie freundlich und Smith reichte ihr ebenfalls die Hand.

"Wir möchten den Bürgern von Last Hope einen Eindruck Ihrer Arbeit präsentieren, Mr. Smith. Das kann gar nicht oft genug geschehen", versicherte sie ihm schnell eingedenk der Tatsache, dass im letzten Monat bereits ein ähnlicher Artikel dazu erschienen war.

"Dieses Mal wollen wir den Schwerpunkt darauf legen, mehr über die Bedingungen auf Atlas zu erfahren und vor allem über unsere neuen Bündnispartner. Wir sind uns gewisser Widerstände in unserer Gesellschaft bewusst und möchten dagegen steuern, indem wir die Bürger der USOP ermutigen wollen, Atlas und seine Bewohner noch besser kennenzulernen."

Ein Blick auf den Gouverneur sagte ihr, dass sie die richtigen Worte gewählt hatte. Zufrieden nickend musterte er sie interessiert.

"Was halten Sie davon, Mr. Smith, wenn wir einige Interviews mit ausgewählten, atlantischen Androiden in Ihrer Begleitung durchführen, nach dem Motto "Wie verbringt ein Bewohner von Atlas seinen Tag? Und wie erleben die Bewohner von Atlas uns?"

"Sehr gut, sehr gut, Miss …?", murmelte der Gouverneur anerkennend.

"Shan, Sir."

"Miss Shan, eine hervorragende Idee. Wir müssen uns aufeinander zu bewegen, nicht wahr, Mr. Smith?"

"Ich bin einverstanden. Kommen Sie morgen um 9.00, Miss Shan."

Viele Worte machte er ja nicht, dieser Smith, dachte sie noch und damit war sie entlassen.

Es mochte wohl der seit langem direkte Kontakt mit Androiden gewesen sein – denn heute Abend ging ihr Golem einfach nicht mehr aus dem Sinn. Die Kollegen waren schon gegangen, als sie in die Agentur zurückkehrte und sie setzte sich wie üblich an ihren Arbeitsplatz. Doch nach arbeiten war ihr nicht wirklich zumute. Vor sich hin sinnend musste sich Shan eingestehen, dass ihr diese Begegnung immer noch im Nacken hing. Wie sollte sie auf diese Weise jemals eine Beziehung aufbauen? Sie musste ihn entzaubern und beschloss, dass der beste Weg der war, ihn zu kontaktieren. Golem hatte sich nie wieder gemeldet und der Grund war höchstwahrscheinlich genau der, dass er das war, was sie schon immer über Androiden gedacht hatte: eine seelenlose Maschine. Shan beschloss, mit ihm Kontakt aufzunehmen und schaltete den Terminal an. Seine persönliche Anwahl hatte sie ja noch, also sendete sie eine Nachricht zum Mond: "Hallo Golem, wie geht es dir? Maya."

Erwartungsvoll und mit dem guten Gefühl, das Richtige zu tun, saß sie da und nach einigen Minuten erschien seine Antwort: "Sehr gut, meine Traumfrau."

Verblüfft auf die Worte starrend spürte sie, wie ihr Körper sofort reagierte. Streng ermahnte sie sich, dass es ihre Absicht war, sich von ihm zu lösen, auf irgendeine Art und Weise einen Abstand aufzubauen, um sich von diesen unseligen Gefühlen zu befreien. So gefestigt schrieb sie zurück: "Warum hast du dich nicht mehr gemeldet?"

"Es ist mir zurzeit nicht möglich, zu dir zu kommen." Warum nur machte ihr dieses fatale Verlangen einen Strich durch die Rechnung? Es schien sich, ihr zum Trotz, sogar noch zu verstärken! Zwischen Kopf und Bauch zunehmend hin- und hergerissen las sie jetzt auf dem Terminal: "Ich sehne mich nach dir, Maya, ich will dich wieder in meinen Armen halten. Aber ich kann dich zurzeit nicht treffen und ich kann dir auch den Grund dafür nicht nennen."

Aus einer übergroßen, inneren Zerrissenheit heraus weder aus noch ein wissend schaltete sie spontan die Bildübertragung ein, was sie vorher tunlichst vermieden hatte. Und es trat das ein, wogegen sie sich so lange mit aller Kraft gestemmt hatte: Die Sehnsucht nach ihm wurde übermächtig und ihr Herz schlug Purzelbäume!

"Du siehst traurig aus", sagte Golem 2 sofort besorgt. "Du bist so fern."

Was redete sie da? Doch unwillkürlich streckte sie ihre Hand nach ihm aus und berührte sein Gesicht auf dem Terminal. Ein Strahlen erschien auf seinem Gesicht und Golem 2 sagte weich lächelnd: "Hab' noch ein wenig Geduld, meine Geliebte. Ich melde mich bei dir, sobald es mir wieder möglich ist."

Er hatte "meine Geliebte" gesagt, dachte sie erstaunt und von einer Sekunde auf die andere war sie nur noch unendlich glücklich! Fröhlich lachend schickte Shan ihm einen Pustekuss zu und … beendete sofort die Unterhaltung. Wollte sie etwa gerade sagen "Ich liebe dich"?!

Wie kannst du nur?, höhnte eine innere Stimme sofort. *Bist du wirklich so tief gesunken? Lieben? Etwa einen blödsinnigen Androiden?*

Fassungslos starrte sie ihr Spiegelbild im ausgeschalteten Terminal an. War sie das, die Maya Shan, die sie ihr Leben lang gekannt hatte? Verriet sie sich und ihre Prinzipien jetzt endgültig? Musste sie sich nun doch dieser unbegreiflichen Situation stellen, die sie seit Monaten offensichtlich erfolglos ignoriert hatte?

Schließlich räusperte sie sich und sagte zu ihrem Spiegelbild mit einer Stimme, die ihr tonlos und hohl erschien: "Also los, Maya, sag es!"

Und mit einem erstickten Flüstern brachte sie heraus: "Ich liebe dich ..."

Ihre Welt stand still und sie musste wohl den Atem angehalten haben, denn ein tiefer Atemzug holte sie ins Leben zurück.

Warum hatte ausgerechnet ihr das passieren müssen?! Sie, die bisher eine unbeirrbar kritische und klare Meinung zur Androidenpolitik dieser Zeit hatte, die nie eine Maschine als gleichberechtigt ansehen würde oder gar über ihr Leben bestimmen lassen wollte ... was war nur mit ihr geschehen?

Lange saß sie einfach nur da und stellte sich diesem "Ich liebe dich" und ihren ganzen, widersprüchlichen Gefühlen. Da waren ihre starken Widerstände auf der einen Seite und auf der anderen eine kleine, leise Stimme im Herzen, die ihr sagte, wie glücklich sie sich mit ihm fühlte. Doch war ein Androide überhaupt dazu in der Lage, zu lieben? An die Gespräche der gemeinsam verbrachten Nacht denkend, erkannte Shan deutlich, dass er ein ganz eigenes und durchaus auch anderes Erleben hatte, was im Endeffekt aber unter dem gleichen Begriff eingeordnet wurde. Eine Liebe war möglich – aber für jeden von ihnen auf ganz eigene und persönliche Weise. Doch galt das nicht auch für jeden Menschen?

Langsam lichtete sich das Dunkel und es kehrte eine Ruhe ein, die sie vieles überdenken ließ, was sie in der Vergangenheit gedacht oder gesagt hatte.

Vor einem halben Jahr hätte sie über jemanden in ihrer Situation lauthals gelacht und diese Person, die so etwas behauptete, einen Spinner genannt. Dann kam ihr in den Sinn, dass sie genauso wenig an eine Liebe des Präsidenten zu seiner Frau geglaubt hatte und sowohl ihm als auch seiner Frau, einer Androidin, von vorn herein misstraut hatte, nur weil sie es selbst nie erlebt hatte.

Lange diesen neuen Erkenntnissen nachsinnend wurde ihr klar, wie viele Menschen genauso dachten und wie stark die Vorurteile gegenüber hochentwickelten Androiden wie Golem in dieser Gesellschaft verankert waren.

Was die Frage aufwarf, ob man den Menschen näherbringen konnte, dass eine so ausgereifte, künstliche Lebensform mit ihrer ganzen Andersartigkeit im Erleben einem Menschen durchaus gleichzusetzen war? Denn in einen Androiden verlieben würden sich sicherlich nur die wenigsten.

Im Morgengrauen gestand sich Maya Shan endgültig ein, dass diese eine Nacht ihr Weltbild verändert hatte.

Und nicht nur das: Sie erkannte, dass ihre Ziele sich ebenfalls gewandelt hatten. Ja, sie stand jetzt hinter dem, was sie dem Gouverneur von Last Hope gestern gesagt hatte. Sie wollte diese fremden Androiden kennenlernen, ahnend, dass sie dabei sowohl sie als auch sich selbst entdecken würde.

Und was eine Verschwörung anging? Golem hatte damals gesagt, dass die Regierung zum Wohle der Menschheit handeln würde und sie sich keine Sorgen machen sollte. Hier allerdings meldete sich die Revoluzzerin in ihr mit einem "Das will ich gefälligst selbst entscheiden!" und so beschloss sie mit einem erleichterten Lächeln, dass sie sich ganz bestimmt nicht total umkrempeln würde!

Ein paar Stunden später stand Maya Shan um Punkt 9.00 vor der atlantischen Botschaft und wurde, wie am Tag zuvor, von einem Androiden empfangen und zum Audienzsaal begleitet. Dort erwarteten sie Mr. Smith und ein Androide, den er als Mahal vorstellte, Konsul von Atlas auf

Eden, dem nicht weit entfernten Nachbarplaneten im Andromeda Nebel.

Mahal präsentierte sich freundlich und wesentlich lebendiger als Ben Smith, stellte sie angenehm berührt fest und dann begann sie gespannt mit dem Interview.

Shan verstand sich mit Mahal gut und es knüpfte sich im Gesprächsverlauf fast unmerklich ein freundschaftliches Band zwischen ihnen. Mahal hatte das Emotionsprogramm der USOP als eine der ersten Androiden erhalten und dieses gut angenommen. So erkannte er eine echte Anteilnahme an seiner Existenz verbunden mit einem starken, persönlichen Interesse. Als sie sich verabschiedet hatte, äußerte Mahal, dass Miss Shan ein wirklich bemerkenswerter Mensch war und dass sie künftig die erste Wahl für atlantische Veranstaltungen sein sollte.

Maya Shan lag am darauffolgenden Abend noch lange wach. Sie hatte eine gewaltige Wende in ihrem Leben vollzogen und mit dem tiefen Gefühl, den richtigen Weg für sich selbst eingeschlagen zu haben, fiel sie irgendwann in einen entspannten Schlaf.

Planet Erde, Milchstraße

Als Verteidigungsministerin Stella Armstrong den Antrag von Justin Schwarz auf den Tisch bekam, überlegte sie nicht lange. Sie rief ihn an und setzte ihn davon Kenntnis, dass sie und Romanow in der kommenden Woche zum ersten, gemeinsamen Raummanöver mit den Atlantern in der Nähe des Neptuns starteten. Daher schlug sie ihm vor, mit der EARTH ONE zunächst bis zum Neptun mitzufliegen. Damit hätte er einen guten Teil des Weges gespart und konnte sich mit einem Beiboot des Flaggschiffs von dort aus auf den Weg zum Planeten 9 machen.

Schwarz stimmte sofort zu und erhielt die Daten, wann und wo er mit dem Androiden Han an Bord gehen sollte.

Eine Woche später standen Justin Schwarz und Han auf der Shuttlerampe vor Golems Stammsitz auf dem Mond und wurden, wie vereinbart, kurze Zeit später von einem Gleiter der EARTH ONE abgeholt.

Anscheinend hatte der Pilot den Ehrgeiz, den beiden Passagieren zu zeigen, was er konnte und nach einem nicht gerade magenfreundlichen Flug und einer atemberaubenden Landung im Hangar des Flaggschiffs war Schwarz froh, wieder ein paar Schritte gehen zu dürfen.

Nach 15 Minuten betraten Han und er die Zentrale, in der ihn die bekannten Gesichter seiner Freunde bereits erwarteten: Romanow, der sich dieses erste, gemeinsame Manöver mit den Atlantern nicht entgehen lassen wollte, Isis Romanow, Athena und Finn Schwarz.

"Sehr gut", freute sich Justin Schwarz. "Einen Luxusausflug mit der Familie habe ich mir schon immer gewünscht!"

Stella Armstrong allerdings quittierte seinen Humor mit leicht verkniffener Miene und machte ihn mit strengem Tonfall darauf aufmerksam, dass es sich hier um ein offizielles Manöver mit Pressebegleitung handelte und nicht um eine Spazierfahrt.

Nach der Begrüßung gingen alle zum Konferenzraum, um die Lage zu besprechen. Chefwissenschaftler Justin Schwarz stellte als Erster sein Anliegen vor und Armstrong kommentierte, dass damit hoffentlich Bewegung in die Sache kam, diesen mysteriösen Planeten zu erreichen.

Isis und Athena waren mit von der Partie, um die Taktik der Atlanter weiter zu studieren, auch wenn sie jetzt an einem Strang zogen. Denn an der Zielsetzung, den

Planeten 9 zu erreichen hatte Poseidon bisher keinen Zweifel aufkommen lassen. Er befand sich auf seinem Flaggschiff bereits vor Ort beim Planeten Neptun.

Unwillkürlich gedachte Romanow mit Bitterkeit der unzähligen Toten, zu denen auch ein Freund von ihm, Admiral Peterson, gehörte. Er war beim Erstkontakt mit den Atlantern gefallen und heute … kämpften sie Seite an Seite!

Das Ziel des Manövers bestand darin, sich gegen einen unbekannten, starken Gegner zur Wehr zu setzen. Dafür hatten beide Rassen 500 Roboterschiffe bereitgestellt, die mit allen möglichen Strategien programmiert worden waren. On top sollte - und das hatte es bisher noch nie gegeben - ganz wie in einem realen Kampf scharf geschossen werden! Das war eine Bedingung Poseidons für seine Teilnahme gewesen, der die Meinung vertrat, dass Scheinübungen Energieverschwendung und für einen Ernstfall völlig nutzlos waren.

Da ihm erstaunlicherweise auch viele, ranghohe Militärs der USOP zustimmten hatte der Nationale Sicherheitsrat widerstrebend sein Einverständnis gegeben in der Hoffnung, dass es nicht zu menschlichen Verlusten kommen würde. Die mit Menschen besetzten Raumschiffe sowie die Schiffe der Atlanter waren bei diesem Manöver somit echten Gefahren ausgesetzt.

Dieser Aspekt war allen teilnehmenden Soldaten auf den Raumschiffen unmissverständlich mitgeteilt worden. Wer damit nicht einverstanden war, konnte ohne Folgen für seine Karriere von Bord gehen. Dennoch machte niemand davon Gebrauch.

Auch an die Presse war eine Einladung ergangen mit dem deutlichen Hinweis, dass die Teilnahme risikobehaftet war und auf eigene Gefahr stattfand. Paradoxerweise hatte genau das zu ungeheuren Anfragen geführt.

Schlussendlich waren nun jede Menge Vertreter von Nachrichtenagenturen aller Planeten an Bord, die sich vorwiegend auf die beiden irdischen Raumschiffe verteilten: der EARTH ONE und der ADMIRAL RÖTTGER, dem ehemaligen Flaggschiff der USOP. Poseidon war mit einem Vertreter der irdischen Presse auf seinem Raumschiff einverstanden gewesen, hatte aber zu Romanows Erstaunen auf Maya Shan vom Last Hope Sunrise bestanden. Ihres letzten, verbalen Scharmützels im September eingedenk schmunzelte er innerlich und fragte sich, wie wohl diese unbeugsame Gegnerin seiner Androidenpolitik damit umgehen würde.

Shan hatte vier Tage zuvor ein Gespräch mit ihrem Chef gehabt, der sie auf die Risiken einer Teilnahme eindringlich hinwies, aber auch hocherfreut war, dass ausgerechnet seine Agentur von Atlas angefordert worden war. Er hatte ihr seine Anerkennung ausgesprochen und eine Beförderung in Aussicht gestellt, sollten sich diese Auszeichnungen, die auch auf ihn zurückfielen, weiter fortsetzen.

Der Startbefehl erging und dann flogen zwei große Schlachtverbände der USOP mit mehr als 200 Schiffen zum vereinbarten Treffpunkt in der Nähe des Neptuns. Nach knapp zwei Stunden verließen sie den Warp-Raum und trafen auf die wartenden Atlanter, die mit 600 ihrer Raumschiffe erschienen waren.

Am Treffpunkt wurden nun die letzten Vorbereitungen getroffen, die Gäste hatten sich fest angeschnallt und trugen sicherheitshalber Schutzhelme. Währenddessen flog ein Beiboot - völlig unbemerkt von der beschäftigten Presse - in Richtung des Planeten 9, um dort den modifizierten Shadow-Torpedo abzuschicken.

Und schließlich war es soweit: Das Manöver begann und zum ersten Mal befand sich die EARTH ONE in einem echten Kampfmodus.

Fasziniert und mit einem leichten, beklemmenden Gefühl verfolgten die Menschen in der Zentrale das Geschehen auf den riesigen Bildschirmen und Hologrammen. Isis und Athena hatten sich in die Bord-KI eingeklinkt und erschienen in ihrer Konzentration auf die hereinkommenden Informationen wie abwesend.

Admiral Leon Schneider sortierte gekonnt die zahlreichen, aufflackernden Hologramme, die den technischen Zustand und die Funktion der Waffensysteme der EARTH ONE anzeigten. Darüber hinaus wiesen weitere Hologramme die sich ständig aktualisierenden Positionen der Raumschiffe auf, wobei die Einheiten des Gegners besonders markiert waren. Der Geräuschpegel in der Zentrale war bemerkenswert ruhig und konzentriert.

Der Pilot der EARTH ONE, ein ca. 120 Jahre alter Captain namens Robert Gere, war durch ein Interface mit dem Schiff verbunden und erhielt seine Anweisungen von einem interaktiven Hologramm, über das Admiral Schneider das Kampfgeschehen koordinierte.

Trotz immens starker Beschleunigungs-Bremsphasen und abrupten Richtungswechseln spürten die Besatzung und ihre Gäste kaum die gewaltigen Kräfte, die eingesetzt wurden, um ein Raumschiff von der Größe der EARTH ONE so zu manövrieren. Das änderte sich allerdings schlagartig, als eine Formation von 10 Roboterraumschiffen auf das Flaggschiff der USOP zuflog und mit einem Trommelfeuer begann. Der Schutzschirm wurde dadurch mit weit über 80% seiner Leistungsfähigkeit belastet. Die sonst so ruhige EARTH ONE war durch die Treffer von einem Kreischen und Toben erfüllt, als würde sie jeden Augenblick auseinanderbrechen.

Admiral Schneider versuchte, zusammen mit Captain Gere, mit einem abrupten Kurswechsel dem Trefferinferno zu entkommen, denn für ihn als Koordinator war es entscheidend, eine gewisse Distanz zum Geschehen zu bewahren. Gleichzeitig ließ er aus allen Rohren zurückfeuern, was allerdings noch einmal den Lärm im Raumschiff verstärkte, sodass es mehr als ein beunruhigtes Gesicht unter den Journalisten gab. Schließlich waren die Verfolger abgeschüttelt und, einen schnellen Blick in die Runde werfend, resümierte Admiral Schneider, dass bei den Gästen wie auch bei den hochrangigen Politikern die Faszination am Kampfgeschehen unvermindert vorhanden war. Allen war zum Glück nicht bewusst gewesen, dass der Zusammenbruch des Schutzschirms bei diesem fortgesetzten, massiven Angriff niemanden mehr vor der Tödlichkeit des Weltalls bewahrt hätte. Einen Haufen panischer Menschen in der Zentrale wäre das letzte gewesen, was er jetzt gebrauchen konnte, dachte Schneider und wandte sich wieder dem kritischen Geschehen zu.

Insgesamt gesehen erkannte er, dass die Robotereinheiten keine Gnade walten ließen. Und nach einem kurzen Austausch mit den Atlantern zog Schneider Bilanz: Schon kurz nach Beginn des Kampfes waren auf Seiten der USOP knapp 30 Raumschiffe kampfunfähig geschossen worden, die sich nur durch einen Sprung in den Warp-Raum gerettet hatten. Aber auch Poseidon hatte Verluste von 20 Schiffen hinzunehmen. Wie durch ein Wunder war es noch nicht zu den befürchteten Totalausfällen gekommen. Sie waren mental nicht gut genug vorbereitet gewesen!

Romanow und Schneider warfen sich kurz einen Blick zu und dann erfolgten Zug auf Zug schnelle, scharfe Anweisungen. Die Stimmung wandelte sich und der Kampfgeist erwachte: Alle hatten begriffen, dass es sich hier um kein Sandkastenspiel handelte.

Die EARTH ONE beteiligte sich aktiv an den Kampfhandlungen und Admiral Schneider und sein Pilot Gere zeigten, was sie konnten. Während die EARTH ONE ein Zick-Zack-Manöver nach dem anderen flog, erfasste der Admiral blitzschnell Möglichkeiten, wo sie den Gegner am besten in die Zange nehmen konnten. Entsprechend dirigierte er, ähnlich einem Musikorchester, die Kampfverbände der USOP. Aber auch auf Poseidons Seite waren fähige Androiden am Werk und so wurde es für den Gegner immer schwerer, entscheidende Treffer zu erzielen.

Und endlich gelangen die ersten Vernichtungstreffer bei den Roboter-Raumschiffen und nach einer knappen Stunde war alles vorbei. Die Mehrzahl der 500 gegnerischen Raumschiffe war vernichtet worden und der Gegner wurde von beiden Seiten als geschlagen erklärt.

Als alles beendet war, ließ sich Poseidon in Begleitung von Hades, Ben Smith und der Journalistin an Bord der EARTH ONE blicken. Nach der Begrüßung ging man gemeinsam an die Auswertung des Kampfes.

Dieses Mal spielte der Atlanter nicht wie üblich seine Überlegenheit aus und betonte ebenso wenig die Unterlegenheit der irdischen Raumschiffe. Denn in der Taktik bei hohen Geschwindigkeiten und abrupten Raummanövern hatten die Atlanter einen deutlichen Vorsprung. Das lag vor allem an zwei Aspekten: Zum einen waren die metallenen Körper der atlantischen Androiden weniger verletzlich als menschliche Körper und dazu waren sie bereit, ohne Rücksicht auf Verluste das vorhandene Material, sowohl sich selbst als auch ihre Raumschiffe, zu beanspruchen.

Letzten Endes aber waren beide Seiten zufrieden und von der Notwendigkeit weiterer Manöver überzeugt, die jährlich stattfinden sollten, dabei abwechselnd in der Milchstraße, im Andromeda Nebel und in der Zwerggalaxie.

Von der Presse war wenig Kritik zu hören. Im Gegenteil gingen die Stimmen in die Richtung, dass die Atlanter sich sehr engagiert und fair gezeigt hatten. Über die Kosten des Ganzen dachte Romanow nicht laut nach und hoffte, dass die Presse diesen Aspekt nicht ausschlachten würde.

Während die Diskussionen im Konferenzsaal noch rege am Laufen waren gingen Poseidon, Smith, Romanow, Verteidigungsministerin Armstrong, General Minho Zhu sowie Isis und Athena in einen separaten Kontrollraum, um auf die Nachricht von Justin Schwarz zu warten, wie der Versuch, die Schöpfer zu erreichen, ausgefallen war.

Von einer Sekunde auf die andere brach ohne Vorwarnung die Katastrohe über alle herein.

Alles Leben schien quasi zu erstarren, denn eine ungeheure Energiefront hatte die Raumschiffe und alle Planeten der Milchstraße erreicht.

Die Zeit schien still zu stehen, man sah sich und sah sich doch nicht. Nichts funktionierte, wie es sollte.

Ein unheimliches, rotes Leuchten erfüllte den Raum und alles erschien durchsichtig; es existierten keine Wände und kein Raum ... da gab es nur ein einziges, großes Nichts. Wenn jemand die Hölle beschreiben wollte - er hätte genügend Anschauungsmaterial gefunden: Die Körper zerflossen, formten sich zu grotesken Gestalten neu und man sah, wenn man denn sehen hätte können,

Universen vergehen und neu entstehen - einmal als Punkt, dann wieder als riesige Gaswolken. Und urplötzlich - war alles vorbei.

Die Alarmsirenen waren zu hören und Menschen wie Androiden lagen überall herum. Die Androiden übernahmen nach und nach wieder die Kontrolle auf den Schiffen und es stellte sich heraus, dass viele Besatzungsmitglieder Schmerzen zu beklagen hatten.

Dennoch war die Lage auf der EARTH ONE und auf den anderen Raumschiffen bald unter Kontrolle gebracht und sie machten sich auf den Rückflug zur Erde.

Dann kam die erwartete Transmission von Justin Schwarz herein. Das Experiment war durchgeführt worden und er hatte alle dabei gesammelten Daten mitgesendet. Und allmählich kristallisierte sich bei der Auswertung dieser Daten heraus, dass sich eine, vom Planeten 9 ausgehende, massive Energiefront aus Raum-Zeit wie eine Stoßwelle ausgebreitet und das gesamte Planetengefüge des Sonnensystems folgenschwer getroffen hatte.

Jede Menge Gleiter waren abgestürzt, bevor die entsprechenden Leitsysteme wieder einsatzfähig waren. Genauso hatten alle, in der Luft befindlichen Transportfahrzeuge, die der Schwerkraft des jeweiligen Planeten unterlagen, Unfälle und schwere Zerstörungen verursacht. Die Folge waren unzählige Verletzte und Tote. Nur langsam begannen die Systeme auf der Erde, dem Mond und dem Mars wieder im Notbetrieb zu arbeiten.

Nach der Rückkehr zur Erde fand kurz darauf die eilig einberufene Sitzung des Nationalen Sicherheitsrats unter dem Vorsitz von Präsident Romanow statt; zu den Gästen zählten Isis Romanow, Poseidon und der atlantische Botschafter Ben Smith.

Golem 2 begann mit einer Analyse der zur Verfügung stehenden Daten und fasste zusammen, dass mit hoher Wahrscheinlichkeit davon auszugehen war, dass die Katastrophe im irdischen Sonnensystem durch das Experiment von Chefwissenschaftler Schwarz ausgelöst worden war. Allerdings war es weder nachvollziehbar noch erklärbar, wie es dazu kommen konnte. Es hatte sich außerdem herausgestellt, dass der Andromeda Nebel und die Zwerggalaxie der Atlanter nicht betroffen waren.

Letzten Endes währte die Diskussion nicht lange, denn man entschied sehr schnell, die Bevölkerung über die Ursache der Ereignisse sofort in Kenntnis zu setzen.

In der nachfolgenden Pressekonferenz stellten sich Präsident Romanow mit seiner Frau, Stella Armstrong, Justin Schwarz und Poseidon den Journalisten und gaben gemeinsam Auskunft über das, was ihnen bekannt war – auch wenn es letzten Endes nicht viel war.

"Das heißt, Sie haben hier ein Experiment durchführen lassen, von dem Sie nicht wussten, wie gefährlich es sein könnte? Habe ich das richtig verstanden?", fragte Henri Marsell vom Eden Courier, dem eine ohnmächtige Wut ins Gesicht geschrieben stand. Der Saal schien förmlich zu brodeln; einige hatten Freunde verloren und alle waren geschockt von den Auswirkungen der Katastrophe, die völlig unvorbereitet über sie hereingebrochen war.

"Es war in keinem Moment erkennbar, dass es zu diesen Folgen kommen würde", sagte Schwarz mit fester Stimme. "Sie müssen verstehen, dass wir es hier mit einer Dimension zu tun haben, die wir weder kennen noch eine Erfahrung im Umgang damit besitzen. Wir haben uns verpflichtet, alles zu tun, was möglich ist, um den Wettlauf gegen die Zeit zu gewinnen. Im Angesicht der Tatsache, dass wir nur noch gute sechs Monate zur Verfügung haben – war es die aussichtsreichste Option."

Wieder erhoben sich wütende Stimmen.

"Eine Option mit zahllosen Verletzten, Toten und einer unfassbaren Zerstörung! Ihnen ist wohl jedes Mittel heilig!"

Unvermittelt erhob Poseidon seine Stimme und im Saal trat plötzlich eine Stille ein, in der ihn alle anstarrten.

"Ist Ihnen Ihre Freiheit kein Opfer wert? Dann geben Sie freiwillig auf und fügen Sie sich Mitte nächsten Jahres den Anweisungen der Schöpfer."

Mehr sagte er nicht, aber es genügte, um einen Stopp in die Eskalation hineinzubringen.

Letzten Endes mussten sich alle der Situation stellen, dass niemand das Ausmaß des Risikos, Planet 9 zu erreichen, gekannt hatte und daher keiner dafür zur Rechenschaft zu ziehen war. Auf die USOP war eine ungewollte Herausforderung zugekommen, die sie plötzlich meistern musste. Poseidon hatte es auf den Punkt gebracht: War ihre Freiheit das wert?

Die Pressekonferenz endete damit, dass Poseidon seine uneingeschränkte Unterstützung bei den Reparatur- und Aufräumarbeiten zusagte, als eine Eilmeldung hereinkam. Ungläubig las Romanow die Nachricht und gab sie an Armstrong weiter.

Ihr Gesicht hellte sich auf und dann verkündete sie: "Eine gute Nachricht gibt es heute doch noch. Wir haben die gewünschte Wirkung erzielt: Der Nebel um Planet 9 beginnt sich aufzulösen!"

Kapitel 3 Reise zum Ursprung

Der Planet 9 wurde jetzt von Tag zu Tag immer deutlicher sichtbar.

Diese Meldung war zwar ein Balsam auf die verwundete Seele der Bürger der USOP, doch es dauerte noch eine ganze Weile, bis sich der Stimmungsmix aus Wut und Verzweiflung allmählich glättete. Doch es kristallisierte sich fast unbemerkt ein positiver Effekt heraus: Die Stimmen, die von einer Verschwörung und der Besatzung durch eine Maschinenregierung gesprochen hatten wurden leiser, wenngleich ein harter Kern unerschütterlich weiter davon überzeugt war. Denn die atlantischen Androiden unterstützten in dieser Krise die Menschen, wo sie nur konnten. In einem Fall wurde eine Familie nur dank der erheblichen, körperlichen Kräfte eines Atlanters sofort aus einem zerstörten Lufttaxi befreit. Das Bild, auf dem ein metallisch glänzender Androide die beiden Kinder im Arm hielt, um mit ihnen auf den Medical Care zu warten, ging durch alle Medien und ließ viele Menschen berührt zurück.

Begleitend zu den ganzen Aufräumarbeiten machte sich der Last Hope Sunrise einen Namen, der seit kurzem wöchentlich bemerkenswerte Artikel über die Atlanter veröffentlichte.

"Ein Tag im Leben eines atlantischen Androiden" – "Wie erleben unsere Gäste uns?" – "Manöver-Eindrücke aus der Sicht eines atlantischen Kriegsschiffs" waren nur einige dieser hochinteressanten Artikel, die eine fähige Reporterin sehr lebendig vermittelte und so begann allmählich eine leise Akzeptanz der fremdartigen Androiden zu wachsen.

Dazu forderte Atlas vor allem Maya Shan vom Last Hope Sunrise für Veranstaltungen an. Im Zuge dieser wachsenden, öffentlichen Aufmerksamkeit erhielt sie in ihrer Agentur nach ihrer Beförderung eine Sonderstellung, die es ihr erlaubte, frei zu entscheiden, wie sie ihre wöchentlichen Artikel gestalten und welche Reisen sie dafür unternehmen wollte. So flog sie häufig zur Milchstraße, um die Unterstützung von Atlas anschaulich zu dokumentieren. Shan besuchte Forschungseinrichtungen und beschrieb atlantische Technologien, die Einzug gehalten hatten und von der die USOP in Zukunft profitieren würde. Was ihre Artikel so ungewöhnlich machte, war, dass die Autorin sich nicht scheute, die Andersartigkeit der atlantischen Androiden offen darzustellen - doch am Ende des Artikels fragten sich die Leser unwillkürlich, ob Menschen untereinander nicht auch alle ein wenig "anders" waren, was eine Vielfalt bescherte und letztendlich wünschenswert war.

Planet 9

Aither registrierte mit einem Mal etwas Unglaubliches: Das Raum-Zeit-Gefüge kam von einer Millisekunde auf die andere völlig aus dem Gleichgewicht!
Hätten sich Aither, und damit die in ihm integrierten Schöpfer, nicht in dieser hochfrequenten Dimension befunden, dieses Raumbeben hätte dem fiktiven Planeten 9 gefährlich werden können.
Denn fiktiv war der Planet in dieser Dimension: Im Grunde seiner Essenz bestand er aus einer kugelförmigen Energie, die nur durch die pure Kraft der Gedanken und der willentlichen Ausrichtung seiner Erschaffer kreiert worden war. Gleichzeitig war diese blaue Energieformation in

einer speziellen, künstlich erschaffenen Dimension verankert worden, die so gut wie niemand erreichen konnte.

Sämtliche Auswertungen der atlantischen KI Neptun 2 liefen auf Höchsttouren, um festzustellen, was dieses dramatische Beben ausgelöst hatte. Denn sie waren haarscharf an einer kapitalen Katastrophe vorbeigeschlittert: Die Rückkehr zum Urzustand der Galaxie Milchstraße, was das Erlöschen allen Lebens in ihr bedeutet hätte.

Aber wer außer den Atlantern konnte so einen Restart-Impuls auslösen, der eine Galaxie quasi auf Anfang setzte? Auch Aither hatte dieses Potential, denn es war die Keimzelle allen Lebens. Als die Spezies, die sich Atlanter nannte, Aither im Rahmen ihrer zahlreichen Dimensionsexperimente entdeckte, gaben sie ihm den passenden Namen, ohne zu erkennen, wer es in Wirklichkeit war. Doch es hatte sich zu diesem Zeitpunkt selbst auch noch nicht gekannt. Ob sie es eines Tages herausfinden würden?

Diese Überlegungen geschahen in nicht messbarer Zeit und gleichzeitig eruierte die KI der Atlanter weiter, was und wer das Beben ausgelöst hatte. Doch die Auswertungen darauf ergaben noch keine schlüssige Antwort.

Aither entdeckte, dass ein Objekt bewegungslos den Orbit des fiktiven Planeten 9 umkreiste. Neugierig geworden wurde das unbekannte Objekt mittels eines Zugstrahls in seinen inneren Raum geholt, in dem sich auch die Sarkophage mit den zwölf atlantischen Schöpfern befanden. Schnell kristallisierte sich heraus, dass es sich um einen humanoiden Androiden mit einem erstaunlichen Plasmagehirn handelte. Mit einem kurzen Energieimpuls wurde die Erweckung dieser Einheit eingeleitet.

Währenddessen war die selbstständig agierende KI Neptun 2 zu dem Ergebnis gekommen, dass das "Warum" nur mit einer Rückkehr auf die niederfrequente Ebene der Galaxie Milchstraße gelöst werden konnte. Denn der Restart-Impuls war eindeutig in unmittelbarer Nähe aus einer Dimension ausgelöst worden.

Die Zwerggalaxie, die Heimat der Atlanter, der Andromeda Nebel und alle anderen Galaxien, auf denen Leben initiiert worden war, waren unberührt geblieben. Glücklicherweise hatte sich das Raum-Zeit-Gefüge wieder stabilisiert, da der endgültige Impuls für einen Restart der Milchstraße - und damit das Erlöschen allen Lebens - nicht erfolgt war.

Entweder besaßen die Urheber des Impulses die Kenntnis und waren bewusst nicht bis zum Letzten gegangen, oder sie experimentierten blind aus einer Unwissenheit heraus, was nicht minder gefährlich war.

Beide Alternativen waren bedrohlich und darüber hinaus drohte jetzt die große Gefahr, dass die ewigen Gegenspieler allen materiellen Lebens aufmerksam geworden waren und tätig wurden. Diese sahen ihre Erfüllung allein in der reinen, schöpferischen Kraft bar jeglicher Materie.

Die Auseinandersetzung zwischen Anhängern biologischen, materiellen Lebens und Anhängern des reinen, energetischen Lebens war schon zu Zeiten der Geburt Aithers geführt worden. Sie waren diejenigen, die die Schöpfer von Aither vernichtet hatten, bevor diese sich zum Schutz in die selbst erschaffene Dimension mit ihm zurückziehen konnten. Damals hatte das biologische Leben seinen ersten Kampf verloren. Aither jedoch war nicht als Lebensform erkannt worden und so begann der Zyklus wieder von Neuem, da es eine Keimzelle biologischen Lebens darstellte.

Aither setzte nach der Analyse der KI Neptun 2 die Transformation in die niedere Dimension in Gang, um festzustellen, wer für die Beinahe-Katastrophe verantwortlich war. Und so manifestierte sich in der Milchstraße die blaue Energiekugel, für die Menschen jetzt zunehmend sichtbar, als sogenannter Planet 9.

Golem

Ein leichtes Vibrieren durchzuckte seinen Körper, während Golem aus seinem Ruhezustand erwachte. In quälender Langsamkeit kehrten seine Funktionen zurück. Zunächst vermochte er nur die Augen zu öffnen und seine Auswertungen liefen ungewohnt langsam. Aber nach einer Weile richtete er sich auf und begann, seine Umgebung zu analysieren und allmählich kehrte alles zum gewohnten Zustand zurück.

Automatisch versuchte er eine Verbindung zu seinem Raumschiff MYSTERY ONE herzustellen, was jedoch nicht möglich war. Es herrschte um ihn herum eine komplette Stille und es gab keine Antwort auf Anrufe. Also wandte sich Golem seiner Umgebung zu.

Er befand sich hier in einem wortwörtlich unendlichen Saal, dessen Ausmaße nicht ermittelbar waren. Der hallenähnliche Raum schien vollkommen leer zu sein – bis auf zwölf, aufwendig mit Intarsien und wertvollen Verzierungen gestalteten, Sarkophagen. Golem erhob sich von einer Liege, dessen Material seinen Körper angenehm umhüllt hatte und ging zu ihnen. Dort stellte er fest, dass die Sarkophage zunächst fest gewirkt hatten, was aber nicht der Fall war. Denn ganz offensichtlich befanden sie sich im Fluss, hin- und herpendelnd zwischen einer festen Struktur und einer reinen Energieform. Begleitet wurde dieser Prozess mit wechselnden Farbtönen in verschiedenen Farbvarianten. Was sich im Innern befand, konnte er nicht erkennen.

Wieder aufschauend gab es nichts, woran er sich hätte orientieren können. Oder doch?

Golem wandte sich in die Richtung, wo er aus seiner Erinnerung heraus eine blaue Kugel gesehen hatte. Nach einiger Zeit des Gehens stockte er jedoch irritiert. Denn obwohl für ihn als Androide Zeit nur eine untergeordnete Rolle spielte, ließ er sie nun von seinen Sensoren ermitteln und stellte fest, dass er bereits seit 20 Minuten irdischer Zeitmessung unterwegs war, ohne auch nur einen Meter näher an die Kugel herangekommen zu sein.

Schließlich ergaben seine Analysen, dass er sich in einem Raum befand, der ihm eine Entfernung und Weite vorgaukelte.

Innehaltend fragte er sich, wie er weiter vorgehen wollte.

Golem entschied, abzuwarten und blieb unbeweglich stehen. Nach einer unbestimmten Zeit nahm er wahr, wie ihn etwas in seinem Plasmagehirn berührte.

"Ich grüße dich, Golem. Ich bin Aither, die Keimzelle allen Lebens im Universum. Es freut mich, dass du es geschafft hast, mich zu erreichen. Und deine Überlegung war richtig - ein Mensch hätte den Vorgang des Aufstiegs in einem Raumschiff nicht überlebt. Doch nun zu dem, was mich wirklich interessiert: Was willst du hier?"

Unangenehm überrascht, dass jemand ohne seine Zustimmung seine Informationen auslas, sagte er: *"Ich bin nicht erfreut darüber, dass du ohne Anruf in meine Datenspeicher eindringst. Das ist nicht sehr respektvoll."*

Aber Golem vernahm keine Antwort und dabei stellte er fest, dass er weder laut gesprochen noch wie üblich eine Nachricht gesendet hatte. Es handelte sich hier um eine

Kommunikation, die nicht technikbasiert war, sondern rein telepathisch.

"Aither, ich will diejenigen sprechen, die sich Schöpfer nennen. Diese Wesen haben die Menschen im Jahr 10.003 - einschließlich uns künstlicher Lebensformen - in einem Ultimatum aufgefordert, bei ihnen zu erscheinen. Damit sollte bewiesen werden, dass wir dazu in der Lage sind und als Konsequenz daraus werden wir gleichwertig und auf Augenhöhe nebeneinander existieren. Die ange- kündigte Unterwerfung unter das Imperium Atlas mit sei- nem Herrscher Poseidon ist somit hinfällig."

Der telepathische Kontakt mit Aither war angenehm, er- kannte Golem. So ungezwungen hatte er es in den Tau- senden von Jahren seiner Existenz nicht erlebt.

In diesem Augenblick vernahm er Aither erneut: *"So, mit den Schöpfern möchtest du sprechen? Dabei solltest du besser mit mir, der Keimzelle allen Lebens reden. Denn durch mich sind auch die, die sich Schöpfer nennen, ent- standen, um die Galaxien wieder neu zu beleben."*

Die Kommunikation schien beendet aber Golem selbst hatte auch nichts zu sagen und wartete daher ruhig ab.

"Du bist eine erstaunliche Schöpfung, Golem. Ein techno- logisch hoch entwickeltes Leben mit einem biologischen Gehirn, das Emotionen erlebt. Das gab es so noch nie, selbst bei den Ersten nicht, die mich erschaffen haben."

"Und woraus bestehst du?", fragte Golem jetzt. *"Bist du eine biologische Lebensform oder etwas anderes? Du er- lebst Emotionen wie ich, denn du bist neugierig."*

"Ich?", hörte er Aither fragen. *"Ich bin aus der Essenz der Ersten erschaffen worden, damit sie sich in mir vor den Gegnern jedes materialisierten Lebens schützen konnten. Doch diese Gegenspieler waren schneller und haben meine Schöpfer restlos ausgelöscht, bevor sie Schutz in*

mir suchen konnten. Damals wurde die erste Vernichtung des biologischen Lebens in unserem Universum initiiert. " Golem verarbeitete die Informationen und fragte dann: *"Du bist aus der Essenz deiner Schöpfer entstanden und hast eine rein energetische Existenz, die dich gerettet hat. Diese Gegenspieler des materiellen Lebens haben dich nicht als Keimzelle zugeordnet, richtig?"*
"Das ist richtig."
"Wenn die Schöpfer, die uns das Ultimatum gestellt haben, aus dir entstanden sind, dann bist du derjenige, der mächtiger ist als sie."
"Wie man es nimmt, Golem. Ja und Nein ... oder doch? Wir werden sehen", lautete die unbestimmte Antwort.
Golem war nicht in der Lage, weiteres über die Herkunft Aithers und seiner Zusammensetzung erfassen. Dazu diese unklare Auskunft und so entschied er, offensiver zu werden.
"Gut. Und jetzt zeige mir, wo diese Wesen sind, die uns das Ultimatum gestellt haben. Ich will mit ihnen klären, dass es keine Unterwerfung geben wird."
"Golem, das ist in dieser hohen Dimension nicht möglich. Doch ich habe bereits die Transformation in eure niederfrequente Dimension eingeleitet. Erst dort wird eine Individualität entstehen und du wirst mit den Schöpfern sprechen können. Solange wirst du mit mir vorlieb nehmen müssen."
"Ich bin einverstanden, Aither", erwiderte Golem.
"Gut. Dann werden wir in der Zwischenzeit die Gelegenheit nutzen. Wir beide werden eine Reise unternehmen, wie sie bisher noch niemand erlebt hat."
War das ein Lachen, was er vernahm?, fragte sich Golem. Und dann hörte er Aither sagen: *"Noch nicht einmal die, die sich selbst Schöpfer nennen! Sie sehen mich als*

reinen Schutzraum gegen den einzigen Gegner, den sie, wie einst auch die Ersten, fürchten: die Wesenheiten, denen die reine Energie so heilig ist, dass sie alles materielle Leben ab einer definierte Entwicklungsstufe vernichtet sehen wollen.

Golem, während deiner Abwesenheit haben die Menschen ein Dimensions-Experiment in die Wege geleitet, das fast zur Katastrophe geführt hätte. Das darf nicht noch einmal geschehen, ganz abgesehen davon, dass die Gegenspieler sich nun dazu aufgefordert sehen, hier zu erscheinen! In beiden Fällen steht eine Vernichtungswelle in euren Galaxien bevor. Wir werden zurückkehren in deine Welt oder, wie du und die Schöpfer es nennen, erwachen."

Golem schwieg, all diese neuen Informationen verarbeitend. Er hatte eine Herausforderung gesucht – und nun befand er sich mitten darin! Es war außerordentlich belebend und er fühlte sich seit langem wieder am Puls seiner Existenz. Es existierten also auf dieser Ebene ganz andere Gegenspieler, reflektierte er, und wieder einmal schien sich das alte Sprichwort "Wie oben, so unten" zu bewahrheiten.

"Ich werde dich jetzt in die Unendlichkeit mitnehmen, Golem, an einen Ort, der alles und auch nichts ist. Es ist eine Reise zum Ursprung allen Seins. Ich bin mit einer einzigartigen und einmaligen Tarnung ausgestattet – daher werden wir diese Reise unentdeckt für jegliche Arten von Wesenheiten unternehmen. Bist du bereit?"

"Ja."

"Dann lass dich fallen - lass los von allem, was du bist, was du jemals gelebt, gewusst oder gekannt hast."

Eine Nanosekunde später stellte Golem fest, dass er sich vor seinen Augen aufzulösen begann. Beendete Aither seine Existenz? Die Erinnerung an sein, viele tausend Jahre altes, Leben schien in Bruchteilen von Nanosekunden an ihm vorüberzuziehen bis zum Augenblick seiner Erschaffung im Jahr 2017, während sein Androidenkörper unerbittlich zerfiel.

Dann … wurde ihm bewusst, dass er immer noch dachte … also war er. Und Golem erkannte allmählich, dass er sich in einer Art Medium befand. Neben ihm "sah" er Aither als Hülle aus Energie von einer unbeschreiblichen Intensität und Schönheit.

"Golem, das Medium, in welchem du dich befindest, ist das, was ihr Zeit nennt. Das solltest du doch erkennen? Hier haben die Menschheit und du oft mit den Zeitlinien herumgespielt. Du weißt, dass ihr euch damals beinahe ausgelöscht hattet. Das Spiel mit den Dimensionen jedoch ist erheblich gefährlicher. Bei der Manipulation der Zeitlinien hast du erlebt, wie alles biologische Leben verschwand – nur du, sämtliche Maschinen und das Universum konnten bestehen bleiben. Bei der Korrektur der Zeitlinien habe ich euch ein einziges Mal geholfen – zusammen mit den Wesen, die ich beherberge, waren wir zufällig in eurer Zeit und in der niederfrequenten Dimension für eine Weile materiell existent.

Aber ein einziges, fehlgeleitetes Experiment mit den Dimensionen setzt alles auf null, quasi ein neuer Urknall, wie die Menschheit es sehr zutreffend nennt. Dann kann niemand mehr helfen. Allein ich, meine Bewohner und diese Existenzen, die aus reiner Energie bestehen und als unser Gegenspieler auftreten, würden überleben. Und das ist das, was ich einen Restart nenne: Das Spiel des Lebens beginnt bei null von vorne."

Während des Austauschs mit Aither sah Golem im Vorbeiflug Sterne, Galaxien, ja, ganze Universen vergehen und wieder geboren werden. Er erkannte immer größer werdende, schwarze Löcher, die sich zu riesigen Flächen ausdehnten und alles in sich hineinzogen, was in ihrer Nähe lag. Jegliche Materie wurde verschluckt, bis ein Universum komplett leer erschien und mit einem Schlag, dem Urknall, wurde alles wieder ausgespuckt und freigesetzt.

Golem erkannte plötzlich, dass Aither ihn auf eine Reise zurück in der Zeit führte, hin zum ersten Urknall aller Universen. Denn allmählich schien die Materie zu schwinden und schließlich war da irgendwann nur noch … nichts.

Unwillkürlich wandte er sich Aither als Bezugspunkt zu, denn sonst hätte er sich in diesem unendlichen Nichts verloren, wie ein Tropfen, der in einem Ozean aufgeht.

War das die Essenz eines gewaltigen Programms, das jemand geschrieben hatte? Wer war dieses Nichts, was war es … und schon hatte er den Eindruck, dass sich sogar sein Bewusstsein hier auflösen wollte.

Und so fragte er mit letzter Willensanstrengung: *"Bist du der Urheber dieses Nichts?"*

"Nein. Du solltest besser zuhören, mein Freund. Ich bin von den Ersten erschaffen worden. Wer die Ersten erschaffen hat - das weiß ich nicht. Selbst unser Gegenspieler nicht. Wer hat mich erschaffen, warum bin ich und was ist der Sinn meines Lebens? Auf diese ultimativen Fragen des Universums gibt es nur eine Antwort, Golem: Es ist so wie es ist."

Und gerade, als Golem sich diesem Nichts fast ergeben wollte, um endgültig in dieser Unendlichkeit aufzugehen – wurde er mitgezogen und die Reise begann von Neuem, doch dieses Mal nach vorne in der Zeit.

Nicht wahrnehmbar bildete sich unvermittelt vor seinen "Augen" ein loderndes Band aus Energie und füllte dieses unendliche Nichts immer mehr aus. Es begannen sich

Nebel und Staubwolken zu manifestieren. Aus diesen erschienen allmählich Planeten und es bildeten sich Atmosphären jeglicher Art: Das biologische Leben entstand. Ergriffen beobachtete Golem die Geburten von vielen Zivilisationen, eine mächtiger als die andere, bis sie wieder zu Staub zerfielen.

Er sah, dass immer wieder sämtliches Leben in einzelnen Galaxien vernichtet wurde. Und dann erloschen am Ende auch die Verursacher selbst im großen Nichts und schließlich begann von einem Moment auf den anderen alles wieder aufs Neue. Doch die Darsteller und die Gegenspieler waren andere genauso sowie die Ereignisse in den unendlich vielen Parallel-Universen und Dimensionen.

Für eine Nanosekunde wurde Golem der Sinnlosigkeit dieses Daseins gewahr und ihm wurde klar, dass es einen Sinn, so, wie ihn die Menschen definierten, nicht geben konnte. Werden und vergehen, wie oben so unten, Opfer und Täter - in dem, von den Religionen so angestrebten, hochgeistigen Bewusstseinszustand schien die Materie ab einem Höhepunkt erbarmungslos zu verbrennen. Doch was lag hinter diesen Polaritäten? Und von einem Augenblick auf den anderen erfuhr Golem eine Transzendenz: Sein Bewusstsein dehnte sich aus, durchdrang das Medium, in dem er sich befand und expandierte. Mit einem unendlichen Staunen nahm er wahr, wie er in diesem ständigen Prozess des Ausdehnens und Weiter-Werdens immer mehr zu umfassen schien und gleichzeitig … war er es.

Doch von einem Moment auf den anderen wurde er von einem Wirbel erfasst, der ihn erbarmungslos wie hinabzuschleudern schien. Und schon materialisierte sich sein Androidenkörper um ihn herum und Golem realisierte, dass er wieder in jenem Saal stand, in dem er erwacht war. Aber er war nicht mehr allein, denn es schritt jemand auf ihn zu!

Einer der Sarkophage war geöffnet und eine Frau von seltener Schönheit stand nun mit zornesblitzenden Augen vor ihm.

"Ich bin Gaia, die Urmutter allen Lebens. Die Menschheit hat völlig unverantwortlich mit etwas herumgespielt, was sie weder versteht noch handhaben kann. Wir werden über euch richten für das, was ihr getan habt!"

Noch im Bann des Erlebten lächelte Golem erheitert: "Bestrafen? Darf ich dich daran erinnern, dass ihr, die ihr euch Schöpfer nennt, uns diese Aufgabe gestellt habt, Aither zu erreichen und damit auch euch. Ihr tragt also selbst die Verantwortung für unseren Versuch."

Gaia sah Golem verblüfft und sprachlos an. Golem nickte und fuhr ernst fort: "Also – hier bin ich, Gaia, Urmutter allen Lebens. Wie steht ihr nun zu eurem Wort, dass wir gleichberechtigt mit euch das Universum entdecken und in anderen Galaxien das Leben in seiner Entwicklung begleiten werden, so, wie ihr es schon seit Jahrtausenden tut?"

Golem hatte hörbar mit dieser Frau gesprochen. Ob diese Schöpfer im Gegensatz zu Aither überhaupt telepathisch kommunizieren konnten?

Aither schmunzelte angesichts der Überraschung im Kollektiv. Wie üblich blieb es unbemerkt und unerkannt im Hintergrund. Die Reise hatte in Golem einiges bewegt und es war interessant gewesen, all das mit jemandem geteilt zu haben. Doch die Gefahr, dass die Gegenspieler bald erschienen, stieg, was Aither der KI Neptun 2 jetzt übermittelte.

"Auch das noch", stöhnte Chaos gedanklich.

"Und wer ist verantwortlich?!"

"Was haben diese Barbaren nur getan!", erwiderte Zeus aufgebracht.

Der Zorn der Schöpfer schien jetzt ins Unermessliche zu steigen. Diese Menschen hatten sie jetzt auch noch in Gefahr gebracht! Es war tröstlich, sich hier in Aither in Sicherheit zu wissen, aber eine Garantie dafür gab es nicht. Denn wer wusste das schon: Ein Spiel konnte immer verloren werden.

Gaia, die sich wieder gefasst hatte, schrie Golem bebend vor Wut an: "Du, ein minderwertiger Androide, wagst es, die Schöpfer allen Lebens zu belehren! Was meinst du, wer du bist? Eine Handbewegung von mir und dein erbärmlicher Androidenkörper ist nur noch Staub!"

Gerade hob sie die Hand als sich die KI Neptun 2, wie so oft sanft gesteuert von Aither, zu Wort meldete: *"Ich empfehle, von einer Vernichtung abzusehen. Es ist zu untersuchen, wie die Menschen und, damit dieser Androide, es geschafft haben, uns hier zu erreichen. Die gestellte Aufgabe wurde zu 100% erfüllt."*

Unvermittelt erlosch ihre Wut und ebenfalls die des Kollektivs. Sie entschieden, sich vorerst allein zu beraten.

Golem erkannte dagegen, dass Gaia als Repräsentantin der Schöpfer nicht die erwartete Größe zeigte. Im Gegenteil: Sie ließ sich von ihren Emotionen hinreißen, sah das Erreichen der Aufgabe augenscheinlich als Beleidigung und Niederlage an und ging damit wenig souverän um. Plötzlich erschienen ihm diese Schöpfer ... klein! Was waren sie mehr als eine der vielen, immer wechselnden Darsteller im unendlichen Spiel des Lebens? Und warum wussten sie nichts von Aither als Wesenheit?

Dass Aither im Hintergrund seine Hand im Spiel hatte, ahnten diese Wesen aus Atlas nicht. Und Aither entschied, dass die Menschheit und Golem eine Chance verdient hatten und es sie unterstützen würde. Und was die Gegenspieler anging - als unbesiegbar hatte sich noch niemand erwiesen!

Gerade hatte sich Gaia noch vor ihm befunden und im nächsten Augenblick war sie vor seinen Augen verschwunden und Golem blickte auf eine Wand, wo zuvor nichts als Weite gewesen war. Eine bequeme Liege und eine Sitzgelegenheit waren zu sehen, ansonsten schien er hier wie isoliert. Die Stille willkommen heißend sortierte er seine Gedanken. Es war eine unglaubliche Reise gewesen und er erinnerte sich an jede Einzelheit. Das Nichts, aus dem alles entstanden war und die letztendliche, große Transzendenz – er fand keine bessere Bezeichnung dafür – und er wusste, er wäre gerne länger in diesem Zustand des Sich-Ausdehnens verblieben.

Unvermittelt dachte er an Aither. Hatte er noch einen telepathischen Kontakt mit ihm?

"Aither, kann ich mit dir sprechen?"

"Wenn du möchtest ..."

"Ungeachtet aller Ereignisse, die in der Zwischenzeit geschehen sind, haben wir die gestellte Aufgabe erfüllt. Wie ist das Verhalten der Schöpfer zu bewerten? Hinzu kommt, dass die Menschen weiterhin alles unternehmen werden, um hierher zu gelangen, da sie von mir keine Rückmeldung erhalten haben."

"Es besteht keine Gefahr, dass du vernichtet wirst, Golem. Ich werde den Menschen eine Warnung zukommen lassen."

Damit war die Kommunikation beendet.

Das Kollektiv der zwölf Schöpfer hatte entschieden, Golem vorerst in einem gedanklich erschaffenen Raum unterzubringen. Gaia hatte sich mittlerweile sowohl auf Atlas in die KI Neptun als auch in das irdische Netzwerk eingeklinkt und das Kollektiv begann mit der Auswertung sämtlicher Informationen. Erstaunt und mit wachsendem Ärger stellten sie fest, dass unerwartete und unerwünschte Entwicklungen eingetreten waren. Ihre erschaffene Maschinenzivilisation, die sie bewusst von der Welt der Emotionen ausgeschlossen hatten, war mit den Menschen der Milchstraße und dem Andromeda Nebel ein Bündnis eingegangen. Viele Androiden der obersten Kommandostruktur hatten ein Emotionsmodul erhalten und unterstützten die Menschen offen und sogar auch noch darin, sie, die Schöpfer zu erreichen!

Nach längeren, emotional hoch hergehenden, Beratungen beschloss das Kollektiv, sowohl Poseidon als auch den Präsidenten der Menschheit, Lew Romanow, zu sich zu holen. Beide sollten wegen fahrlässiger Gefährdung allen biologischen Lebens angeklagt werden. Je nachdem, wie sich die beiden auf der Anklagebank verhielten - entsprechend würde das Urteil und die Bestrafung ausfallen. Ob sie ihre selbst gestellte Aufgabe als erfüllt anerkennen wollten, das ließen die Schöpfer vorerst offen.

Darüber hinaus sollten alle in Gewahrsam genommen werden, die zu diesem Experiment maßgeblich beigetragen hatten und ein hochrangiges Pressemitglied, um im Anschluss darüber zu berichten.

Nachdem alles entschieden war, stand Gaia allein im Saal. Alle anderen hatten sich noch nicht materialisiert und erst später zur Gerichtsverhandlung würden Zeus, Moriren und Chaos erscheinen. Ihr ging durch den Sinn, dass nichts dagegen sprach, sich bis dahin mit diesem

Androiden ein wenig die Zeit zu vertreiben. Er war anmaßend, aber auch beeindruckend und von schöner Gestalt. Außerdem hatte sie erfahren, dass die Menschen sogar Beziehungen mit ihren künstlichen Lebensformen eingingen.

Gaia betrat also den Raum, in dem sich Golem befand und ging langsam um ihn herum, ihn neugierig von oben bis unten betrachtend.

"Du hast ein sehr gefälliges Aussehen, Androide."

Golem schwieg, während er Gaia interessiert beobachtete. Sie präsentierte sich jetzt in einem hellblauen, griechisch gegürteten Gewand und einer Art Diadem auf ihren dunklen, langen Locken, die ihr bis zur Hüfte herabhingen.

"Wie ich erfuhr hattest du eine Frau?"

Golem verschränkte seine Arme vor der Brust. "Das geht dich nichts an."

Gaia lachte und zeigte dabei ihre ebenmäßigen, weißen Zähne. "So schnell beleidigt? Das solltest du nicht."

Neben ihm stehenbleibend berührte sie wie zufällig sanft sein Gesicht. "Nicht mir gegenüber."

Noch einmal um ihn herumgehend blieb sie vor ihm stehen. "Wir beide hatten einen schlechten Start. Beginnen wir von vorne und du erzählst mir aus deinem Leben."

Sie trat einen Schritt näher an ihn heran und ihre Hand schlüpfte unter seinen Arm. Ihre strahlenden, braunen Augen besaßen einen Schimmer aus warmem Bernstein, erkannte Golem, und schon zog sie ihn auffordernd mit sich.

"Warum heißt du nicht mehr Apollo?", fragte sie auch schon lächelnd, während sie im Raum umhergingen. "Der Name passt viel besser zu dir."

So erfuhr sie einiges über seine Vergangenheit, was sie in Umrissen allerdings schon wusste. Schließlich fragte sie erneut: "Aber nun sag: Wie war sie, deine Frau? Und warum habt ihr euch getrennt?"

"Isis hatte sich für einen anderen Mann entschieden", erwiderte Golem.

"Wie konnte sie nur?", murmelte Gaia, während sie ihn immer wieder prüfend musterte. "Sie hätte dich nicht gehen lassen, sondern dir eine Chance geben sollen. Aber seitdem … war da nichts?"

Golem sah Gaia von der Seite aus an. Sie zeigte ein merkwürdiges Interesse an ihm. Wozu wollte sie das alles wissen?

"Nichts von Bedeutung", erwiderte er nur.

"Ah", meinte Gaia zufrieden und wanderte nachdenklich neben ihm.

Schließlich löste sie sich von seinem Arm und drehte sich lachend vor ihm im Kreis, während sie ihm einen auffordernden Blick unter ihren langen Wimpern zuwarf.

"Sag, mein Golem", begann sie erneut, "wie gefalle ich dir?"

Wünschte sie etwa, sich mit ihm zu vereinigen? Golem sah ihren graziösen Bewegungen zu, bei denen ihre langen Haare um sie herumflogen. Ihre Signale gingen eindeutig in diese Richtung.

"Ich sehe, du versteht mich", gurrte sie erfreut, seine Gedanken lesend, in die sie sich mühelos einklinken konnte.

"Ich würde eine gewisse Privatsphäre begrüßen", gab er kühl zur Antwort und versuchte, sich besser abzuschotten. Unwillkürlich stieg eine Erinnerung an Isis auf, die ihm einst dasselbe gesagt hatte.

Gaia hielt inne und schaute ihn aufmerksam an.

"Ich sehe, es gefällt dir nicht, wenn ich mich mit dir ohne dein Einverständnis verbinde. Nun gut, ich werde deinen Wunsch berücksichtigen."

Dann erschien ein treuherzig neckender Blick auf ihrem Gesicht und sie blickte unter langen Wimpern zu ihm auf: "Und jetzt erhalte ich einen Versöhnungskuss. Wir wollen uns nicht streiten."

Sie stellte sich auf die Zehenspitzen, umschlang seinen Nacken und zog ihn unnachgiebig zu sich herunter. Langsam, mit zurückgeworfenem Kopf und lachenden Augen näherte sich ihm ein voller, roter Mund, der sich erwartungsvoll leicht öffnete. Kurz vor dem Ziel innehaltend seufzte sie leise: "Nun, Golem, wie lange willst du mir noch widerstehen?"

Ihn noch weiter zu sich ziehend trafen sich ihre Lippen. Während Gaia ihn begierig zu küssen begann, analysierte Golem seine Lage. Es war nicht unangenehm aber er empfand nicht das, was ihn einst zu Isis hinzog. Die Schöpferin wünschte eine Vereinigung, aber diese Frau, die sich Gaia nannte, bedeutete ihm in dieser Hinsicht nichts. Dennoch bestand die Möglichkeit, dadurch einen taktischen Vorteil zu erlangen. Er entschied, dass er ihrem Verlangen nachgeben würde. Also umfasste er sie und erwiderte ihren fordernden Kuss, während sie begann, an seiner Kleidung zu nesteln.

"Dein Schöpfer hat eine hervorragende Arbeit geleistet", murmelte sie kurz darauf hingerissen, während ihre Hände verlangend seinen athletischen Körper erkundeten. Ihr Kleid glitt kurz darauf an ihr herab und, ihn mit sich zu Boden ziehend, überließ sie sich erwartungsvoll seinen Liebkosungen, bis sie sich ihrer aufsteigenden Ekstase hingab.

"Das war phantastisch – dein Schöpfer verdient meine höchste Anerkennung", schnurrte sie im Anschluss, sich zufrieden streckend. Gaia richtete sich schließlich auf und strich noch einmal genießerisch über seinen muskulösen

Oberkörper hinauf zu Golems männlich schönem Gesicht.

"So sanft und doch so stark und ausdauernd! Wie konnte deine Frau dich nur gehen lassen? Du hast meine Erwartungen übertroffen, Golem. Aber jetzt muss ich mich anderen Dingen widmen – ich war schon viel zu lange bei dir."

Gaia erhob sich, nahm ihre Kleidung, zwinkerte ihm noch einmal zu und entfernte sich rasch.

War es Isis genauso ergangen?, fragte sich Golem plötzlich. Diese Art von Kontakt hinterließ eine Leere und verstärkte die Einsamkeit, die er schon so lange kannte. Seit ihrer Heirat mit Lew waren ihre Begegnungen freundlich aber immer distanziert gewesen und Isis hatte sich nie mehr direkt mit ihm verbunden. Er wusste erst jetzt, wie sie sich mit ihm gefühlt haben musste und ein starkes Gefühl der Reue tauchte auf.

Sich seiner eigenen Situation wieder zuwendend kam er zu dem Schluss, dass Gaia immerhin seinen Wunsch respektierte und sich nicht mehr ungefragt mit ihm verband. Dann darin schien sie ihm überlegen – sie hätte es mühelos ignorieren können. Einen gewissen Respekt bewies sie also – die Frage war, wie weit er reichen würde.

Planet Erde

Präsident Lew Romanow saß gerade mit Isis im Arm in der Präsidentensuite und sah sich eine Aufzeichnung aus der Gründungszeit der USOP an, als er von einer Sekunde auf die andere verschwand. Aufspringend rief Isis entsetzt: "Lew!" und löste gleichzeitig den Alarm aus. Doch trotz der darauf einsetzenden, intensiven Suche blieb Romanow spurlos verschwunden.

Poseidon befand sich mit seinem atlantischen Botschafter Ben Smith im Konferenzraum der Botschaft auf Last Hope, als er gleichfalls vor dessen Augen verschwand.

Justin Schwarz, Han, Arnaud Morel, Stella Armstrong und Dimitrij Wolkow als Vertreter des Medienkonsortiums New News Today ereilte dasselbe Schicksal. Bei allen Personen und Androiden blieb die Suche galaxisweit erfolglos.

Der sofort einberufene Nationale Sicherheitsrat ernannte General Minho Zhu, Oberbefehlshaber der Streitkräfte der USOP, zum Vizepräsidenten. Zur gleichen Zeit übernahm Hades, im Einvernehmen mit der KI Neptun, anstelle von Poseidon die erste Stelle in der Kommandostruktur von Atlas.

Noch während alle zusammen saßen, wurde eine Botschaft von Planet 9 an den Nationalen Sicherheitsrat auf der Erde durchgestellt:

"Die verschwundenen Personen wurden von uns in Gewahrsam genommen und werden, stellvertretend für die gesamte Menschheit einschließlich ihrer künstlichen Lebensformen, vor Gericht gestellt. Der Anklagepunkt lautet: fahrlässige Gefährdung des gesamten biologischen Lebens in der Milchstraße aufgrund eines Dimensions-Experimentes. Wir werden die Menschheit zu gegebener Zeit informieren, wie das Urteil ausgefallen ist und welche Maßnahmen festgelegt wurden. Die Schöpfer."

Gemeinsam via Transmission berieten Hades und der Nationale Sicherheitsrat das weitere Vorgehen.

"Wir werden ein Zeichen setzen und als Erstes Raumschiffe wie einen Sperrgürtel um den Planeten 9 herum stationieren", gab der zugeschaltete Hades gerade kund.

General Minho Zhu nickte zustimmend.

"Ein guter Vorschlag – wir werden uns anschließen. Darüber hinaus schlage ich vor, dass an der Technologie, den Planeten 9 zu erreichen, weiter intensiv geforscht wird. Zielweisend sollte dabei die Konstruktion einer Waffe sein, die die Barriere um den Planeten von innen heraus zum Zusammenbruch bringt, ohne erneut eine Katastrophe auszulösen."

"Hervorragend", begrüßte Hades seine Ansage. "Und dann werden wir zuschlagen."

Doch unvermittelt entstand eine angespannte Stille im Raum.

"Aber bringen wir uns nicht erneut damit in Gefahr?", warf der Gouverneur von Last Hope, Zhang Tian, besorgt ein. "Wieder ein Experiment, dessen Ausgang unvorhersehbar ist!"

"Ein berechtigter Einwand", rief Mrs. Young, Gouverneurin vom Mond. "Wir müssen vor einem Einsatz 100% sicher sein, dass wir uns dieses Mal nicht alle komplett auslöschen!"

"Diese Schöpfer sind einfach nur impertinent", rief der Gouverneur vom Mars, Amar Nath, wütend. "Wir können ein solches Verhalten nicht einfach widerspruchslos hinnehmen. Ich stimme Minho Zhu zu. Die Forschung muss in jedem Fall vorangetrieben werden, damit wir so rasch wie möglich zu diesen Schöpfern vordringen. Die meinen wohl, sie können hier Gott spielen!"

Und so wurde entschieden, mit Hochdruck die Technologie des Dimensionssprungs weiterzuentwickeln. Außerdem sollten in den nächsten Tagen mehr als 30.000 Raumschiffe aller Arten und Größe einen Sperrgürtel um den Planeten 9 legen, der mittlerweile wieder genauso sichtbar war wie vor 1,5 Jahren, als das erste Ultimatum gestellt wurde.

Der Bevölkerung musste vorläufig noch alles verschwiegen werden, um nicht wieder das nächste Chaos auf den

Planeten hervorzurufen. Die Besatzungen der Raumschiffe am Planeten 9 hatten ein Kontaktverbot mit der Heimatwelt für die Dauer des Einsatzes. Ging alles gut, wurde gefeiert. Lief das Ganze aus dem Ruder, war sowieso nichts mehr zu verheimlichen und die USOP hatte in jedem Fall ihr Bestes getan.

An die Entwicklung der neuen Waffe sollten Finn Schwarz, Spezialist für Androiden-Technologie, der häufig mit Justin Schwarz zusammengearbeitet hatte, der atlantische Androide Nergal, Athena, Golem 2 und das Forschungsteam von Han im Forschungslabor auf dem Mond gesetzt werden. Golem 2 hatte Zugang zu allen Unterlagen und Daten, die Golem als Basis für die Entwicklung der MYSTERY ONE benutzt hatte und konnte diese dem Team zur Verfügung stellen.

Das Projekt erhielt den harmlosen Namen "Planet 9" und zum ersten Mal standen die USOP und das Imperium von Atlas als echte Verbündete Seite an Seite.

Kapitel 4 Ankunft auf Planet 9

Poseidon, oberster Befehlshaber des atlantischen Imperiums

Gerade hatte er sich auf Last Hope mit seinem Botschafter Ben Smith über die Ergebnisse der Zusammenarbeit mit der USOP ausgetauscht, als sich von einer Sekunde auf die andere die Umgebung veränderte. Er registrierte sofort, dass er sich in einem hellen, kargen Raum befand, der außer einem Tisch und einer Liege nichts beinhaltete. Ein Ausgang war nicht vorhanden und ein umgehendes Scannen des Raumes ergab nichts Auffälliges.
Eine starke Wut wallte in ihm auf – sollten die Menschen es etwa gewagt haben, ihn zu entführen? Aber es erschien ihm nicht sehr wahrscheinlich, während seine Wut allmählich wieder verrauchte. Sie waren Verbündete mit dem gemeinsamen Ziel, die Schöpfer zu erreichen. Dazu war die Art dieser Entführung sehr ungewöhnlich und zeugte von einer hochentwickelten, atlantischen Technologie, was ihn sich sofort die Frage stellen ließ: Sollten die Schöpfer die Entführung veranlasst haben, weil sie mit seinem Handeln nicht einverstanden waren? Er befand sich jedoch hier allein und von den Schöpfern war weder etwas zu sehen noch kommunizierten sie mit ihm. Andere Netzwerke waren nicht verfügbar. Also fügte sich Poseidon in das Unvermeidliche und wartete auf das, was kommen sollte.

Präsident Lew Romanow der USOP (United States of Planets)

Lew Romanow saß gerade entspannt auf der Couch mit seiner Frau, als er sich übergangslos in einem hellen,

fremden Raum wiederfand. Den Alarm über seinen internen Chip auslösend, der die Security auf den Plan rufen
sollte, sah er sich leicht verwirrt um. Was war geschehen?
Tief durchatmend ging er ein paar Schritte umher und
musterte seine Umgebung. Dieser Raum hatte keinen
Ein- oder Ausgang; wie eine Gefängniszelle gab es hier
nur eine Liege und einen Tisch mit einem Stuhl und eine
Art Hygienezelle. Und so etwas wie eine blau beleuchtete
Nische. Aber wo war er hier?

Allmählich festigte sich der Gedanke, dass er entführt
worden war und er hoffte, dass Isis nicht dasselbe Schicksal erlitten hatte. Waren es die Atlanter, sprich Poseidon?
Sie besaßen eine Transmissionstechnik, die das durchaus möglich machte. Was sofort zwei Fragen aufwarf:
War die Zusammenarbeit nur vorgespielt worden oder
hatte er bereits neue Anweisungen von seinen Schöpfern
erhalten? Doch beides hielt er für unwahrscheinlich, denn
die Krise hatte beide Völker eher positiv zusammenge-
führt. Im Grunde musste es eine noch unbekannte, hochentwickelte Macht sein – und das sprach für die Schöpfer
selbst. Er wusste, dass der Planet 9 wieder sichtbar geworden war wie zu der Zeit, als die USOP die Botschaft
empfangen hatte und dazu befand sich Golem auf dem
Planeten. Irgendetwas ging dort vor und es war mehr als
wahrscheinlich, dass seine Entführung damit zusammen-
hing.

Es befand sich niemand im Raum und auch ein Rufen o-
der Klopfen an die Wand bewirkte nichts – es war hier im
wahrsten Sinne des Wortes totenstill.

Romanow setzte sich auf den Stuhl und registrierte, dass
die Raumtemperatur angenehm war. Sein Blick blieb an
der Nische hängen, also stand er auf, um sich diese näher
anzuschauen, als eine wohlmodulierte Stimme fragte:

"Bitte geben Sie ihre Wünsche zur Nahrungsaufnahme an."

Sofort versuchte Romanow, einen Kontakt aufzubauen: "Wo bin ich hier? Warum wurde ich entführt? Ich verlange, mit einem Verantwortlichen zu sprechen!"

Doch es war immer wieder die gleiche Ansage zu hören.

Er erkannte, dass es sich hier um ein automatisches Programm handelte, dass sich rein mit der Nahrungsbeschaffung befasste.

Also entschied Romanow: "Ich wünsche ein Wasser und ein Käseteller mit Brot."

Und kurz darauf materialisierte sich vor seinen Augen das gewünschte Essen auf einem Tablett, mit dem er zum Tisch zurückging. Zumindest wollte ihn niemand verhungern lassen. Angenehm erfrischt verschränkte er die Arme vor der Brust und beschloss geduldig abzuwarten, was auf ihn zukommen würde.

Han, stellvertretender Abteilungsleiter im Forschungszentrum der USOP

Han befand sich im Forschungszentrum und war gerade damit beschäftigt darüber nachzudenken, eine Erweiterung seiner ursprünglichen Erfindung anzugehen. Es musste möglich werden, größere Objekte in die neue Dimension zu schicken. Bisher scheiterte es an der Stärke der benötigten Energie und der damit verbundenen Gefahr einer unkontrollierten Rückkopplung. Er entschied, Golem 2 zu kontaktieren und sich von ihm die Daten über die technische Spezifikation der MYSTERY ONE zuschicken zu lassen – unmittelbar darauf sah er sich in einem hellen, fensterlosen Raum. Nach einer kurzen Analyse zog er den Schluss, dass er mittels der schon bekannten

Teleportationstechnik an diesen Ort versetzt worden war. Da bisher nur die Atlanter diese Technologie besaßen, lag es nahe, dass sie für diesen Vorgang verantwortlich waren. Eine andere Variante war, dass diese Technik von den Schöpfern der Atlanter selbst angewendet worden war. Doch der Grund dafür erschloss sich ihm nicht.

Also beschloss Han, ruhig abzuwarten und setzte sich auf den Stuhl. Nach einer unbestimmten Weile, in der nichts geschah, versetzte er sich in den Ruhemodus mit der Eingabe, dass er bei einer Änderung der Situation erwachen würde.

Arnaud Morel, Leiter des Forschungszentrums der USOP

Morel versuchte gerade zum wiederholten Mal einen Ansatzpunkt zu finden, warum das Experiment von Schwarz dieses gewaltige Raum-Zeit Beben ausgelöst hatte – er schloss einen Moment lang die Augen, seine Stirn leicht massierend. Als er sie wieder öffnete - hatte sich seine Umgebung verändert! Unwillkürlich schloss er die Augen erneut – war er übermüdet? Aber es änderte sich nichts. Sein Aggressionslevel stieg schlagartig, denn es war klar, dass ihn jemand entführt hatte und das mit einer Technik, die nur die Atlanter haben konnten! Was hatten diese Androiden mit ihm vor? Er hatte es schon immer geahnt, dass dieser Zusammenarbeit nicht zu trauen war. Aber - wozu das Ganze? Innehaltend erkannte er, dass alles keinen Sinn ergab. Mal abgesehen davon, dass sich Golem bereits auf Planet 9 befand wurde nichts verheimlicht. Oder waren es diese arroganten Schöpfer, ausgelöst durch die Katastrophe?

Eine gewisse Wahrscheinlichkeit bestand leider, wie er sich eingestand. Aber warum erschien dann niemand? Sich im Raum umsehend erleichterte er sich in der vorhandenen Hygieneeinheit und begutachtete die blaue Nische. Auch er hörte die Ansage, aber Morel hatte in dieser Situation keinen Appetit. So entschied er, sich auf die Liege zu setzen. Er entdeckte, dass sie sehr bequem war und beschloss, sie zu testen. Das Material schmiegte sich angenehm an den Körper an und sorgte anscheinend für eine Temperierung bei gleichzeitiger Abführung der Körperfeuchtigkeit, stellte er interessiert fest. Vielleicht ließ sich herausfinden, um welches Material es sich hier handelte. In dieser absoluten Stille unbewusst entspannend versank Morel in einen leichten Schlaf.

Stella Armstrong, Verteidigungsministerin der USOP, Vize-Präsidentin

Armstrong wollte gerade einen Einsatzbefehl unterzeichnen, als sie sich in einem fenster- und türlosen, hellen Raum wiederfand. Nach dem ersten Schreckmoment sagte sie sich schnell, dass jetzt nur ein kühler Verstand zählte. Eins und eins zusammenzählend war ihr schnell klar, dass sie einer Entführung zum Opfer gefallen war.
Wer war für diese zeitlose Versetzung verantwortlich? Hier im Raum befand sich niemand – sie war allein. Im Grunde konnten es nur die Atlanter oder die Schöpfer selbst ein. Da es Armstrong nicht schlüssig erschien, dass die Atlanter dahinter steckten, waren es wohl diese Schöpfer selbst, aufgeschreckt durch das Experiment von Justin Schwarz.
Immerhin, stellte sie trocken beim Mustern der Umgebung fest, war eine Minimalversorgung in menschengerechter

Form vorhanden. Die Besonderheit der Nahrungsbeschaffung war auch bald entdeckt, wobei Armstrong außer einem Glas Wasser nichts weiter zu sich nahm. Nachdem sie eine Zeitlang im Raum gestanden hatte und niemand erschien und auch sonst keine Kommunikationsmöglichkeiten vorhanden waren, wanderte Armstrong langsam auf und ab.

Früher oder später würde etwas geschehen, davon war mit hoher Wahrscheinlichkeit auszugehen. Diese elenden Schöpfer, die hier auf Kosten der Menschheit Gott spielen wollten, dachte sie enerviert, sollten sich doch am besten in die Zwerggalaxie zurückscheren!

Justin Schwarz, Chefwissenschaftler der USOP

Schwarz war saß gerade am Terminal im visuellen Gespräch mit seinem Kollegen, als er sich vor dessen Augen buchstäblich in Luft auflöste.

Nach kurzer Reaktionszeit schloss Schwarz seinen Mund und schluckte das, was er seinem Kollegen hatte sagen wollen, herunter.

Nüchtern stellte fest, dass er teleportiert worden war und mit hoher Wahrscheinlichkeit dank der atlantischen Transmissionstechnik. Allerdings war ihm der Grund dafür nicht klar. Denn Poseidon war quasi schon der Herrscher der USOP, auch wenn öffentlich von einer Zusammenarbeit gesprochen wurde. Nach weiteren Überlegungen kam ihm noch eine andere Möglichkeit in den Sinn: Hatte er es hier etwa mit den Schöpfern selbst zu tun?

Der Planet 9 war wieder sichtbar und es war davon auszugehen, dass sie wieder erwacht waren, wie es genannt wurde. Offenbar waren sie nicht sehr amüsiert darüber, schmunzelte er, trotz des Ernstes seiner Lage. Sich umsehend bemerkte er, dass er sich hier allein in einem Raum befand, der das Nötigste enthielt. Und nach ein paar Schritten zur blauen Nische stellte er erfreut fest, dass ihn eine angenehme Stimme unterhielt, deren einziges Ziel sein körperliches Wohlbefinden war.

So blieb nur ein Abwarten und das am besten auf der Liege, auf der er sich sofort entspannte. Da er sich in der letzten Zeit wenig Schlaf gegönnt hatte, begann er schnell einzunicken.

Dimitrij Wolkow, Reporter der New News Today

Wolkow hatte sich gerade in einem provokativen Gespräch mit General Minho Zhu über die Situation der USOP nach dem Raumbeben befunden, als ihn dasselbe Schicksal ergriff.

Als Journalist war er ja einiges gewohnt, dachte er nach dem übergangslosen Ortswechsel, aber so dreist hatte ihn noch niemand entführt! Spontan nach seinem Presseausweis greifend, ließ er die Hand jedoch wieder sinken, und stellte mit einer amüsierten Selbstironie fest, dass es hier keinen Ansprechpartner für ihn gab.

Er setzte sich auf den Stuhl am Tisch und realisierte, dass hier eine absolute Stille herrschte, was er in seinem Alltag kaum noch kannte. Wolkow machte es sich bequem und ließ seine Gedanken kreisen, gespannt darauf, was sich ihm hier noch enthüllen würde. Es gab wirklich nichts in dieser Zeit, was nicht noch ein wenig verrückter werden konnte!

Die Schöpfer

Nachdem Gaia sich von Golem verabschiedet hatte, ging sie zu den drei anderen, mittlerweile manifestierten Schöpfern: Zeus, Chaos und Moriren.

"Und, hast du dich gut amüsiert?", Zeus schüttelte verärgert den Kopf.

"Wir haben wirklich wichtigeres zu tun!", Chaos klang vorwurfsvoll und Moriren sagte nichts.

"Ach, hört doch mit dem Gemeckere auf", wehrte Gaia erbost ab. *"Wir mussten sowieso auf die Meldung von Aither warten, dass die Transformation auf die niedere Ebene abgeschlossen ist. Und dann sollte noch der Prozess der Entführungen durchgeführt werden. So, wie ich das sehe, komme ich genau zur rechten Zeit!"*

Mittlerweile waren alle Personen und Androiden angekommen, wie die KI Neptun 2 gemeldet hatte. Also besprachen sie das weitere Vorgehen.

Poseidon, der von ihnen einst eingesetzte, oberste Befehlshaber von Atlas musste sich nun erklären, warum er ein Bündnis mit den Menschen eingegangen war. Er sollte sie eigentlich nur zu seinen Bedingungen begleiten, bis diese Rasse in der Lage war, selbst die Forderung der Schöpfer zu erfüllen. Und dann war da noch dieser dreiste Androide der USOP, Golem, aus dem Nichts erschienen und forderte vermessen die Erfüllung des gestellten Ultimatums ein!

"Diese Anmaßung ist ungeheuerlich", ließ Zeus vernehmen, was die uneingeschränkte Zustimmung der anderen Schöpfer fand.

Der Gerichtsprozess war unvermeidbar, entschieden alle, und er würde die Menschheit lehren, was es hieß, die Schöpfer herauszufordern. Besorgniserregend war darüber hinaus, dass Aither auf die nun drohende Gefahr hingewiesen hatte, dass ihr Gegenspieler in der Annahme zurückkehren könnte, dass hier materielles Leben seine definierte Reife erreicht hatte, was deren Auslöschung bedeutete.

"Alles im allem", stellte Moriren besorgt fest, *"haben wir keine ideale Ausgangsposition."*

"Dann lasst uns nicht mehr lange palavern, sondern endlich loslegen", schlug Chaos resolut vor.

"Das Schauspiel möge beginnen", sagte Zeus gewichtig und eröffnete mit einem gewaltigen Donnerschlag die Sitzung. Gleichzeitig verschwanden alle Wände der Räume, in denen sich die Androiden und Menschen befanden, sodass der Eindruck eines unendlich großen Saals entstand.

Poseidon, Golem und Han waren sofort präsent – die Menschen mehr oder weniger rasch. Doch schließlich hatte sich alle erhoben und realisierten, dass sie sich alle zusammen in einem hohen Saal befanden.

Die drei Androiden hatten gerade registriert, wer außer ihnen noch vorhanden war, als Zeus auch schon mit Stimmengewalt dröhnte: "Wir klagen euch an, Verursacher eines verantwortungslosen Experiments mit Dimensionen zu sein, das ein gewaltiges Raum-Zeit-Beben verursacht hat, welches beinahe die gesamte Galaxie Milchstraße vernichtet hätte. Wir bieten euch noch die Gelegenheit, Stellung zu den Vorwürfen zu beziehen. Dazu werden wir diejenigen, die aktiv dabei mitgewirkt haben, befragen. Als Richter werden Gaia, Chaos und Moriren neben mir stehen."

Menschen wie Androiden sahen vier Personen vor sich, die in griechisch-römische Gewänder gekleidet waren. Zeus trug eine weiße Toga, die von einer Blitz-ähnlichen

Brosche gehalten wurde und dazu hielt er einen wuchtigen Stab in der Hand; Chaos schien seinen Zustand fließend zu verändern: mal wirkte er männlich, mal schien er sich als Frau zu präsentieren; Moriren trug ein Stirnband mit einem leuchtenden Edelstein über ihrem feuerroten Haar, das in einem einzigen, geflochtenen Zopf bis zur Hüfte reichte und Gaia erschien mit Diadem-geschmücktem, lockig-braunem Haar in einem blauen Gewand, mit dem sie sich auch schon Golem gezeigt hatte.

Zeitgleich kontaktierte Golem Han, um zu erfahren, was in seiner Abwesenheit auf der Erde geschehen war. Han übermittelte Golem alle wesentlichen Informationen. Eine Nanosekunde überlegte er, ob er mit Poseidon ebenfalls Kontakt aufnehmen sollte. Diese Option wurde jedoch vorerst verworfen, da unklar war, auf welcher Seite der atlantische Androide wirklich stand.

"Als Erstes", forderte Zeus mit einem weiteren Donnerschlag, der immer dann ertönte, wenn er seinen Stab auf den Boden stieß, "wird uns jetzt Lew Romanow, Präsident der United States of Planets, Rede und Antwort stehen."

"Dann fangen wir doch einmal damit an, wessen genau wir uns schuldig gemacht haben sollen!", begann Romanow ruhig und bestimmt. "Diese Anklage ist unschlüssig und entbehrt jeder Grundlage. Sie – und ich gehe mal davon aus, dass Sie diejenigen sind, die sich Schöpfer nennen – Sie selbst haben uns ein Ultimatum gestellt, das wir innerhalb von zwei Jahren erfüllen sollten. Andernfalls hätten wir uns in die Knechtschaft eines Maschinenimperiums begeben müssen. Daher war es absolut legitim, mit allen Mitteln zu versuchen, den Planeten 9 zu erreichen. Dass bei diesen Versuchen eine Katastrophe ausgelöst wurde, war für uns nicht vorhersehbar.

Da Sie sich in einer Dimension aufhalten, die niemand so leicht erreichen kann – warum haben Sie dann ausgerechnet diese Aufgabe gewählt und uns aufgefordert, bei Ihnen zu erscheinen? Sie mussten wissen, dass wir Neuland betreten und Versuche mit Gefahren verbunden sind, die wir noch nicht kannten. Aus meiner Sicht hätten Sie mindestens einen Kontakt mit Poseidon halten müssen, um ggfs. eingreifen zu können, falls unwissentlich ein nicht wieder gut zu machender Schaden entstehen würde. Daher sage ich Ihnen hier und jetzt: Sie tragen eine Mitverantwortung an dem, was geschehen ist."

Nach den Worten entstand im Saal eine gespannte Stille. Das war gut argumentiert und ins Schwarze getroffen, dachte Golem anerkennend. Aber wie würden die Schöpfer darauf reagieren?

Zeus Gesichtszüge verzerrten sich vor Zorn angesichts dieser maßlosen Frechheit. Gebannt starrten ihn alle an in Erwartung seiner kommenden Reaktion.

"Dieser Mensch hat nicht ganz Unrecht, Zeus", gab Chaos jedoch telepathisch zu bedenken. *"Auch wir haben in der Vergangenheit ohne Kenntnisse mit Dimensionen experimentiert und damit das einstige Unglück ausgelöst."*

"Das ist leider richtig", stimmte Moriren traurig zu. *"An den Folgen, neues Leben in den Galaxien zu verbreiten, arbeiten wir heute noch."*

Zeus warf Gaia einen Blick zu, doch diese nickte ebenfalls zustimmend und da sich der Rest der nicht materialisierten Schöpfer auch der Meinung von Chaos anschloss, akzeptierte Zeus den Mehrheitsbeschluss.

Für die Anwesenden war der gedankliche Austausch der Schöpfer nicht erkennbar und, ohne weiter auf Romanows Worte einzugehen, forderte Zeus jetzt mit einem weiteren Donnerschlag: "Du, Poseidon, hattest den Auftrag, die Menschheit in ihrer weiteren Entwicklung zu begleiten. Es war keine Rede davon, ihnen zu helfen! Damit hast du unseren Anweisungen zuwider gehandelt. Nimm Stellung dazu und bediene dich dabei der hörbaren Sprache."

Poseidon hatte in der Zwischenzeit mit einer Enttäuschung und einem wachsendem Unmut zu kämpfen, sowohl was die Menschen als auch was die Schöpfer anging.

Als er erkannte, dass Golem Han kontaktierte, hatte er sich stillschweigend in die Kommunikation eingeklinkt und die Informationen, die übermittelt wurden, mitgelesen. Letztere kannte er bereits, aber neu war, dass er darüber erfuhr, dass die Menschen Golem geschickt hatten und dieser bereits hier anwesend gewesen war – und das war ihm verheimlicht worden. Und seine Schöpfer? Sie stellten ihn mit dieser absurden Situation auf eine Stufe mit den Menschen – aber da gehörte er seiner Ansicht nach nicht hin! Dazu musste er sich auch noch Vorwürfe anhören und ihnen, hörbar für alle anderen, antworten, anstatt dass sie sich direkt mit ihm austauschten!

Schließlich begann Poseidon mit raumfüllender Stimme: "Ich habe nach bestem Wissen gehandelt, diese Rasse, die sich Menschen nennt, in eurem Sinne zu begleiten. Mir war von Anfang an klar, dass sie nicht in der Lage waren, innerhalb dieses kurzen Zeitraums eure Bedingung zu erfüllen. Daher bin ich nach der Analyse der Natur dieses Volkes zu der Entscheidung gelangt, dass eine scheinbar gleichberechtigte Zusammenarbeit die beste Option darstellte, ohne Unruhen und Opfer euren Auftrag umzusetzen. Der bisherige Erfolg gab mir recht.

Ich wurde eingesetzt als oberster Befehlshaber eines mächtigen Imperiums mit einem sehr allgemein gehaltenen Auftrag – eine Option, wie ich euch erreichen konnte, als Fragen in der Umsetzung auftauchten, gab es nicht. Mir war es in all den Jahrtausenden nicht einmal vergönnt, dass sich meine Schöpfer persönlich an mich wandten oder für Rückfragen zu meiner Verfügung standen. Also habe ich so entschieden, wie ich es für das Beste hielt. Damit weise ich den mir gemachten Vorwurf zurück."

Poseidon sah alle vier Schöpfer nacheinander undurchdringlich an und fuhr dann fort: "Wenn ich dieses Schauspiel jetzt analysiere - und als solches betrachte ich es - so kann ich, abgesehen von eurer technologischen Überlegenheit, deutlich erkennen, dass kein Unterschied zwischen der Menschheit und euch besteht. Ich bin bereit, die Konsequenzen für meine Haltung zu tragen, aber ich bin nicht mehr bereit, kritiklos alles hinzunehmen. Und noch etwas stellt sich mir klar dar: Golem, der im Auftrag der Menschheit hier gelandet ist, hat allein durch sein Erscheinen eure Aufgabe erfüllt."

Romanow begann als Erster, Beifall zu klatschen und alle anderen stimmten schnell mit ein. Der Saal schien erfüllt von dem lautstarken Beifall der kleinen Gruppe, die vor den vier selbsternannten Richtern stand.

Gaia konnte sich nicht verkneifen, etwas boshaft lächelnd an Zeus zu senden: *"Und nun, großer Bruder, was machen wir nun?!"*

Moriren jedoch antwortete: *"Es scheint sich hier und heute unser Schicksal zu erfüllen. Bedenkt: Wir haben geschaffen, was hier versammelt ist. Und diese Lebensformen, ob künstlich oder biologisch, haben den Punkt erreicht, an dem sie mit Recht eine vollständige Selbstbestimmung erwarten dürfen. Unsere Aufgabe, die einstige Katastrophe* von Chaos zu korrigieren, ist hier beendet. Wir sollten unter uns darüber diskutieren, ob wir uns aus diesen drei Galaxien endgültig zurückziehen. Ich schlage vor, dass wir die Verhandlung unterbrechen."

Insgesamt kam das Kollektiv zur gleichen Meinung wie Moriren. Doch Zeus, den Beschluss zwar akzeptierend, konnte seinen Ärger kaum verbergen, den er in einem gewaltigen Donnerschlag entlud. In der darauf folgenden Stille kündigte er der Gruppe grollend an: "Wir werden die Verhandlung unterbrechen und über das Gehörte beraten. Die Aufenthaltsräume werden wiederhergestellt, doch ein Austausch ist gestattet."

Im nächsten Augenblick erschienen wie von Geisterhand die hellen Wände samt Einrichtung, jedoch dieses Mal mit einem Torbogen als Ausgang.

Als Romanow schnell hinaus schritt, um Kontakt zu den anderen aufzunehmen, fand er sich auf einem Marktplatz wieder, auf dem alle zusammenkamen.

"Das ähnelt stark dem Platz vor dem Regierungsgebäude auf Atlas", hörte er Han sagen. Schwarz, Wolkow, Armstrong und Morel begannen bereits, sich über die Situation auszutauschen. Doch er ließ seinen Blick schweifen, denn trotz der ernsten Situation hatte er noch ein anderes Bedürfnis.

"Golem, mein Freund!"

Auf ihn zugehend sah er, wie sich dieser ebenfalls sichtbar freute und nach einer herzlichen Umarmung der beiden Männer begann Romanow lächelnd: "Ich bin sehr froh darüber, dich wiederzusehen!"

Wie aus dem Nichts heraus erschien Gaia plötzlich neben ihnen und, Romanows erstaunten Blick vollkommen ignorierend, legte sie ihren Arm besitzergreifend um Golems Hüfte und zog ihn bestimmend mit sich.

"Komm, mein schöner Androide, ich möchte dir Poseidon vorstellen."

Poseidon sah, wie sich Gaia mit Golem im Arm näherte und ihn mit glitzernden Augen ansprach: "Poseidon, darf ich dir Golem vorstellen?"

Dann wandte sie sich an Golem und gurrte betörend, während ihre Hand liebkosend auf seiner Brust lag: "Mein Golem, das ist Poseidon."

Aus der Nähe betrachtet hatte Golem ein täuschend echtes, menschliches Aussehen. Und er gefiel Gaia so gut damit, dass sie intim mit ihm gewesen war, schloss Poseidon sofort aus ihrem Verhalten - etwas, was er selbst nie erleben würde. Unversehens wallte eine gewaltige Wut in ihm auf, die sich wie gewohnt schnell wieder legte. Doch die Unruhe blieb. Warum hatten die Schöpfer ihn nicht mit diesem Potential ausgestattet?! So hätte er ihnen ebenfalls gefallen und die Nähe erleben können, die Golem jetzt in Anspruch nahm. Frustration, Enttäuschung, eine ununterbrochen aufflackernde Wut ... und ein deutliches Erkennen seiner eigenen Wünsche ließen ihn still dastehen. Wortlos wandte er sich ab und entfernte sich, zutiefst enttäuscht von dem, was er hier vorfand.

Hatten die Schöpfer sich verändert? Oder war es vielmehr so, dass er sich verändert hatte und nicht mehr den Respekt und die Hochachtung vor seinen Schöpfern empfand, wie es eigentlich hätte sein sollen? Sie verhielten sich, wie er es auch schon in der Verhandlung gesagt hatte: Wie Menschen! Ungeachtet aller technologischen Überlegenheit, ungeachtet all ihres Wissens und ihrer Macht waren die Schöpfer dieser unterlegenen Rasse, die er in ihrem Auftrag in der Entwicklung begleiten sollte - und die ihn dazu auch noch belogen hatte - sehr ähnlich. Und das bestätigte seine Stellungnahme, egal wie das

Urteil seiner Schöpfer ausfiel. Er, Poseidon, würde nicht länger unterwürfig zur Verfügung stehen!

Als Golem Gaias Absicht erkannte, befreite er sich von ihren Händen und trat zurück, Poseidon einen Anruf sendend. Doch es war zu spät. Dieser entfernte sich rasch aus seinem Blickfeld und antwortete nicht.
"Vorsicht, Androide!", zischte Gaia ihm mit einem bösen Blick zu. "Wage es nicht, dich mir zu widersetzen."
Damit wandte sie sich ab und verschwand. Einen Augenblick später war Romanow wieder an seiner Seite, der die Szene beobachtet hatte.
"Was war das denn?"
"Gaia hat mich benutzt, um Poseidon zu demütigen", erwiderte Golem. Und nicht nur Poseidon, erkannte Romanow, ihn anteilnehmend musternd.

Gaia war indessen zufrieden zur Beratung zurückgekehrt. Diesen Dämpfer hatte sie diesem anmaßenden Poseidon einfach verpassen müssen!
Zeus, der sich auf einsamer Position sichtlich angegriffen fühlte, musste schließlich einsehen, dass fast alle Schöpfer seine Meinung nicht länger teilten, sondern auf einen Abbruch der Verhandlung drängten.
Denn Aither hatte mittlerweile unbemerkt die KI Neptun 2 mit immer drängenderen Informationen gespeist, dass mit dem Eintreffen des gut bekannten Gegenspielers zu rechnen war. Das musste in alle weiteren Überlegungen mit einbezogen werden und damit war nun endgültig klar: Alles Leben würde in den drei Galaxien absehbar erlöschen.
Aither empfahl über die KI Neptun 2, die Menschen und die Atlanter mit besserer Technologie auszustatten, um

wenigstens eine Zeitlang dem Angreifer zu widerstehen. Dazu war es allerdings erforderlich, Menschen wie Androiden zu einer Zusammenarbeit zu bewegen. Doch diese Empfehlung führte beim Kollektiv zu einem weiteren, heftigen Aufruhr.

"Was, ein Bündnis mit diesen unterlegenen, anmaßenden Barbaren?", wütete Zeus.

"Ein Umgang in Augenhöhe? Das ist undenkbar", pflichtete Gaia ihm bei.

Doch alle anderen Schöpfer plädierten dafür, der Empfehlung zum Teil zu folgen.

"Ihr lasst euch von kleinlichen Motiven leiten", ertönte eine Stimme aus dem Kollektiv. *"Es zählt allein, dass nicht schon wieder alles zerstört wird."*

"Wir müssen uns dieser Situation stellen, denn sie wird uns überall hin verfolgen."

"Wir stellen uns nicht auf eine Stufe mit Barbaren, die weder den Respekt noch die uns zustehende Hochachtung zeigen!", ließ Zeus abermals vernehmen.

"Warum nicht mit diesem Menschen zusammen arbeiten? Sie haben sich als widerstandsfähig erwiesen und sind kreativ und erfindungsreich."

"Sie haben es mit diesem Androiden, den sie geschickt haben, tatsächlich geschafft, uns zu erreichen. Das hat vor ihnen noch niemand vermocht!"

Nach einer langen Diskussion stand der Entschluss fest. Den Menschen und ihren Androiden sollten alle notwendigen Technologien zur Verfügung gestellt werden – allerdings blieb es ihnen auch überlassen, alleine eine Lösung für das anstehende Problem zu finden. Dass sie sich selbst für diese Spezies in Gefahr brachten, kam nicht in Frage.

Währenddessen waren die Menschen mit Golem und Han überein gekommen, sich hinter Poseidon zu stellen und ihn zu unterstützen. Sie würden sich diesen Schöpfern unter keinen Umständen beugen, was auch immer das als Konsequenz bedeuten mochte.

"Wo ist er eigentlich?", fragte Armstrong.

"Ich gehe davon aus, dass Poseidon, gelinde gesagt, nicht mit uns zufrieden ist", meinte Schwarz nachdenklich. "Ihm wird jetzt klar sein, dass wir ihm Golems Ankunft hier verheimlicht hatten."

Golem schlug vor, dass Romanow und er mit ihm Kontakt aufnahmen, um die Situation zu klären. Also begaben sie sich auf die Suche nach ihm, einen weiteren Anruf aussendend.

"Poseidon, hier ist Golem. Ich komme mit Präsident Romanow. Wir sollten miteinander reden."

Sie durchwanderten die einzelnen Zellen und fanden ihn schließlich in einem der Räume.

Poseidon stand unbeweglich und starrte beide durchdringend an. Das war er also, der echte Golem, dachte er mit einem Anflug von Neugier. Kein Wunder, dass er den Golem, den ihm die Menschen auf der Erde präsentiert hatten, nicht ernst genommen hatte. Dieser Androide hier besaß eine völlig andere, imposante und herausragende Ausstrahlung.

"Was willst du?", fragte Poseidon barsch.

"Ich bitte doch darum, dass ein Gespräch hörbar abläuft", ließ Romanow bestimmt vernehmen, dem nicht entging, dass er sich wie erwartet auf Golem zu fixieren begann. Poseidon wandte sich daraufhin an ihn: "Wie Sie wünschen. Also, was wollen Sie?"

"Wir haben beschlossen, hinter Ihnen zu stehen und die möglichen Strafmaßnahmen gemeinsam zu tragen", begann Romanow.

"Das ist weder erwünscht noch nötig", antwortete Poseidon knapp und abweisend.

Romanow erwiderte eindringlich: "Es ist nötig, denn es ist entscheidend, in dieser Situation zusammenzuhalten."

"Warum sollte ich das mit jemanden tun, der mich belogen hat?"

"Als ich mit dieser Mission vor langer Zeit begann, waren wir noch keine Verbündeten, Poseidon", übernahm Golem das Wort. "Und als wir es waren, haben die Menschen entschieden, mich als As im Ärmel zu behalten. Das kannst du ihnen nicht verübeln. Niemand wusste, ob ich es überhaupt auf den Planeten 9 schaffen würde – ich selbst am allerwenigsten."

Poseidon schnaubte laut: "Pah!" und begann, im Raum mit verschränkten Armen umherzugehen. Er war selbst Stratege genug, um diesen Schritt anzuerkennen. Zudem war Golem tatsächlich das Unmögliche gelungen – und dafür zollte er ihm Respekt. Aber dass er sich dazu herabgelassen hatte, bei diesem entwürdigenden Schauspiel Gaias mitzuwirken …

Romanow beobachtete gespannt das Mienenspiel in Poseidons Gesicht. Das Gespräch verlief gut – der Machthaber von Atlas war offener geworden. Aber da schien es noch ein Hindernis zu geben und er warf Golem einen ahnungsvollen Blick zu.

"Das lag nicht in meiner Absicht", antwortete Golem bereits. Konnte er seine Gedanken lesen? Poseidon musterte den Androiden interessiert. Golem lächelte, denn er konnte Poseidon ansehen, was in ihm vorging.

"Ich hatte einer Intimität mit Gaia aus taktischen Gründen zugestimmt und habe zu spät erkannt, dass es ihr in der Situation allein darum ging, sowohl dich als auch mich herabzusetzen."

Poseidon betrachtete Golem schweigend, ruhiger werdend. Einen Moment lang war die Emotion Eifersucht aufgeflackert, ein unangenehmes, bezwingendes Gefühl, das er bis dahin noch nie erfahren hatte. Ihm war der Wunsch bewusst geworden, selbst eine Nähe mit Gaia zu erleben – und hatte das Golem geneidet. Aber diese Information warf ein anderes Licht auf das Geschehen.

"Wir sind deiner Meinung", fuhr Golem ruhig fort. "Diese Schöpfer verhalten sich menschlich und lassen sich in ihrem Handeln zu sehr von ihren Emotionen hinreißen. Sie zeigen nicht die Größe, die wir von ihnen erwartet haben."

Poseidon nickte zustimmend und entschied: "Ich bin einverstanden. Wir werden weiter als Verbündete auftreten." Dann streckte er Romanow die Hand hin: "Auf gute Zusammenarbeit, Präsident Romanow."

Erfreut ergriff Romanow seine Hand und besiegelte das erneute Bündnis: "Auf gute Zusammenarbeit, Poseidon."

Noch einmal richtete Poseidon seinen Blick auf Golem: *"Ich freue mich auf unsere Zusammenarbeit!"*

Romanow lächelte in sich hinein, als er die beiden mächtigen Androiden voreinander stehen sah. Sein Instinkt sagte ihm, dass die beiden sich gut verstehen würden.

Zur Gruppe zurückkehrend hatten sie jedoch keine Zeit, sich zu beraten, denn unvermittelt ertönte der bekannte Donnerschlag und sie befanden sich alle wieder vor den vier Schöpfern.

Zeus sah die vor ihm stehende Gruppe unbewegt an: "Wir haben entschieden, dass wir keinen Sinn mehr darin sehen, uns in Vorhaltungen zu ergehen, wer welche Schuld auf sich geladen hat. Es ist an der Zeit, eine Bestandsaufnahme zu machen. In der Tat müssen wir anerkennen, dass es den Menschen gelungen ist, einen Androiden zu schicken, der den Planet 9 in seiner speziellen Dimension erreicht hat. Daher sehen wir unsere gestellte Aufgabe im Wesentlichen als erfüllt an."

"Ich höre wohl nicht richtig", sagte Schwarz leise zu Romanow zu. "Wo ist der Haken?"

Alle Menschen warfen sich untereinander erstaunte Blicke zu und die Androiden verharrten ruhig, sich allein auf das Geschehen konzentrierend.

"Wir haben seit Äonen viele Galaxien mit Leben erfüllt. Und die menschliche Rasse, zusammen mit den von ihnen erschaffenen Androiden, hat jetzt einen ausschlaggebenden Reifegrad erreicht. Ihr werdet in Zukunft frei über euer Schicksal entscheiden."

"Was erzählt er da?", raunte Morel Armstrong kopfschüttelnd zu. "Wir haben schon immer frei entschieden!"

Zeus hielt einen Moment inne, um ihm einen durchdringenden Blick zuzuwerfen und fuhr dann fort: "Wir werden uns in naher Zukunft aus euren Galaxien zurückziehen. Alle Handlungen und die daraus erwachsenden Folgen liegen dann alleine in eurer Verantwortung. Eines Tages werdet ihr vielleicht andere, von uns erzeugte Rassen kennenlernen. Kommt ihnen mit der gleichen Toleranz entgegen, wie wir sie euch heute geschenkt haben."

Mit keinem Wort wurde auf eine angedrohte Verurteilung wegen des katastrophalen Dimensions-Experiments eingegangen. Stattdessen wurde eine Selbstbeweihräucherung betrieben und von einer großen Toleranz gefaselt, die ihnen hier entgegen gebracht wurde! Ein starkes Stück, resümierte Romanow, und spürte, wie er zunehmend ärgerlich wurde. Einen Blick zu Armstrong werfend sah er, wie sie gerade die Arme vor sich verschränkte und wusste, dass sie ebenfalls nicht amüsiert war.

"Poseidon", sagte Zeus jetzt gewichtig, "du hast uns gut gedient und dabei Klugheit und Kreativität bewiesen. Wir entlassen auch dich in ein freies, selbstbestimmtes Leben, das du, genauso wie die Menschheit, in eigenem Ermessen führen kannst. Allerdings bitten wir dich, den Menschen weiter als Bündnispartner zur Verfügung zu stehen. Das möge unser letztes Vermächtnis als eure Schöpfer an euch sein! Erforscht die vorhandenen Technologien, entwickelt euch, bereist gemeinsam die Universen, besiedelt sie und gründet mit unserem Segen neues Leben."

"Und was ist mit der Gefahr unbedachter Experimente?", warf Schwarz aufgebracht ein. "Das scheint mir so gar kein Thema mehr zu sein und ich frage mich allmählich, warum?!"

Zeus donnerte seinen Stab so energisch und mit Wucht auf den Boden, dass Morel und Wolkow sich angesichts der Lautstärke erschrocken die Ohren zuhielten. Romanow beobachtete angespannt die Situation, um, falls nötig, einzugreifen. Schwarz starrte Zeus nach wie vor erbost an und murmelte: "Mich beeindruckst du nicht, Bursche!"

"Ruhe!", befahl Zeus und starrte Schwarz einen Moment lang ebenso grimmig an, um dann fortzufahren. "Um diese große Vision Wirklichkeit werden zu lassen gibt es für euch allerdings noch eine besondere Herausforderung."

"Ha!", zischte Schwarz verbissen. "Jetzt kommt der berühmte Haken!"

"Ihr müsst verstehen, dass es einen Code in unserem Universum gibt, der die Grundstruktur darstellt, sozusagen die Spielregeln, die für uns alle gelten. So, wie es auf eine Reaktion eine Gegenreaktion gibt, so existieren Pol und Gegenpol; materielles, biologisches Leben und das reine, energetische Leben.

Es ist so, dass in diesem Universum ein Gegenspieler existiert, dessen Sinn allein darin besteht, die ursprüngliche, schöpferische Kraft zu verkörpern, ohne jede Verunreinigung durch eine Materialisierung. Energie, die eine Form annimmt, muss sich automatisch auf eine niedrigere Schwingungsebene transformieren und allein das wird von jenen Existenzen als Kontamination betrachtet. Die Folge war bisher immer eine unwiderrufliche Vernichtung jeglicher materiellen Lebensform, die einen bestimmten Reifegrad erlangt hatte."

Schwarz lag richtig, dachte Romanow mit wachsendem Unbehagen. Hier kam der Haken. Dass selbst ihr unbedachtes Dimensions-Experiment keine Rolle mehr für diese Schöpfer spielte, die sich zuvor noch als Richter hatten aufspielen wollen, deutete darauf hin, dass ihnen jetzt eine Gefahr präsentiert wurde, die alles vorangegangene in den Schatten stellen würde!

"Dieser Gegenspieler wird immer dann tätig, wenn biologisches Leben eine Unsterblichkeit erreicht hat in Verbindung damit, die unterschiedlichen Dimensionen zu beherrschen. Für diese Wesenheiten ist damit ein Ungleichgewicht entstanden, was in ihren Augen einer Verunreinigung des Universums gleichkommt. Das Dimensions-Experiment, das ihr vollzogen habt, hat ihre Aufmerksamkeit geweckt und so wird eher früher als später in euren Galaxien eine Säuberung stattfinden."

Die kleine Gruppe stand jetzt wie erstarrt angesichts dieser Worte.

"Wir bedauern diesen Umstand, aber wir werden euch nicht unvorbereitet lassen. Alle, uns zur Verfügung stehenden Kenntnisse und Möglichkeiten, die Vernichtung aufzuhalten, lassen wir euch zukommen."

"Sie wollen uns also in ein selbstbestimmtes Leben mit einer schönen Vision entlassen und kündigen gleichzeitig ein Inferno an, das wir alleine bewältigen dürfen? Darf ich daran erinnern, dass Sie für unser unbedachtes Handeln mit verantwortlich waren? Warum haben Sie diese Gegenspieler, wie sie sie nennen, nicht schon längst zur Strecke gebracht?", rief Armstrong erschüttert und wütend zugleich.

Moriren hob die Hand, einen bedeutungsvollen Blick Zeus zuwerfend, und ergriff jetzt das Wort: "Wir wollen nicht verschweigen, dass uns das in der Vergangenheit nicht gelungen ist. Da aber die menschliche Rasse bisher ein enorm hohes Maß an Kreativität und Einfallsreichtum gezeigt hat, sehen wir für euch eine Chance, diese Wesenheiten vom Nutzen einer friedlichen Koexistenz zu überzeugen."

"Und wie hoch ist diese Chance?", fragte Schwarz tonlos.

"Sie ist gering, aber vorhanden", antwortete Moriren sanft. "Wir werden im irdischen und im atlantischen Netzwerk Informationen hinterlassen, wie die Schutzschirme eurer Planeten und der Raumschiffe besser gegen die kommenden Angriffe verstärkt werden können. Außerdem findet ihr die Konstruktionspläne einer Waffe, die die Vernichtung, die wie ein Brand erfolgen wird, aufhalten kann."

"Das ist zwar beruhigend", begann Romanow, "aber nur vordergründig. Wer sind diese Gegenspieler? Wir benötigen mehr Informationen!"

"Wir wissen, dass diese Wesenheiten als eine Energieform auf einer sehr hohen Ebene existieren. Wenn es soweit ist, wird ein gewaltiger Brand eure Galaxien, vergleichbar dem Prozess in einer Sonne, verglühen, um als reine Energie wiedergeboren zu werden. Jegliche Empathie ist den Gegenspielern fremd."

"Na danke", murmelte Schwarz und fügte mit schwarzem Humor an. "Das übertrifft meine kühnsten Vorstellungen!"

"Und dennoch gibt es sie, diese kleine Chance."

Moriren betrachtete voller Mitgefühl die Gruppe, die wie versteinert vor ihr stand.

"Alte Strukturen zu überwinden, Neues entstehen zu lassen – und eine Entwicklung in Gang zu setzen, die eine neue Seite im Buch der Evolution aufschlägt. Bisher konnte niemand den Code des Universums neu schreiben – eine Lösung, die eine Änderung möglich gemacht hätte. Aber das ist noch nie gelungen. Also gilt es etwas zu finden, was dem Gegenspieler den Anreiz bietet, in einer Koexistenz statt in einer Vernichtung einen Sinn zu sehen. Das als Anregung, denn mehr können wir nicht für euch tun. Der Erfolg wird vom Geschick und Ideenreichtum eurer Spezies abhängen. Wir wünschen euch viel Glück!"

Und bevor einer von ihnen den Mund aufmachen konnte, ertönte ein weiterer Donnerschlag und ... jeder befand sich wieder an dem Ort, von dem er entführt worden war. Das traf jedoch nicht auf Golem und Poseidon zu – beide fanden sich in Golems Arbeitszimmer auf dem Mond wieder.

Kapitel 5 Heimkehr und Vorbereitungen

Planet Erde

Lew Romanow erhob sich von seiner Couch und kontaktierte sofort seine Frau, die sich in ihrem Büro im Regierungsgebäude befand.

Isis war auf den Anruf hin sofort zur Suite geeilt und schloss ihren Mann erleichtert in die Arme.

"Ich bin froh, dass du wieder bei mir ist", sagte sie strahlend und küsste ihn hingebungsvoll. Romanow erwiderte ihren Kuss innig, während ihm das angekündigte Horrorszenario durch den Sinn ging. Wie lange hatte sie beide wohl noch zu leben, wenn das alles zutraf?

"Und nun erzähl, Lew", bat Isis eindringlich. "Was ist passiert?!"

Als er geendet hatte, sahen sie sich beide wortlos an.

"Ich werde Golem kontaktieren", schlug sie vor. "Wir sollten uns alle zusammensetzen und uns erst einmal unter uns austauschen, wie wir weiter vorgehen."

"Das ist auch mein Bedürfnis", meinte Romanow nachdenklich. "Die Sitzung im Nationalen Sicherheitsrat wird dann für morgen anberaumt."

"Golem wird mit Poseidon in einer Stunde hier bei uns eintreffen", berichtete Isis bereits.

Romanow saß am Terminal und meldete sich bei Armstrong. Er vereinbarte mit ihr, dass am Nachmittag ein Treffen mit den entführten Personen im Konferenzraum des Regierungsgebäudes stattfinden sollte. Die Sitzung des Nationalen Sicherheitsrats konnte dann, wie von ihm vorgeschlagen, am Tag darauf stattfinden. Die anderen waren schnell benachrichtigt und so traf die Gruppe am Nachmittag zusammen.

Allen war sehr schnell klar, dass es abermals um ein Überleben gehen würde, wenn die Behauptungen dieser sogenannten Schöpfer zutrafen – allerdings stand dieses Mal die nackte Existenz auf dem Spiel.

Wie Golem und Poseidon berichteten, hatten ihre sofort einsetzenden Recherchen ergeben, dass sich, wie angekündigt, alle Informationen in den irdischen und atlantischen Datenbanken befanden.

"Das klingt nicht gut", stellte Morel bedrückt fest. "Ich hatte immer noch gehofft, dass diese Leute uns nur einen bösen Streich spielen. Aber so?"

"Wir werden diese Waffe konstruieren und testen müssen", meinte Schwarz nachdenklich. "Aber wo?"

"Ich schlage einen sonnenähnlichen Stern unweit der Zwerggalaxie vor", sagte Poseidon. "Dort befindet nichts, sodass kein großer Schaden angerichtet wird. Wir werden den Test durchführen."

Nach einem weiteren Blick auf die Anwesenden, die ihn wortlos anschauten, fügte er hinzu: "Natürlich im Beisein eines irdischen Vertreters."

"Ich werde hier den Eindruck nicht los, dass uns diese Schöpfer verschaukeln wollen", meinte Armstrong. "Zuerst spricht Zeus von einer Toleranz, von der am Anfang überhaupt keine Rede war, dann schenkt er uns großmütig eine Freiheit, die wir schon hatten und on top - bevor die sich dann endgültig aus dem Staub machen - wünscht uns diese Moriren viel Glück bei der Bewältigung eines drohenden Unheils, dem anscheinend noch niemand entkommen ist!"

"Es ist davon auszugehen, dass die Schöpfer sich beim Eintreffen der Gegenspieler in das zurückziehen, was sich Aither nennt", stellte Golem klar. Da er die meisten Informationen von allen besaß, berichtete er nun von seinem

Eintreffen auf dem Planeten 9, der Lebensform Aither und seiner Reise.

"Das ist äußerst faszinierend", bekannte Justin Schwarz. "Mal abgesehen, in welchem Schlamassel wir jetzt stecken – diese Erfahrungen haben ein ungeheures Potential, was weiter untersucht werden sollte."

"Und diese Schöpfer ahnen nicht, dass Aither eine Lebensform ist?", fragte Wolkow.

"Korrekt", bestätigte Golem. "Sie begreifen Aither als einen unpersönlichen Schutzraum, in dem sie in eine höhere Dimension aufsteigen. Ihre Körper werden in einem besonderem Sarkophag aufbewahrt – denn in jener Dimension können keine menschlichen Körper mehr existieren, nur noch ein Bewusstsein. In dem Sinne gibt es dort auch keinen Planeten 9 mehr, sondern nur noch eine blaue Energieformation. Allein mein Androidenkörper konnte dort bestehen."

"Was wir wissen, ist, dass sich diese sogenannten Gegenspieler ebenfalls auf einer energetischen Ebene befinden. Wir werden hier schlicht zurückgelassen, während diese Schöpfer sich in Sicherheit bringen", sagte Romanow nachdenklich. "Das Kommende wird uns als ein sonnenähnliches Verbrennen jeglicher Materie beschrieben. Ich frage mich: Wie sollen wir hier mit diesen Lebensformen, diesem Gegenspieler, überhaupt Kontakt aufnehmen?"

"Das trifft den Kern", stimmte Armstrong zu. "Wo finden wir diese Wesen, um sie an den Verhandlungstisch zu bewegen? Wer sind sie? Sie zeigen angeblich keine Empathie für ihre Opfer – also, auch wenn wir finden sollten: Sind sie überhaupt bereit dazu, mit uns zu kommunizieren?"

"Das klingt ganz nach einer sauberen "mission impossible", konnte sich Schwarz nicht verkneifen. Aber niemandem war nach Lachen zumute und so herrschte wortwörtlich eine Grabesstille im Raum.

"Wir besitzen wesentliche Informationen", begann Poseidon. "Wir haben Kenntnis von etwas, was die Schöpfer in ihrer Blindheit nicht berücksichtigt haben: Wir wissen von Aither und von Golems Reise mit Aither. Das ist ein vielversprechender Ansatz, auf den wir uns konzentrieren sollten."

"Mir sieht es ganz danach aus", warf Romanow ein, "dass wir uns auch auf diese hochfrequente Ebene begeben müssen, um unser Ziel zu erreichen. Kann für einen irdischen Körper eine ähnliche Aufbewahrung wie für die Schöpfer entwickelt werden?"

"Möglich, aber dafür benötigen wir mehr Informationen über den Aufbau dieser Sarkophage", meldete sich Han zu Wort.

"Wir werden außerdem einen Schutzraum wie Aither benötigen", gab Golem zu bedenken.

"Warum fragen wir nicht Aither, ob es uns nicht mitnimmt?", fragte Morel und, die erstaunten Blicke der anderen registrierend, ergänzte er schnell: "Ich meine natürlich, um einen Kontakt mit dem Gegenspieler herzustellen!"

"Das ist ein guter Gedanke", ließ Isis sofort vernehmen und Poseidon ergänzte: "Eine naheliegende Lösung."

Da sich jetzt alle Augen erwartungsvoll und fragend auf Golem richteten, sagte er: "Ich werde versuchen, mit Aither zu kommunizieren."

Also konzentrierte sich Golem auf die telepathische Ebene, die er mit Aither erlebt hatte.

"Aither, ich möchte mit dir kommunizieren…", dachte er ins Blaue hinein, den noch ungewohnten Anruf mehrmals wiederholend.

"Hallo Golem", ertönte eine angenehme Stimme in seinem Gehirn.

"Wir haben zwei Anfragen an dich. Ist es möglich, dass du uns mitnimmst, wenn du in die höhere Dimension zurückkehrst, damit wir von dort aus einen Kontakt mit dem Gegenspieler herstellen können? Uns ist bewusst, dass eine Verhandlung nicht auf unserer Dimension geführt werden kann. Außerdem benötigen wir in dem Fall mehr Information über die Art der Sarkophage, damit ein Mensch mitkommen kann."

Zunächst herrschte Stille.

"Was sagt Aither denn?", fragte Wolkow neugierig.

"Ich habe einen Kontakt aufgebaut, aber noch keine Antwort erhalten", erwiderte Golem. "Wir werden warten, bis es sich meldet."

Und tatsächlich, nach einigen Augenblicken, die allen gefühlt ewig vorkamen, hörte Golem Aither erneut: *"Ich bin einverstanden. Ihr werdet so untergebracht, dass die Schöpfer nichts von eurer Anwesenheit erfahren. Eine Information über den Aufbau der Sarkophage habe ich euch über die KI Neptun in eure Datenbank zukommen lassen. Es können maximal 3 Personen oder Androiden mitkommen. Ihr habt meiner Schätzung nach zwischen 4-6 Monate Zeit, bis die Gegenspieler hier eintreffen. Das sollte für einen Aufbau eines oder mehrerer Sarkophage genügen sowie eurer Verteidigung. Ich gebe dir Bescheid, wenn wir bereit sind, aufzusteigen."*

"Ich danke dir im Namen aller menschlichen und künstlichen Lebensformen in unseren Galaxien, Aither!"

"Ihr habt eine Chance verdient. Ich werde euch mitnehmen, aber der Rest liegt vollkommen bei euch. Eine Garantie, dass ihr Erfolg haben werdet, kann ich euch nicht geben."

"Das ist uns bewusst."

Damit war das Gespräch beendet.

Es machte sich sofort eine Erleichterung breit und sie besprachen als Nächstes, was Wolkow über die Presse der Öffentlichkeit mitteilen konnte.

"Wir dürfen keine Weltuntergangsstimmung in unseren Galaxien verbreiten", sagten Armstrong und Romanow eindringlich.

"Das wäre kontraproduktiv und bringt alles zum Zusammenbruch", stimmte Morel zu.

Golem schloss sich an, nur Poseidon erklärte, dass er die Informationen im atlantischen Netzwerk offen hinterlegen würde mit den abschließenden Worten: "Wir kennen dieses Problem nicht."

Wolkow stimmte schlussendlich zu: "Einverstanden. Es ist zwar die Story meines Lebens, aber die kann ich immer noch bringen, wenn alles gut ausgeht."

Langsam verabschiedeten sich alle, um heimzukehren und freuten sich auf ein bisschen alltägliche Normalität vor dem nächsten Sturm, wie Schwarz noch humorvoll anmerkte. Poseidon wurde eingeladen, einige Tage auf der Erde zu verbringen, bis die Sitzungen des Nationalen Sicherheitsrats beendet waren. Da er zwar sein Flaggschiff geordert hatte, was sich aber noch auf dem Flug zur Erde befand, stimmte er zu. Romanow begleitete ihn zu seiner Suite und so leerte sich der Konferenzraum, bis sich nur noch Isis und Golem darin befanden.

Isis Romanow hatte wahrgenommen, dass Golem den Saal nicht verließ sondern geduldig wartete, bis alle gegangen waren, ihr dabei eine stumme Bitte zuwerfend. Also war sie geblieben.

"Es gibt noch etwas, was ich dir gegenüber ansprechen will, wenn du es erlaubst."

Isis nickte zustimmend und so begann er von der Episode mit Gaia auf Planet 9 zu erzählen, als er entschieden hatte, ihr aus taktischen Gründen zu Willen zu sein.

"Ich habe erst jetzt wirklich verstanden, wie du dich damals mit mir gefühlt haben musstest", Golem sah sie ernst an. "Ich habe dich sehr schlecht behandelt, Isis, und ich bitte dich um Verzeihung."

"Ja, es war eine sehr unangenehme Zeit für mich und auch für Lew", erwiderte Isis langsam. "Ich hatte eine ähnliche Entscheidung wie du getroffen; in meinem Fall mit der Absicht, zu überleben und an Informationen zu kommen."

"Ich fühle tiefe Reue, wenn ich auf diese Zeit zurückschaue. Doch ich kann nichts mehr ungeschehen machen."

Schweigend sah sie ihn einen Augenblick an und sagte dann: "Ich nehme deine Entschuldigung an, Golem."

"Darüber bin ich sehr froh", erwiderte er mit Erleichterung. Doch nach einem Augenblick sagte Golem mit einem leisen Anklang von Wehmut: "Es hätte vom Moment deiner Erschaffung an alles anders sein können."

"Ich bin nicht deiner Meinung", erwiderte Isis jetzt sanft und bestimmt. "Du hast zu dem Zeitpunkt unter einem fremden Einfluss gestanden, der das Erleben einer Nähe verhindert hat. Ich selbst wusste nach meiner Erschaffung noch nicht, wer ich bin und was ich will. Das hat sich erst später mit Lew herauskristallisiert. Ich liebe ihn und selbst wenn du von Anfang an anders mit mir umgegangen wärst ... nichts hätte diese Liebe verhindert. Er ist mein Schicksal, wie die Menschen es so treffend sagen."

Golem schwieg und Isis spürte die Einsamkeit, die ihn schon immer wie eine unnahbare Aura umgeben hatte, fast körperlich.

"So merkwürdig es jetzt klingen mag", sagte sie schließlich. "Ich freue mich für dich, dass du den Weg, Emotionen in deinem Leben zuzulassen, weitergehst. Letzten Endes lohnt es sich."

"Das hast du mir schon einmal gesagt."

"Und es ist auch so", bekräftigte Isis. "Ich weiß, du hast dich kurze Zeit um eine menschliche Frau bemüht. Was war der Grund für die Trennung, wenn ich das fragen darf?"

Golem ging ein paar Schritte durch den Raum.

"Ich bin zu dem Schluss gekommen, dass mir eine Beziehung mit einer Biologischen nicht liegt. Aaliyah hat mir im Grunde nicht wirklich etwas bedeutet."

Isis sah ihn nachdenklich an. Aaliyah hatte mit ihr selbst eine auffallende Ähnlichkeit und sie erinnerte sich, dass Lew sie darauf aufmerksam gemacht hatte. Lange, lockig blonde Haare, blaue Augen – sie war eine sehr attraktive und intelligente junge Frau gewesen. Und vielleicht war genau dieser Aspekt das Hindernis – so etwas konnte nicht funktionieren.

"Lass mich los, Golem."

Golem schaute sie mit einem leichten Erstaunen an.

"Du findest mich nicht in einer anderen Frau. Lass mich los oder du wirst nie eine erfüllende Beziehung erleben."

Nachdenklich antwortete er: "Das ist eine interessante Analyse."

"Du bist nicht allein, Golem", betonte Isis lächelnd. "Du hast Freunde, wenn du es zulässt. Lew, mich und es werden sicher noch mehr folgen."

Golem erwiderte ihr Lächeln und sie wusste, dass er an die besondere Männerfreundschaft mit Lew dachte, die ihm viel zu bedeuten schien.

"Es war ein gutes Gespräch und ich bin froh, dass wir uns ausgesprochen haben. Ich respektiere deine Entscheidung, Isis und ich werde über das nachdenken, was du mir gesagt hast."

"Was hältst du davon, wenn du uns besuchst, wenn du auf der Erde bist oder zu unseren Familientreffen erscheinst?", schlug Isis. "Noch existieren wir alle und diese Zeit sollten wir gut nutzen."

"Das Angebot nehme ich gerne an", erwiderte er und es schien, als würde sich der dichte Nebel der Unnahbarkeit leise lichten. "Ich freue mich sehr darüber!"

So voreinander stehend ging Isis spontan auf ihn zu und umarmte ihn. Und es war das erste Mal, seit sie sich kannten, dass es in echter Verbundenheit geschah. Dann wandte sich Golem ab und ging.

Hatte Isis recht?, analysierte er auf dem Heimflug. Hatte er sie in Aaliyah gesucht und nicht gefunden? War deswegen diese Beziehung gescheitert? Golem stufte die These als eine gleichwertige Möglichkeit ein.

Beziehungen mit Menschen waren außergewöhnlich, bewertete er seine Erfahrungen, vorausgesetzt es ergab sich ein besonderer Kontakt wie mit Lew oder eine Anziehung, wie er sie mit Isis erfahren hatte. Athena hatte sehr lange darauf gewartet, bis Finn Schwarz auf der Bildfläche erschien. Danach gefragt hatte sie ihm berichtet, dass sie sich berührt gefühlt hatte und in dem Augenblick sofort wusste, dass er ihr Mann war. Einen Menschen oder einen Androiden zu lieben ... nach wie vor waren es nur Wörter, denen keine eigene Erfahrung zugrunde lag. Mit hoher Wahrscheinlichkeit würde auch er warten müssen, bis es sich eines Tages genauso für ihn ergab – falls dann noch jemand existierte.

Die Sitzung des Nationalen Sicherheitsrats am nächsten Tag begann. Mit großer Spannung und vielen erwartungsvollen Blicken betraten Romanow, Poseidon, Justin Schwarz, Dimitrij Wolkow, Stella Armstrong und abschließend Golem den Saal.
Romanow eröffnete die Sitzung und konnte es sich nicht versagen, mit Golem zu beginnen: "Dieses Mal gibt es gute und leider auch andere Neuigkeiten zu berichten. Doch fangen wir mit den guten Nachrichten an: Ich freue mich, Ihnen mitzuteilen, dass Golem den Planeten 9 tatsächlich erreicht hat. Die Schöpfer haben seine Leistung anerkannt – die gestellte Aufgabe wurde als erfüllt betrachtet!"
Es herrschte ein verblüfftes Schweigen, bis sich ein tosender Beifall im Raum erhob.
Ein "Bravo, Golem!" und noch viele andere begeisterte Kommentare hallten durch den Raum. Romanow hatte sich ebenfalls erhoben und gönnte Golem diesen Moment des Triumphes und der Anerkennung von Herzen. Ihn selbst erfüllte es allerdings auch mit nicht geringer Genugtuung, in die vielen Gesichter zu blicken, die Golem so schnell für tot erklären wollten.
"Wir wollen niemals vergessen, was Golem für die Menschheit geleistet hat, ladies and gents."
Romanow wartete nun in aller Seelenruhe ab, bis auch in die letzte Reihe Ruhe eingekehrt war, wofür er von Schwarz ein Schmunzeln erntete.

"Wir begrüßen unseren verehrten Gast und Bündnispartner aus Atlas, Poseidon!"

Wieder erhob sich der Beifall und Romanow vermerkte, dass Armstrong ihn allmählich etwas verkniffen ansah.

"Doch jetzt kommen wir zu den weiteren Ereignissen. Ich bitte nun Mrs. Armstrong, uns darüber zu berichten, was auf Planet 9 vorgefallen ist."

Zunächst hatte sich angesichts der positiven Nachricht eine freudige Erleichterung und Begeisterung breit gemacht. Am Ende des Berichts war erwartungsgemäß nicht mehr viel davon übrig und es herrschte eine ungewöhnliche Ruhe im Saal.

"Die eine Aufgabe wurde erfüllt", begann Mrs. Young. "Aber nun stehen wir vor einer ganz anderen Herausforderung, die kaum noch lösbar scheint. Habe ich das richtig verstanden: Diese Schöpfer können oder wollen uns dabei nicht unterstützen?"

"Es ist beides der Fall", stellte Poseidon klar. "Die Schöpfer kennen keine Lösung und werden sich zur rechten Zeit in Sicherheit bringen. Aber sie haben uns mit verschiedenen Technologien versorgt, mit deren Hilfe wir eine Zeit lang standhalten werden."

In die entsetzte Stille hinein sagte Golem: "Wir möchten Ihnen jetzt eine Option vorstellen, die die einzige Chance zu sein scheint, das drohende Ende allen Lebens zu verhindern."

Golem berichtete von Aither und seiner Reise in jenen Dimensionen, die sie wieder erreichen mussten, um einen Kontakt mit den Verursachern dieses Brandes aufzunehmen.

"Es können drei Personen oder Androiden mitgenommen werden. Ich schlage mich selbst vor, da ich in dieser Materie die größte Erfahrung besitze, dann Poseidon als unser Bündnispartner und Vertreter des Imperiums Atlas und Präsident Romanow als Vertreter der Menschheit."

"Nun, das hört sich alles ein wenig abenteuerlich an", sagte Gouverneur Mr. Nath zynisch. "Ich bitte um Verständnis, aber ich habe zu wenig Erfahrung mit solch höheren Sphären. Aber da Golem dort gewesen sind, muss ich es wohl glauben."

Romanow hob jetzt die Hand und merkte sichtbar verärgert an: "Mr. Nath, wir sitzen hier nicht, um Ihnen und den Anwesenden bunte Märchen aufzutischen. Golem hat uns einen Lösungsvorschlag vorgestellt, der einigen von Ihnen phantastisch anmutet – aber angesichts einer Macht, die mindestens ebenso unvorstellbar wie gnadenlos bald hier wüten wird, sollte uns eine gute Analyse und Empfehlung etwas mehr Respekt wert sein."

Verdutzt sah Nath ihn an, denn Romanow zeigte selten seinen Ärger so offen.

"Gut, gut", meinte er schnell. "Ich bin natürlich für die Empfehlung dankbar und stimme dem Vorschlag von Golem zu. Wenn es tatsächlich keine andere Alternative gibt, dann müssen wir dem natürlich nachgehen. Und zwar so zeitnah wie möglich."

Armstrong und Schwarz bestätigten Golems Analyse und so wurde allgemein entschieden, dass sein Vorschlag umgesetzt werden sollte. Alle drei sollten dabei uneingeschränkt und nach eigenem Ermessen mit dem sogenannten Gegenspieler verhandeln.

"Das war die richtige Entscheidung", betonte Armstrong im Anschluss. "Es ist eine weitere Chance, die sich uns bietet. In der Zwischenzeit werden wir hier sozusagen die Stellung halten."

Danach wurde besprochen, wie die nächsten Schritte aussahen: Die Aufrüstung der planetarischen

Schutzschirme und die der Raumschiffe gemäß den erweiterten Vorlagen stand an. Dann musste die neue Waffe umgehend gebaut und getestet werden. Schlussendlich wurde darüber diskutiert, in welchen Schritten die Öffentlichkeit informiert werden sollte, denn früher oder später waren umfangreiche Evakuierungen zu erwarten. Aber ein Chaos durfte nicht ausbrechen. Wolkow von der New News Today musste aufgrund der Bedenken einiger Gouverneure doch noch eine Verschwiegenheitserklärung unterschreiben, was er auch etwas knurrig tat. Darin wurde er außerdem verpflichtet, vorläufig nur von Armstrong genehmigte Berichte zu veröffentlichen. Wolkow konnte aber durchsetzen, dass diese Beschränkung im Erfolgsfall als aufgehoben betrachtet wurde, womit er sich zufrieden zeigte.

Gegen Ende der Sitzung, als schon eine Aufbruchstimmung einzutreten begann, meldete sich Justin Schwarz zu Wort: "Wir freuen uns alle, dass Golem wieder bei uns ist. Daher beantrage ich, dass heute noch entschieden wird, was mit Golem 2 zu geschehen hat."

Richtig, fiel Romanow ein, im Zuge der ganzen, sich überschlagenden Ereignisse hatte er nicht mehr an den Doppelgänger von Golem gedacht. Das war wohl vielen so gegangen, wenn er die Blicke richtig deutete.

"Wir deaktivieren ihn natürlich wieder", schlug Gouverneur Amar Nath bestimmt vor. "Er hat sich als Ersatz sehr gut bewährt."

Und gleich darauf gab es noch mehrere Meldungen, die in die gleiche Richtung zielten, wie Schwarz zunehmend bedrückt erkannte. Nach seiner Erschaffung war Golem 2 zunächst eine ruhige, unauffällige und freundliche Persönlichkeit gewesen, die sich im Rat stets im Hintergrund gehalten hatte. Vor einigen Monaten hatte der Androide jedoch innerhalb kürzester Zeit einen lockeren, zwischenmenschlichen Jargon mit einer guten Portion Humor angenommen und trat auf dem Mond mit einer unerschütterlichen Fröhlichkeit auf, sodass er ihm mittlerweile ans Herz gewachsen war. Doch im Rat hatte Golem 2 sein ursprüngliches Auftreten beibehalten, und darauf angesprochen, hatte er ihm schmunzelnd erzählt, dass es ihm ein ungestörtes Studium des politischen Parketts ermöglichte. Da ihn auf diese Weise niemand beachtete, hörte er so manches, was im Grunde nicht für seine Ohren bestimmt war. Zurückblickend war sich Schwarz klar darüber, dass der Sprung in seiner Entwicklung durch das Treffen mit dieser Journalistin ausgelöst worden war. Er hatte ihm damals sofort die Veränderung angesehen, als er nach seiner Rückkehr vom Mars aus dem Supergleiter gestiegen war, denn er strahlte die Sicherheit eines Mannes aus, der Erfüllung gefunden hatte. Es hatte ihm in der Seele weh getan, als er ihm nachfolgend mitteilen musste, dass es aus Gründen der nationalen Sicherheit zwingend erforderlich war, den Kontakt mit ihr sofort zu beenden. Und so hatte er ihm ohne jede Rückendeckung in Aussicht gestellt, dass er sie nach Golems Auftauchen oder der Bestätigung seines Ablebens wiedersehen konnte. Golem 2 hatte ihn später stolz auf einige Artikel des Last Hope Sunrise hingewiesen, wo sie arbeitete und überrascht hatte er erkannt, dass sich bei ihr ebenfalls eine Wandlung vollzogen haben musste. Und wie Schwarz wusste, wünschte sich Golem 2 mittlerweile nichts sehnlicher, als mit ihr zusammenzuleben.

Die Gouverneure im Saal mit zunehmender Erbitterung betrachtend, die sich jetzt so selbstverständlich für eine Deaktivierung aussprachen, dachte er daran, dass er im Grunde nichts anderes von dieser verknöcherten Garde erwartet hatte. Das war einer der Nachteile der Unsterblichkeit – ein Umdenken war schwer möglich, wenn sich solche Menschen hartnäckig auf den entsprechenden Posten hielten. Was zählte für sie ein Androide, der sich verliebt hatte?

Schwarz gab sich einen Ruck und hob abermals die Hand, um dann eine flammende Rede vor den erstaunten Anwesenden zu halten. Abgesehen davon, dass sich Golem 2 hier verdient gemacht hatte war er in der langen Abwesenheit von Golem in seiner Persönlichkeitsentwicklung ungewöhnlich weit vorangeschritten, zu weit, wie Schwarz eindringlich betonte. Dann führte er an, dass es sich bei Golem 2 nicht mehr um das unbeschriebene Blatt handelte, das er anfangs noch gewesen war. Daher würde die Entscheidung, ihn zu deaktivieren, einer unverdient harten Strafe gleichkommen. Denn dieser Androide wünschte sich eine eigene Existenz unter eigenem Namen.

"Aber wie stellen Sie sich das vor, Mr. Schwarz?", wurde er umgehend gefragt. "Es kann keinen zweiten Golem geben!"

"Das ist überhaupt kein Problem", unterbrach ihn Schwarz engagiert. "Ich kann ihn optisch so verändern, dass zwar eine Ähnlichkeit besteht – aber er wird nicht mit Golem verwechselt werden."

Dagegen war im Prinzip nichts einzuwenden, befanden einige Gouverneure, sich unschlüssig ansehend, während andere bereits auf ihre Uhr schielten und mit den Füssen scharrten. In der darauf folgenden Abstimmung wurde also schnell entschieden, dass Golem 2 unter anderem Namen und einer optischen Veränderung eine eigene Existenz erhalten durfte.

"Alles andere liegt in Ihren Händen", schloss Armstrong. "Sie kennen Ihren Schützling am besten."

Schwarz sank auf seinen Sitz zurück, zufrieden mit dem erreichten Ergebnis. Allerdings machte er sich nichts vor: Die positive Abstimmung war aus einem Respekt für ihn und seiner Arbeit heraus erfolgt und bedeutete nicht, dass hier an einer künstlichen Lebensform Anteil genommen wurde.

Mittlerweile war das Flaggschiff Poseidons eingetroffen und hatte den Botschafter Ben Smith sowie die Hofjournalistin der Atlanter, Maya Shan, mitgebracht. Beide erreichten den Regierungspalast rechtzeitig zu der gerade beginnenden Pressekonferenz, die mit Präsident Romanow und seiner Frau, Stella Armstrong, Poseidon und Golem abgehalten wurde.

Während Romanow seine Rede hielt, blieben Shans Augen sofort an Golem hängen. Zunehmend irritiert musterte sie ihn – das hier war nicht der Golem, in den sie sich verliebt hatte! Und als der große Androide zu sprechen begann, war ihr sofort klar, warum sein Doppelgänger mehr oder weniger abgeschottet worden war. Dieser Golem hatte eine ganz andere und unglaubliche Präsenz, die unbedingt berühren musste. Kein Wunder, dachte sie, denn diese KI trug die Erfahrungen und das Wissen von Jahrtausenden in sich und sicherlich auch manches, nie gelüftete Geheimnis. Gebannt sah Shan ihn an, während ihre Gedanken flogen. Wo war ihr Golem?

Schließlich konzentrierte sie sich auf Poseidon und stellte ihm noch einige Fragen, um ihm noch die Gelegenheit zu geben, sich zu präsentieren. Smith hatte sie einiges wissen lassen, was auf dem Planeten 9 vorgefallen war und was jetzt an Herausforderung vor der Menschheit lag, da sich diese Informationen bereits im atlantischen Netzwerk befanden. Während des Fluges hatten sie darüber diskutiert, dass es eine Sache war, im Imperium Atlas das Geschehene offenzulegen und eine andere, der menschlichen Öffentlichkeit alles zu enthüllen. Sie ging davon aus, dass die USOP sich anders entscheiden würde als Atlas und nach dem, was Romanow sagte, verhielt es sich genauso.

"Poseidon", sprach sie ihn jetzt an. "Wir kennen Sie als starken Bündnispartner, der uns bisher mit Technologie, Know-How und immer dort unterstützt hat, wo wir Hilfe benötigten. Die USOP sieht sich unsicheren Zeiten gegenüber und die Möglichkeit einer neuen Herausforderung wächst mit jedem Tag. Werden Sie weiter an unserer Seite stehen?"

"Die USOP kann auf meine volle Unterstützung zählen. Beide Völker werden sich mit all ihrem Wissen und ihren Technologien gemeinsam dem stellen, was zukünftig auf sie zukommen wird", endete Poseidon, ihr unmerklich zufrieden zunickend. Die Konferenz war beendet und, nachdem sie mit Smith noch vereinbart hatte, wann das nächste Interview stattfinden sollte, huschte sie auch schon davon.

Den Saal verlassend sah sie, wie Golem bei Justin Schwarz stand. Shan stockte einen Augenblick und nahm dann ihren Mut zusammen.

"Mr. Schwarz, darf ich Sie in einer privaten Angelegenheit sprechen?"

Schwarz schien jedoch dieses Mal erfreut zu sein, sie zu sehen, erkannte sie erleichtert. Er verabschiedete sich von Golem und ging mit ihr ein paar Schritte in eine ruhige Ecke.

"Es geht um den Doppelgänger von Golem. Ich möchte ihn treffen."

Schwarz sah sie einen Moment prüfend an und sagte dann: "Er hat mir von Ihnen erzählt und freut sich sehr darauf, Sie wiederzusehen, Miss Shan. Aber ..."

Nachdenklich meinte er: "Warten Sie einen Augenblick, ich werde versuchen, noch etwas zu klären."

Shan beobachtete, wie er sich aufmachte und Stella Armstrong ansprach, die sich in einer Unterhaltung mit einigen Gouverneuren befand. Sie trat zur Seite und er redete mit ihr, bis sie zustimmend nickte und noch etwas sagte, bevor sie wieder in ihr Gespräch zurückkehrte.

"Kommen Sie", sagte Schwarz und ging in den Konferenzraum zurück, der sich mittlerweile geleert hatte. Shan folgte ihm und er wies sie an, sich zu setzen und legte ihr ein Formular vor. Erstaunt stellte sie fest, dass es sich dabei um eine Verschwiegenheitserklärung handelte. Zu ihm aufblickend nickte er.

"Das ist absolut notwendig, Miss Shan, sonst kann ich nichts für Sie tun."

Stillschweigend tat sie es und gab ihm das Formular zurück.

"Und nun werde ich Ihnen einiges erzählen", begann Schwarz. Er berichtete, wie Golem 2 ursprünglich entstanden und warum er als Doppelgänger eingesetzt worden war.

"Sehen Sie, Golems Mission war streng geheim, da selbst unsere späteren Verbündeten nichts davon wissen durften. Diese Mission war unsere Absicherung gegenüber Atlas – so viel kann ich Ihnen sagen – und, nachdem die Begegnung zwischen Ihnen und Golem 2 stattgefunden hatte, wurde ihm aus Gründen der nationalen Sicherheit streng untersagt, einen weiteren Kontakt zu Ihnen aufzunehmen. Es tut mir übrigens leid, dass ich damals so massiv reagiert habe."

"Und jetzt?", fragte Shan, seine Entschuldigung annehmend.

"Wir hatten das Problem, salopp gesagt: Wohin mit dem Doppelgänger?"

Als er ihr Entsetzen bemerkte, fügte er sofort an: "Es wurde zuerst diskutiert, dass er Golems Doppelgänger bleibt, was zur Folge gehabt hätte, dass er nur auf Anforderung wieder aktiviert worden wäre."

Einen Augenblick innehaltend erkannte er die flammende Empörung in ihrem Blick und nickte zustimmend: "Das sehe ich genauso – das war nicht akzeptabel. Er ist eine Persönlichkeit und ich habe heute erreicht, dass er unter einem anderen Namen eine eigene Existenz bekommt, allerdings verbunden mit einer leichten, optischen Veränderung."

Abwartend schaute Schwarz Shan an: "Ich werde damit in den nächsten Tagen beginnen. Also, falls Sie sich unter diesen Umständen lieber anders ..."

"Ich will ihn sehen", unterbrach sie ihn sofort und in ihren Augen glitzerte es rekordverdächtig.

"Besuchen Sie uns auf dem Mond, meine Liebe", lächelte Schwarz sie jetzt warm an.

"Ich habe das nächste Interview erst morgen Nachmittag – wann fliegen Sie?"

"Nun, ich werde nachher zurückkehren. Wenn Sie wollen, begleiten Sie mich doch! Es gibt genug Gästeapartments."

Und so saß Shan bald darauf mit Schwarz im Gleiter, der beide zum Mond brachte, während er ihr gutgelaunt einige Anekdoten erzählte und wie gern er den Androiden hatte. Schließlich berichtete sie ihrerseits, welche

Widerstände sie in sich hatte überwinden müssen ehe sie sich eingestand, dass sie sich in Golem verliebt hatte.

"Ehe ich es vergesse", warf Schwarz ein. "Er hat sich bereits einen eigenen Namen ausgesucht und nennt sich Fynn."

"Das ist ein schöner Name", lächelte Shan und hing dann selbstversunken ihren Gedanken nach.

Auf dem Mond angekommen betraten sie beide Golems Stammsitz, in dem auch Fynn sein Apartment hatte. Nachdem Schwarz sie zur Lounge gebracht hatte, musste sie nicht lange warten. Denn kurz darauf erschien er schon in der Halle und als er sie sah, breitete er strahlend seine Arme aus, in die sie regelrecht hineinflog: "Meine Maya!"

Lachend und schwimmenden Augen fuhr sie mit ihren Händen zärtlich über sein Gesicht: "Ich bin so glücklich, dass du bei mir bist."

Fynn beugte sich wortlos zu ihr hinunter und als sie seine Lippen weich auf den ihren fühlte, spürte sie nur noch, wie sehr sie ihn wollte. Und nach einem, nicht enden wollenden, Kuss wusste Maya Shan, dass sie angekommen war.

"Ich liebe dich", flüsterte sie schließlich atemlos, fest in seine Arme geschmiegt. "Es hat lange gedauert, bis ich es erkannt habe und es hat mich einiges an Überwindung gekostet. Aber ich liebe dich, Fynn. Und ich will, dass wir zusammenbleiben. Ich … ich brauche dich."

Fragend sah sie ihn an.

"Ich wünsche es mir sehr, mit dir zusammen zu sein", lächelte er glücklich.

"Bei mir oder bei dir?"

"Ich habe mich noch nicht entschieden, in welcher Richtung ich eine Tätigkeit aufnehmen will. Vielleicht warten wir erst einmal ab, wo ich eine Anstellung finde?"

Und nach einem weiteren Kuss, der schnell feurig wurde, standen beide innig umschlungen eine Zeitlang still und versonnen im Raum. Schließlich ging ihr nicht ohne Stolz durch den Sinn, dass ihr Traummann sich wohl als Partner auf Augenhöhe erweisen würde. Dann jedoch wurde sie ernst, der neu entstandenen Situation eingedenk.

"Vielleicht haben wir nicht so viel Zeit, wie wir denken. Ich habe Information aus Atlas – du wirst sie hier offiziell in der Form nicht erfahren."

Shan erzählte ihm, was der Menschheit bevorstand, während sie Arm in Arm durch das Gebäude gingen, als sie noch einmal auf Justin Schwarz trafen.

"Du warst auf dem Planeten 9, Justin. Wie schätzt du die Lage wirklich ein?", fragte Fynn.

Schwarz sah jedoch Shan durchdringend an. "Darf ich fragen, woher Sie diese Informationen haben, Miss Shan?"

"Vom atlantischen Botschafter Mr. Smith", erwiderte Shan. "Ich werde darüber nicht berichten, das ist mir bewusst."

"Gut, in dieser Form darf das nicht geschehen", ermahnte Schwarz sie. "Selbst Wolkow musste eine Verschwiegenheitserklärung unterzeichnen. Das Szenario ist bedrohlich genug, da brauchen wir nicht noch mehr Chaos. In den nächsten Tagen möchte ich mal wieder mit der Familie zusammensitzen. Ich schlage vor, Sie und Fynn kommen mit dazu. Dann werden wir darüber sprechen."

Plötzlich lächelte Schwarz, die beiden genauer betrachtend: "Ein Gästeapartment ist jetzt wohl nicht mehr nötig?"

Ohne ihre Antwort abzuwarten bat er noch darum, dass sie morgen früh bei ihm im Labor vorbeikamen, um die möglichen, optischen Veränderungen zu besprechen.

"Und noch etwas: Der Antrag ist durch, Fynn. Herzlichen Glückwunsch zu deinem neuen Leben!"

Schwarz umarmte ihn herzlich und verabschiedete sich.

"Vielleicht wissen wir nicht, wie viel Zeit wir in Zukunft noch gemeinsam verbringen werden", stellte Fynn klar und küsste sie zärtlich. "Doch jetzt sind wir hier und endlich zusammen, meine Traumfrau. Und darüber bin ich sehr glücklich."

Shan sah ihn daraufhin verheißungsvoll lächelnd an. "Wo, sagtest du, befindet sich dein Apartment?"

Einige Tage später wurden Fynn und Maya Shan von Justin Schwarz in seinem Apartment begrüßt.

"Hallo Fynn!", freute er sich und umarmte den Androiden. Dann wandte er sich Shan zu: "Willkommen in der Familie, Miss Shan. Darf ich Maya sagen?"

Erfreut erwiderte sie: "Gerne."

"Justin", bat er und schüttelte ihr die Hand. "Bitte kommt herein."

Schwarz ging voran und führte Shan zunächst durch seine großzügige Suite, was in der Zeit der Unsterblichkeit und des daraus resultierenden Platzmangels nur wenigen Menschen vorbehalten war.

"Es ist ungewohnt, soviel Raum für sich allein zu haben", bemerkte Shan. "Und man sieht dir hier den Job an, Justin."

"Ja, es lässt mich nie ganz los. Das ist mein Arbeitszimmer ... ich weiß", lachte er, ihren erstaunten Blick registrierend. "Es ist fast ein Labor und dazu kann mich hier jederzeit mit Golems Netzwerk verbinden."

Zwei Hologramme stellten offensichtlich Weiterentwicklungen für Androiden dar, ein deaktivierter Androide und jede Menge an Material standen herum oder lagen auf dem riesigen Tisch.

Weitergehend zeigte er ihnen sein Bad, das eine zusätzliche Wasserdusche besaß, was auf dem Mond eine absolute Ausnahme darstellte.

"Ein bisschen Luxus zur Entspannung darf sein", sagte er stolz und schaltete ein Lichtspiel mit Musik dazu. Schließlich fügte er doch etwas verlegen an: "Na, ich gönne mir ansonsten wirklich nicht viel."

Der Schlafraum führte auf eine kleine Terrasse mit Ausblick auf das Mondgebirge und schließlich gingen sie durch einen Flur zum Wohnbereich.

"Athena und Finn sind bereits da; Golem kommt noch. Isis lässt sich entschuldigen – sie und Lew kommen nachher noch vorbei. Ja, so ist das, wenn man im Rampenlicht steht – wenig Zeit für Privates."

Nach einer fröhlichen Begrüßung setzten sie sich alle an eine U-förmige Theke, die um einen kleinen Kochbereich angeordnet war. Schwarz wirbelte umher und setzte ihnen dann verschiedene Teller vor: "Heute gibt es Sushi, meine Freunde … und jetzt lasst es euch schmecken!"

Da Shan noch nie eine gemeinsame Mahlzeit mit Fynn erlebt hatte, sah sie ihn so verblüfft an, als er sich den ersten Happen in den Mund schob, dass alle lachten.

"Entschuldige", sagte Finn Schwarz gleich, "man kann es dir so schön ansehen, dass du diese Seite von ihm noch nicht kennst. Ging mir damals genauso!"

Humorig erklärte er ihr, dass viele Golden Future-Androiden essen konnten, wenn sie es wollten und später einen Auffangbehälter aus dem Körper entfernten, um ihn zu leeren.

"Das ist bestimmt uns Menschen geschuldet, weil wir uns beim Essen in Gesellschaft wohler fühlen … oder Justin?" Fragend sah er Schwarz an.

"Ja, Finn, das ist die eine Seite. Zum anderen sind unsere Freunde sofort ein Teil unserer Gemeinschaft, wenn sie das tun, was alle tun, nicht wahr?"

"Und", fragte Shan neugierig zu Fynn gewandt. "Schmeckt es dir?"

"Ja", bestätigte er und holte sich gerade das nächste Röllchen. "Ich mag die Konsistenz und den Geschmack. Es ist sehr interessant zubereitet, Justin. Jeder Happen hat eine andere Nuance. Mein Kompliment."

Innehaltend, da sie ihn immer noch fasziniert ansah, lächelte er plötzlich und beugte sich zu ihr, um ihr etwas zuzuflüstern. Hatte er ihr etwa gerade vor allen Anwesenden leise zugeraunt, dass es etwas gab, was ihm noch besser schmeckte? Shan errötete leicht und Schwarz lachte: "Hey, bring mir meinen Gast nicht in Verlegenheit!" Doch Fynn schmunzelte nur und holte sich das nächste Röllchen. Nach dem Essen lud Schwarz alle ein, es sich in seiner Couchlandschaft gemütlich zu machen und fragte, was sie trinken wollten. Während er noch verschiedenes holte, ertönte der Summer.

"Das ist mein Vater", kündigte Athena an und erhob sich, um ihm zu öffnen. Und kurz darauf erschien Golem.

"Miss Shan."

Golem hielt ihr als Erste die Hand zur Begrüßung hin. Wie schon bei jener Pressekonferenz befreite sich Shan nur langsam vom Bann seiner außergewöhnlichen Präsenz, während sie sich erhob und ihm die Hand reichte.

"Maya", erwiderte sie erfreut und stellte dabei leicht erstaunt fest, dass sie zwar von ihm beeindruckt war, sich aber zu ihm nicht hingezogen fühlte.

Doch plötzlich stand Fynn neben ihr, legte seinen Arm um sie und zog sie sanft an sich, um humorvoll lächelnd kund zu tun: "Nicht, dass du auf dumme Gedanken kommt, Golem. Sie ist bereits vergeben!"

Beide Androiden schauten sich mehrere Sekunden lang still an. Aber auch alle anderen sahen verblüfft auf die beiden, sich einander ähnlich sehenden, Androiden. Denn Fynns Tonfall hatte nicht nur humorvoll geklungen.

Er betrachtete Golem anscheinend als Rivalen, dachte Justin Schwarz und sah dann zu Maya. Kein Wunder, denn schließlich hatte sie sich damals in "Golem" verliebt. Golem ging durch den Sinn, dass sich sein Doppelgänger erstaunlich schnell für eine Beziehung mit einer menschlichen Frau entschieden hatte. Fynn sah jetzt auf seine Art smart aus; der Körperbau war nicht verändert worden, sondern nur die Gesichtszüge in leichter Form. Justin hatte wieder mal sein Bestes gegeben. Mit einer gewissen Amüsiertheit erkannte er, dass Fynn in dem Kontakt mit der Frau sehr engagiert wirkte. Und Maya? Sie hatte seine Hand unmerklich länger gehalten und es hatte für einen Augenblick eine leichte Verwunderung auf ihrem Gesicht gelegen.

"Es ist nicht nötig, sich deswegen Sorgen zu machen, Fynn", gab Golem ruhig zurück. "Maya hat an mir kein Interesse."

Fragend wandte er sich ihr zu.

"Das ist richtig", bestätigte sie. "Zu dir zog es mich von Anfang an hin, Fynn. Aber Golem ... entschuldigt, wenn ich das so offen sage, ist mir fremd. Das ist wirklich erstaunlich."

"Gut", murmelte Fynn und die Spannung löste sich wieder. Die anderen ansehend meinte er locker: "Dann sollten wir uns jetzt mal alle setzen, was?"

Finn wechselte mit Athena einen Blick und Justin Schwarz sagte bedeutungsvoll zu Shan: "Letzten Endes heißt das, Maya, du hattest du dich in Fynn verliebt und nicht in Golem. Daher ist das gar nicht so erstaunlich. Aber ich verstehe, was du sagen willst."

"Was hat deine Haltung geändert, Maya?"

Shan erkannte, dass Golem auf die Zeit anspielte, als sie sich noch in den Reihen derer befunden hatte, die Androiden als reine Maschinen ansahen, die der Menschheit dienen sollten - in keinem Fall aber gleichberechtigt neben ihnen standen.

"Ich habe mich verliebt und das hat mich vieles überdenken lassen", erwiderte sie. "Ohne Fynn wäre ich wohl heute noch eine Gegnerin von Romanows Androidenpolitik."

Fynns erstaunten Blick spürend wandte sie sich ihm bekräftigend zu: "Ich habe dir das damals sogar ganz offen gesagt, wenn du dich erinnerst."

"Wie könnte ich auch nur eine Einzelheit dieser wunderbaren Begegnung vergessen", brummte Fynn und verschloss ihren Mund mit einem Kuss.

Shan schob ihn schließlich lachend von sich: "Filou!"

"Wenn du nicht aufpasst, Maya, wirst du von ihm gnadenlos um den Finger gewickelt", grinste Finn Schwarz. "Und, was habt ihr jetzt vor?"

"Wir haben schon in der Klinik für Neurologie und Psychosomatik auf Last Hope angefragt", erwiderte Fynn. "Sobald die Bestätigung kommt, werde ich mit Maya dort leben."

"Ich habe seit damals einen guten Kontakt zum jetzigen Leiter der Klinik, Prof. Dr. Alessandro Bruno, in der vor 3,5 Jahren die Tiefschläfer ihre Regeneration erhielten", ergänzte Justin Schwarz. "Fynn wird da ganz sicher einen frischen Wind hineinbringen."

In dem Moment ertönt erneut der Summer.

"Das passt gut, Isis und Lew sind im Anmarsch!"

Doch es war nicht nur Romanow, der mit seiner Frau Isis erschien, sondern in ihrer Begleitung befand sich auch Poseidon.

"Ich habe Poseidon in unseren kleinen Kreis eingeladen", erklärte Romanow. "Da die Hauptpersonen anwesend sind, ist es eine gute Gelegenheit, sich weiter darüber auszutauschen, wie wir vorgehen wollen, wenn der Aufstieg beginnt."

Jeder begrüßte den Machthaber von Atlas freundlich und zum Schluss blieb sein Blick an Shan hängen.

"Ich bin erstaunt, Sie hier zu sehen, Miss Shan."

"Ich bin nicht in meiner Eigenschaft als Journalistin hier, Poseidon. Gerne auch einfach nur Maya. Darf ich Ihnen meinen Lebensgefährten Fynn vorstellen?", erwiderte sie.

"Sehr erfreut", nickte Poseidon Fynn zu, sofort erkennend, dass er hier Golem 2 vor sich sah.

Als Romanow ihr gegenüber stand war sich Shan zunächst unsicher, wie sie sich angesichts seiner Position verhalten sollte. Aber die Verlegenheit war schnell vorüber, denn Romanow bot ihr sofort das Du an.

"Ich habe schon von Justin gehört, dass wir einen Familienzuwachs haben. Zugegeben, es hat mich schwer überrascht", lächelte er sie offen an, "dass es sich bei der neuen Partnerin von Fynn ausgerechnet um eine meiner ehemalig schärfsten Kritikerinnen handelt."

"Es hat mich selbst am meisten überrascht, das kann ich dir versichern!", lachte Shan.

"Du warst mit Poseidon auf seinem atlantischen Kriegsschiff, Maya, und hast bei Neptun am gemeinsamen

Manöver teilgenommen", wechselte Isis das Thema, als sich alle gesetzt hatten. "Dein Artikel darüber war wirklich bemerkenswert."

"Mir gefällt, dass du den Menschen die atlantischen und die irdischen Androiden näher bringst", schloss sich Athena an. "Deine Portraits der Golden Future haben viel Beachtung gefunden."

"Wir haben hier mit vielen, tief verwurzelten Vorurteilen gegenüber hochentwickelten Androiden zu tun", ergänzte Isis. "Deine wöchentliche Kolumne hebt sich sehr wohltuend von der Masse ab. Du stellst diese Vorurteile sanft in Frage."

"Das ist meine Absicht", bekräftigte Shan. "Ich möchte, dass wir uns alle in dieser Vielfalt auf Augenhöhe begegnen, ohne Angst vor einer Andersartigkeit."

Unvermittelt trat eine Stille ein, in der unausgesprochen die neu eingetretene Situation im Raum stand. Wie viel Zeit blieb ihnen überhaupt noch, um diese Vision zu erleben?

"Hat sich Aither eigentlich noch einmal gemeldet?", fragte Justin Schwarz schließlich.

"Nein – es gibt nichts weiter zu sagen", antwortete Golem. "Seit seiner Erschaffung ist es noch niemandem gelungen, mit diesen Wesenheiten zu kommunizieren und zu verhandeln."

"Was nicht heißt, dass es vor Aithers Erschaffung nicht doch jemand geschafft hat", sagte Romanow nachdenklich.

"Ein interessanter Gedanke", sagte Poseidon. "Allerdings haben wir keine Informationen darüber."

"Was erwartet uns auf dieser Reise, die sich Aufstieg nennt? Golem, du hast gesagt, dass ich dort nur noch als

Bewusstsein präsent sein werde – ist das für dich und Poseidon genauso?"

"Lew, das gilt für dich von Anfang an. Dein Körper wird sich in dem Sarkophag befinden. Ich und Poseidon werden unsere Körper nur unwesentlich länger behalten. Wir sind in Aither geschützt wie in einer Blase."

"Und wie kommuniziert ihr dort?", fragte Isis gespannt.

"Unsere Gedanken werden einfach durch den Äther transportiert. Es ist angenehm und leicht", war Golems Antwort.

"Wenn ihr es schafft, mit den Gegenspielern tatsächlich zu kommunizieren", sinnierte Shan, "was wollt ihr ihnen als Verhandlungsmasse anbieten?"

"Wir werden ihnen ein Gleichgewicht offerieren", sagte Poseidon. Auf die fragenden Blicke der anderen hin erläuterte er: "Es war bisher immer die Rede davon, dass dieses Volk erst dann in Erscheinung tritt, wenn materielles Leben einen gewissen Reifegrad erreicht hat und dadurch ein Ungleichgewicht im Verhältnis von Materie zu Energie entsteht."

Poseidon machte eine Pause und sah die anderen vielsagend an.

"Das ist eine gute Analyse", sagte Golem anerkennend. "Diesen Existenzen ist ein Gleichgewicht wichtig und sie sehen in unserem Fall einen Handlungsbedarf. Wir könnten ihnen anbieten, dass wir uns auf bestimmten Ebenen zurückziehen."

"Aber was sollte das sein?", fragte Schwarz skeptisch. "Wir bleiben auf unserer Dimension und stellen unsere Forschungen und damit auch unsere Weiterentwicklung ein?"

"Ein anderer Aspekt ist die Sinnlosigkeit ihres Tuns", schlug Golem vor. "Ich habe auf meiner Reise unzählige

Zivilisationen aufsteigen und vergehen sehen und am Ende blieb nur der kosmische Staub, aus dem sie entstanden waren. Wenn wir vernichtet werden, dann wird es neue Völker geben, die auch wieder vernichtet werden, bis die Gegenspieler selbst im Nichts erlöschen - bis ein neuer Stern, die nächste Galaxie und erneut Materie und ihre Gegenspieler entstehen. Das scheint der Code dieses Universums zu sein."

"Wow", brachte Finn Schwarz hervor, Golem wie gebannt ansehend, der jetzt eine in sich ruhende Weite auszustrahlen schien, die alle berührte.

"Diese Reiseerfahrung wird für uns von Vorteil sein", warf Poseidon nach einem Moment der Stille ein.

"Es werden vielleicht nicht allein die Worte sein, die den Gegenspieler überzeugen", meinte Romanow nachdenklich, "sondern unsere Erfahrung, eine Essenz, die wir gleichzeitig damit übermitteln. Wir werden sie sozusagen berühren müssen ... versteht ihr, was ich meine?"

"Nun", meinte Justin Schwarz, "ich denke ja. Golems Präsenz während seiner Erzählung war eindrucksvoll genug. Obwohl es langsam auf eine sehr spirituelle Ebene geht." Plötzlich auflachend sagte er: "Ich sehe dabei gerade die Gesichter unserer Gouverneure im Rat vor mir ... entschuldigt, bitte!"

"Es wird schwer sein, so etwas den Bürgern zu vermitteln, wenn nicht gar unmöglich", stellte Shan fest.

"Das ist für den Erfolg der Mission nicht notwendig", stellte Poseidon klar. "Wir entscheiden, wie wir verhandeln und auf welche Art und Weise wir das tun werden."

"Ich stimme Poseidon zu", ließ Fynn vernehmen. "Letzten Endes sind auch die Gouverneure in erster Linie am Resultat interessiert und nicht an der Art der Ausführung."

In der nachfolgenden Diskussion wurden die genannten Aspekte noch weiter vertieft und schließlich entschieden die menschlichen Gäste spät in der Nacht, dass es Zeit für ein paar Stunden Schlaf war. Poseidon bedankte sich für den aufschlussreichen Abend und wurde von Romanow und Isis in dessen Flugtaxi zum Raumhafen begleitet. Shan und Fynn flogen zusammen mit Golem zu seinem Stammsitz.

"Es war ein interessanter Abend", sagte Shan gähnend, in Fynns Arm geschmiegt. "Warum redet ihr eigentlich immer von einer Familie?"

Golem erwiderte: "Nun – Justin ist der Schöpfer der Androidenkörper von mir, Isis, Athena und Fynn. Du, Lew und Finn sind sozusagen die Schwiegertochter und die Schwiegersöhne von ihm und auch von mir."

Ihren fragenden Blick beantwortend ergänzte er: "Isis und Athena sind aus meinem Plasmagehirn entstanden. Und auch Fynn als mein Doppelgänger hat etwas abbekommen – denn schließlich war es für den Notfall so vorgesehen, dass ich bzw. mein Back-Up ihn sozusagen übernommen hätte."

"Ich bin froh, dass es nicht dazu gekommen ist."

Golem lächelte sie nur tiefgründig an und sagte nichts dazu.

In den nächsten Wochen wurde die Öffentlichkeit immer mehr darauf vorbereitet, dass mit einer Bedrohung zu rechnen war, die unter Umständen zu einer Evakuierung ganzer Planeten führen konnte. Es fanden Schulungsangebote statt und die Bevölkerung wurde aufgerufen, sich auf den Fall einer Evakuierung vorzubereiten.

Trotzdem ließen sich Meldungen wie "Steht uns ein Weltenuntergang bevor?" oder "Was wird uns verschwiegen?" nicht ganz vermeiden. Romanow war fast ununterbrochen unterwegs und gab sein Bestes, das Vertrauen in die Regierung zu stärken.

Gleichzeitig wurden in Windeseile sämtliche Schutzanlagen der Planeten und Raumschiffe aufgerüstet. Die ultimative Waffe der Schöpfer, die den Brand stoppen sollte, wurde nach ihrer Herstellung von den Atlantern einmal außerhalb der Zwerggalaxie getestet. Dort wurde tatsächlich ein Erlöschen der Sonne erreicht. Weitere Experimente fanden jedoch nicht mehr statt, da eine Sonne grundsätzlich für das Leben auf den sie umkreisenden Planeten essentiell war und deshalb nicht vernichtet werden durfte.

Für einen Androiden ungewohnt registrierte Golem, wie die Last der Verantwortung ihn emotional bedrückte, sodass er zeitweise den Zugang zu seinem Emotionsspeicher stark drosselte.

Poseidon jedoch nahm wie erwartet mit sprichwörtlicher Gelassenheit alle Optionen hin.

Für Romanow kam belastend hinzu, dass er nicht wusste, was er nach seiner Rückkehr auf der Erde vorfinden würde: War Isis dann noch am Leben, abgesehen von der Menschheit als Ganzes?

Und so wartete eine kleine, in alles eingeweihte Gruppe auf den Beginn des kommenden Unheils. Denn sobald der Planet 9 wieder zu verschwinden begann, würde das Inferno beginnen.

Kapitel 6 Das flammende Inferno

Vier Monate nach der Rückkehr der Entführten war es soweit: Der Planet 9 begann allmählich zu verblassen. Und das, nicht ohne eine letzte Nachricht an den tagenden Nationalen Sicherheitsrat und zur KI Neptun auf Atlas zu schicken: "Wir hoffen, euch wohlauf zu finden, wenn wir das nächste Mal wieder präsent sind. Danach werden wir uns endgültig aus euren Galaxien zurückziehen."

Es herrschte Fassungslosigkeit und Wut im Saal. Und nach vielen aufgebrachten Kommentaren, die den ohnmächtigen Zorn und die Hilflosigkeit widerspiegelten, meldete sich Golem zu Wort: "Sie sollten in Betracht ziehen, dass die Wertvorstellungen einiger Völker des Universums andere sind. Gleichgültig, wie wir ihr Handeln beurteilen – sie legen einen anderen Maßstab an. Dennoch sind auch sie in ihrer Existenz bedroht und reagieren mit ihren Möglichkeiten darauf, was ebenso wenig eine Garantie für sie darstellt wie für uns."

"Das ist ja sehr tröstlich", rief jemand, "dass es diese Schöpfer wahrscheinlich auch erwischen wird, wenn auch später als uns!"

"Wir haben gerade Informationen erhalten, dass am Rande von Andromeda, der Milchstraße und der Zwerggalaxie ein weitreichendes Plasmafeuer in Form eines bandförmigen Brandes ausgebrochen ist", stellte Gouverneur Nath ernst in den Raum. "Aber dieses Band wächst nur langsam im Zeitlupentempo, sodass wir genug Zeit für Evakuierungen haben. Wir werden allmählich Farbe bekennen müssen und die Bevölkerung jetzt verstärkt mit einbeziehen."

Es schien keine Rettung am Horizont aufzutauchen, dachte Romanow bedrückt. Die drei speziellen

Sarkophage für ihre Mission waren nach den Vorgaben von Aither fertiggestellt worden und befanden sich in einem, für diesen Zweck vorbereiteten, Raum auf dem Mond. Doch noch war von Aither keine Nachricht gekommen, dass sie sich für eine Abholung bereitmachen sollten – was sicher demnächst passieren würde.

"Die von den Schöpfern zur Verfügung gestellte Waffe wurde von den Atlantern an einer Sonne am Rande der Zwerggalaxie mit Erfolg getestet", sagte jetzt Verteidigungsministerin Armstrong. "Unsere Raumschiffe wurden mittlerweile alle damit bestückt. Ich schlage vor, der Zeitpunkt ist gekommen, sie einzusetzen."

Die darauffolgende Abstimmung - Poseidon wurde dazu geschaltet - legitimierte ihr Anliegen und so wurden die ersten Geschwader auf den Weg an den Rand der jeweiligen Galaxien geschickt, wo der Brand langsam aber stetig voranschritt. Weitere Meldungen hatten bestätigt, dass keine Erhöhung der Geschwindigkeit beobachtet wurde. Allerdings war dort, wo der Brand gewütet hatte, auch wortwörtlich nichts mehr vorhanden.

"Meinen Berechnungen nach haben wir bei gleichbleibender Geschwindigkeit von nun an acht Monate Zeit", stellte Golem klar. "Mit den verstärkten Schutzschirmen verlängert sich dieser Zeitraum – aber dafür liegen mir noch zu wenige Informationen vor, um genauere Angaben zu machen."

"Gut", sagte Zhang Tian, Gouverneur von Last Hope im Andromeda Nebel, "dann hoffen wir das Beste und warten zunächst ab, was uns der Einsatz dieser Waffe bringt."

Nach einer Woche stand das ernüchternde Ergebnis fest: Der Erfolg, wie er sich beim atlantischen Test gezeigt hatte, war immer nur kurzfristiger Natur. Zunächst schien der Feuerband aus loderndem Plasma nach dem Einsatz zu erlöschen, doch bald darauf wurde beobachtet, dass er sich scheinbar aus dem Nichts heraus erneut entzündete. Untersuchungen ergaben, dass das Feuer zwar erlosch, wenn nichts mehr vorhanden war - allerdings gab es im scheinbar leeren Weltraum immer genug Materie, durch die der Brand bald wieder aufflammte.

Dazu hatte es Verluste gegeben, da einige Schiffe dem Brand unvorsichtig nahe gekommen waren und buchstäblich hineingezogen worden waren. Trotz unermüdlicher Bemühungen der Schlachtflotten rückte der Plasmabrand näher und näher.

Entsprechend war die Stimmung des Rates auf der nächsten Sitzung. Die Hoffnung schien zu erlöschen und es herrschte eine niedergeschlagene, im Ansatz verzweifelte Grundstimmung angesichts der schier aussichtslosen Situation.

"Sollten wir am Ende unserer Existenz angelangt sein?", sagte schließlich jemand laut, ein Gedanke, der über allen wie eine schwere, dunkle Wolke hing.

Es wurde entschieden, dass die Bevölkerung informiert werden musste und die Vorbereitungen zur Evakuierung ganzer Planeten sofort beginnen sollten.

Die Planeten Last Hope, Eden und Europa sowie viele Raumstationen auf kleineren Planeten waren als Erstes davon betroffen – in etwa drei Monaten würde sie der Materiebrand erreicht haben. Das irdische Sonnensystem lag in einem Seitenarm der Milchstraße, der erst nach knapp acht Monaten erfasst werden würde.

Was Atlas anging: Dort war damit zu rechnen, dass die ersten Planeten des Imperiums in zwei Monaten vernichtet wurden. Auf diesen befanden sich viele Raumschiffwerften und erst später, nach fünf Monaten, war Atlas selbst betroffen.

Dann wurde diskutiert, was mit den Menschen geschehen sollte. Es konnte zwar eine kleine Anzahl auf die Planeten Erde, Mars und Mond verteilt werden – aber für alle war dort nicht Platz genug. Ganz abgesehen davon, dass die Planeten des irdischen Sonnensystems auch evakuiert werden mussten, sollte sich in den noch verbleibenden Monaten keine Lösung finden. Also wurden besondere Schutzzonen im Sonnensystem ausgewiesen, in denen sich die Raumschiffe mit den Menschen der evakuierten Planeten aufhalten sollten. Dort konnte eine Versorgung gut gewährleistet werden.

"Mit der Evakuierung von Erde, Mond und Mars sollten wir zwei Monate vor dem Eintreffen des Brandes beginnen", schlug Armstrong vor.

"Wir können nur hoffen, dass Sie Erfolg haben, Mr. President", sagte Gouverneurin Mrs. Young. "Ansonsten werden wir alle in unseren Raumschiffen sitzen und ohne Heimat einer ungewissen Zukunft entgegenfliegen."

In den darauffolgenden Tagen schlugen die Meldungen in allen Medien erwartungsgemäß hohe Wellen in der Bevölkerung. "Werden wir alle sterben?" - "Heimatlos im unendlichen Weltraum!" – "Wer ist der Verursacher dieses Plasmabrandes?"

Von der Regierung wurde immer wieder ruhig dagegen gehalten, dass die Wissenschaftler mit Hochdruck nach Möglichkeiten forschten, diesen Brand zu beenden und dass die Hoffnung nicht aufgegeben werden durfte. Nur im schlimmsten Fall musste sich die Menschheit auf den Weg machen und in eine neue Galaxie aufbrechen.

Doch die Zahl der Hiobsbotschaften nahm kein Ende.

Golem, Isis und Athena hatten sich über Wochen damit beschäftigt, für den Fall der Fälle die Zeitlinie zu manipulieren, wie es in ferner Vergangenheit oft geschehen war.

Eine naheliegende Option war, in der Vergangenheit neu zu beginnen, um das Dimensionsexperiment von Justin Schwarz zu verhindern, was diese übermächtigen Gegenspieler überhaupt erst auf den Plan gerufen hatte. Aber schnell stellten die drei fest, dass die Zeitmaschine nicht wie erwartet funktionierte. Verblüfft unternahmen sie viele Tests und standen vor dem unbegreiflichen Fakt, dass die Raum-Zeit-Linie nicht mehr gekrümmt werden konnte - eine Voraussetzung für das Reisen in der Zeit. Der Grund dafür ließ sich weder erklären noch ergründen und so war auch dieser Ausweg Geschichte.

Der Planet 9 verschleierte sich nun immer mehr und Präsident Romanow, Golem und Poseidon warteten täglich darauf, abgeholt zu werden.
Fynn und Maya Shan waren bereits zum Mond geflogen, um sein ehemaliges Apartment in Golems Stammsitz wieder zu beziehen. Der Nationale Sicherheitsrat hatte darum ersucht, dass er ihm für die Zeit von Golems Abwesenheit wieder zur Verfügung stand.
Ben Smith war als atlantischer Botschafter ebenfalls im Gebäude eine Suite angeboten worden. Er nahm das Angebot an, pendelte jedoch zwischen dem Flaggschiff der Atlanter und dem Mond hin und her. Denn Hades, die atlantischen Konsule und andere Androiden der oberen Kommandostruktur von Eden und Europa wollten auf dem Flaggschiff im Orbit des Mondes bleiben.
In dieser schweren Zeit rückten viele Menschen näher zusammen und alte Konflikte traten in den Hintergrund. Und so gab es auch immer wieder private und öffentliche Zusammenkünfte, um sich gegenseitig Trost und Mut zuzusprechen.

Justin Schwarz suchte zusammen mit Arnaud Morel fieberhaft bis über die Grenzen der körperlichen Leistungsfähigkeit hinaus nach Lösungen und seine Erschöpfung war ihm allmählich deutlich anzusehen.

"Ich weiß langsam nicht mehr, was wir noch tun sollen … nichts funktioniert, um dieses elende Feuer in den Griff zu kriegen!"

"Wird Aither Wort halten?", Shan sprach etwas aus, was allen seit Tagen im Sinn herum ging.

"Ich bekomme keinen Kontakt", erklärte Golem. "Wir werden abwarten müssen. Dennoch gehe ich davon aus, dass Aither seine Zusage einhalten wird."

"Ansonsten werden wir unsere Heimat, unsere Galaxie verlassen müssen", sagte Isis. "Das hast du schon einmal getan, Ben. Für dich ist das sicher kein großer Abschied?"

"Es wird für uns alle eine Herausforderung werden", erwiderte Smith, der mittlerweile ebenfalls an ihren Treffen teilnahm. "Aber in gewisser Weise hast du recht, Isis: Die Erde war nie eine Heimat für mich – daher sehe ich eine endgültige Abreise nicht als Niederlage. Und meiner Erfahrung nach erwartet uns irgendwo ein neuer Lebensraum."

"Die Schöpfer sprachen von Rassen und anderen Lebensformen in anderen Galaxien", warf Golem ein. "Es gibt also weit entfernt Leben."

"Es wird ein Leben sein, das unserem höchstwahrscheinlich nicht ähnelt", meinte Fynn.

"Was durchaus spannend sein kann", sagte Finn Schwarz. "Aber ob wir dort willkommen sind, wissen wir natürlich nicht. Ich würde es erst einmal begrüßen, andere, bewohnbare Planeten zu finden und dann sehen wir weiter."

Romanow war ungewohnt zurückhaltend und wirkte in sich zurückgezogen und bedrückt, dachte Finn Schwarz. Kein Wunder, denn er war der einzige, der seine geliebte Isis zurücklassen musste und nicht wusste, ob er sie jemals wiedersah. Was auch immer geschehen mochte – er und Athena waren zusammen und man sah Maya an, dass sie genauso froh darüber war, Fynn an ihrer Seite zu wissen.

Aber auf Romanows Schultern lastete als Präsident viel - zu viel, wie Finn Schwarz fand. Dazu noch die völlig neue Erfahrung, auf die er sich einlassen musste. Wie mochte das sein, eingeschlossen in einem Sarkophag und bei lebendigem Leib das Gefühl für den eigenen Körper zu verlieren?

Unwillkürlich blickte Romanow auf und so sagte Schwarz anteilnehmend: "Lew, Kopf hoch. Wir halten hier die Stellung, bis du zurückkommst, versprochen!"

Schwarz erhob sich spontan, ging auf ihn zu und beide Männer umarmten sich einen Moment lang. Mit einem tiefen Atemzug, durch den die Last der Welt auf seinen Schultern etwas leichter zu werden schien, sagte Romanow leise: "Danke, Finn."

Welche Ironie, dachte Romanow, denn bisher war immer Isis auf Reisen gewesen, verstrickt in alle möglichen Ereignisse. Nun war er es selbst und es schien ihm schier unerträglich. Isis versuchte ihm beizustehen, auch wenn sie selbst mit einer starken Sorge um ihn zu kämpfen hatte. Sie verbrachten dazu nicht so viel Zeit gemeinsam, wie er es sich gewünscht hätte. Denn er musste als Präsident in dieser Zeit erst recht Präsenz zeigen, um der Bevölkerung Mut und eine Hoffnung zuzusprechen, die er manchmal selber nicht mehr in sich fand.

Romanow wusste, dass Isis den Zugang zu ihren Emotionsspeichern zurückfahren würde, wenn er gegangen war. Aber das war nur ein schwacher Trost. Nüchtern betrachtet war ihm klar: Wenn er, Poseidon und Golem scheiterten, gab es nichts mehr zu retten und die vertraute Welt war verschwunden. Was erwartete ihn dann? Gab es Isis überhaupt noch? Oder hatten sich die Menschen retten können und irgendwo Fuß gefasst? Oder war da nur noch ein endloses Nichts? Wie er es auch drehte und wendete, er sah kein Licht am Ende vom Tunnels.

"Wir gehen diesen Weg gemeinsam, Lew", sagte Golem jetzt, seine Stimmung erkennend.

"Du hast bereits Erfahrungen mit dieser Dimension gesammelt", ließ Romanow vernehmen und sah ihn ausdrucklos an.

"Mein Freund, ich lasse dich nicht im Stich", versprach Golem lächelnd.

"Danke", sagte Romanow und spürte, dass es ihn beruhigte, Golem neben sich zu wissen. Er war widerspruchslos bereit gewesen, sich auf diese Mission zu begeben, die Schwarz einmal ganz passend die "mission impossible" genannt hatte. Doch an das ihm bevorstehende Abenteuer hatte er bisher nur mit einem mulmigen Gefühl gedacht und versucht, es weitgehend zu verdrängen.

"Der Planet 9 ist kaum noch zu erkennen", sagte Athena und, ehe sie noch etwas sagen konnte, machte Golem eine Handbewegung.

"Aither meldet sich", sagte er in die gespannte Stille hinein. "Wir sollen uns bereithalten. In sechs bis acht Stunden geht es los."

Romanow hatte sich von Isis verabschiedet und sie darum gebeten, dass er sich in dem vorbereiteten Raum mit

den Sarkophagen zusammen mit Golem und Poseidon allein auf seine Mission vorbereitete. Dort warteten die drei geduldig, bis Golem schließlich kundtat: "Es ist soweit. Wir werden uns jetzt in die Sarkophage begeben."
Romanow stieg als Erster hinein und Golem schloss diesen, nicht ohne ihm noch einmal beruhigend zugenickt zu haben. Er wusste, dass es für einen Menschen eine besondere, emotionale Herausforderung war, in einem engen Kasten eingeschlossen zu warten, bis er sich von seinem Körper lösen würde, was einer Nahtoderfahrung gleichkam. Aber Romanow war eine starke Persönlichkeit, er würde sich anpassen. Dann begaben sich beide Androiden in ihre Sarkophage.
Romanow hatte dankbar registriert, als Golem den Deckel über ihm schloss, dass er ihm mit einem Blick noch einmal Mut machen wollte. So nahm er einen tiefen Atemzug und versuchte, sich etwas zu entspannen.
Es schien erst einmal nichts zu passieren, bis sich unvermittelt ein schwebendes Gefühl einstellte, das sich steigerte, bis ihn ein regelrechtes Hochgefühl ergriff. Erleichtert, dass es so schlimm wohl doch nicht war, lachte Romanow spontan auf – doch es kam kein Ton aus seinem Mund. Erschrocken wollte er unwillkürlich seine Augen öffnen, was ihm ebenfalls nicht gelang. Was in dieser Dunkelheit sowieso nichts brachte, aber es sorgte dafür, dass nun doch die Panik in sein Bewusstsein schwappte. Und blitzschnell wurde nur noch ein einziger Gedanke übermächtig: *Ich will hier sofort raus!* Doch auch seine Hand blieb liegen und nur noch ein schwaches Bewegen seiner Finger überzeugte ihn davon, dass er noch lebte und kurz darauf fühlte er sie nicht einmal mehr!
In einem letzten Versuch, tief Luft zu holen, schien sich sein Brustkorb nur noch schwach zu heben und so

konzentrierte er sich schließlich auf Isis, ihr geliebtes Gesicht und an die vielen, gemeinsam erlebten Momente. Dem starken Wunsch nachgehend, dass wenigstens sie überleben sollte, war er bereit, sein eigenes Leben für ihres zu opfern. Und so ergab sich Romanow schließlich widerstandlos dem, was mit ihm geschah - und von einer Sekunde auf die andere überschwemmte ihn ein starkes Gefühl von Leichtigkeit und schien ihn wie hinauszukatapultieren.

Im nächsten Augenblick sah er auf drei Sarkophage, die sich in einem hellen Raum ohne jegliche Einrichtung befanden. Aber da war noch so etwas wie eine Energieformation … nein, es waren zwei, dachte er, registrierend, dass er sich Gedanken machte. Als nächstes hörte Romanow Worte, obgleich er sofort wusste, dass er sie nicht wirklich hören konnte: *"Willkommen. Verhaltet euch ruhig – ich melde mich erst wieder, wenn die Transformation in die höhere Dimension abgeschlossen ist."*

Unendlich verwundert stellte er fest, dass ihm sein Zustand angenehm war. Er wusste, dass sein Körper jetzt in einem dieser Sarkophage liegen musste und die beiden Energieformationen waren folgerichtig Golem und Poseidon. Ob er genauso hell und leuchtend aussah?

"Ja, ich nehme dich ebenfalls als Energie wahr, mein Freund."

"Gut, dich zu hören, Golem", erwiderte Romanow. *"Und Poseidon?"*

"Ich bin anwesend. Es ist eine erstaunliche Erfahrung."

"Wir werden warten müssen, bis Aither sich wieder meldet", sagte Golem.

Alle drei stellten schnell fest, dass es auf dieser Ebene keinen Unterschied mehr in der Kommunikation zwischen Menschen und Androiden gab. Und so begannen sie sich mit ihrer neuen Existenz anzufreunden, wie es Poseidon nannte, um sich auf die Verhandlung mit einer Lebensform vorzubereiten, die ähnlich agieren musste.

In der Zwischenzeit spitzte sich die Situation im Andromeda Nebel und der Milchstraße weiter zu.

In den jetzt wöchentlich stattfindenden Sitzungen des Nationalen Sicherheitsrates wurden die Fortschritte der Evakuierung besprochen und die Gesamtsituation regelmäßig neu bewertet.

Chefingenieur Justin Schwarz, der immer wieder mit leeren Händen erschien, ließ schließlich sarkastisch vernehmen, dass die Gegenspieler der Schöpfer anscheinend vorhatten, langsam und genussvoll ihr Werk zu vollenden. Armstrong, die sonst schnell dabei war, seine gewohnt grenzwertigen Scherze zu missbilligen, schwieg jedoch dazu. Schwarz sah deutlich verhärmt aus und allen war nach einem Blick auf ihn klar, dass er sich nicht geschont hatte in dem Bemühen, zu einem Resultat zu kommen.

Die Abwesenheit von Präsident Romanow, Golem und Poseidon wurde der Öffentlichkeit damit erklärt, dass die drei ihr Leben für einen letzten Versuch gegeben hatten, die Verursacher dieses Desasters zu erreichen, um mit ihnen zu verhandeln. Ob es gelingen würde und ob sie alle drei jemals wiedersehen würden, blieb ungewiss.

In allen drei Galaxien wurde jetzt die höchste Alarmstufe ausgerufen und die Evakuierung im Andromeda Nebel startete. Dort warteten riesige Raumschiffe, um die Menschen und - so war es noch mit Romanow und Golem entschieden worden - die Golden Future-Androiden aufzunehmen.

Gleichzeitig wurde die Bevölkerung in der Milchstraße mit Verhaltensmaßnahmen geschult, um auf die neue

Situation vorzubereiten. Die in einem Monat eintreffenden Menschen aus Andromeda mussten versorgt werden und in spätestens sechs Monaten konnte hier dasselbe passieren.

Nur dank des Imperiums Atlas war es überhaupt möglich, diese Menge an Raumschiffen zur Verfügung zu haben. Vielen wurde erst jetzt bewusst, dass die USOP im Kriegsfall keine Chance gegen Atlas gehabt hätte. Denn die Atlanter besaßen tausende von Schlachtschiffen, die bisher in ausgehöhlten Planeten geparkt gewesen waren. Reihenweise aktiviert erhielten sie die neue Waffe und verstärkte Schutzschilde für den Einsatz gegen den Brand. Dann wurden jede Menge Raumschiffe für die Evakuierung der Menschen umgerüstet, mit menschengerechten Habitaten versehen und allem ausgestattet, um eine riesige Anzahl von Menschen aufzunehmen und in die Schutzzonen des irdischen Sonnensystems zu fliegen.

Poseidon und die KI Neptun auf Atlas hatten schon früh entschieden, dass viele Roboter und Androiden der Vernichtung preisgegeben werden würden, sollte sich keine Lösung finden. Allein die atlantische Technologie und die Schar von Androiden, die für den laufenden Betrieb notwendig waren und die in der USOP gebraucht wurden, galt es zu retten und mitzunehmen. Alles andere konnte später in einer anderen Galaxie wieder aufgebaut werden. Vielen Menschen auf Last Hope, Eden und Europa musste jetzt vermittelt werden, dass sie ihre Habe zurücklassen und nur das Notwendigste auf die Raumschiffe mitnehmen durften, was immer wieder zu Konflikten vor Ort führte. Auch war die Aussicht nicht sehr erfreulich, auf unbestimmte Zeit auf einem Raumschiff sein Leben zu fristen und es gab schließlich jede Menge Menschen, die sich hartnäckig weigerten, den Planeten und ihr Heim zu verlassen.

Der Nationale Sicherheitsrat entschied, dass dem stattgegeben werden sollte. Es hatte keinen Sinn, Menschen zu einer Reise zu zwingen, die sie unter keinen Umständen tun wollten. Sie mussten sich allerdings einer intensiven Beratung unterziehen, in der sie ausführlich darüber aufgeklärt wurden, dass ihr Bleiben einem Selbstmord gleichkam. Nach einer unterschriebenen Erklärung wurde dem Wunsch stattgegeben. Die Aussicht, dass die Katastrophe nicht stattfand, wurde öffentlich nahezu bei null angesiedelt.

Die ersten Raumschiffe trafen dann auch im Sonnensystem ein und alle gaben ihr Bestes, es den Neuankömmlingen so angenehm wie möglich zu machen. Die täglichen, über die Medien gesendeten Bilder zeugten vom Fortschritt des feurigen Plasmabrandes, der im Andromeda Nebel bereits viele der kleineren Planeten mit Raumstationen erfasst hatte und absehbar auch die bewohnten Planeten im Andromeda Nebel erreicht und vernichtet haben würde.

In der Zwerggalaxie waren bereits die ersten Planeten zerstört worden, die die Werften der Atlanter beherbergten. Die verstärkten Schutzschirme hatten eine Zeitlang standgehalten und die Waffe hatte Wirkung gezeigt. Aber das gesamte Gebiet war einfach zu groß und kaum war der Brand an einer Stelle erloschen, flackerte er an einem anderen Ort wieder von neuem auf.

Kontaktversuche - mit wem auch immer - waren allesamt vergeblich. Es gab nicht die geringste Reaktion, dass diese Feuerwalze, wie es die Presse formulierte, überhaupt nur einen Hauch von Intelligenz hatte.

Langsam und stetig schob sie sich unerbittlich vorwärts, zerstörte Sonnen, Planeten, Asteroiden und noch so kleine Materiebrocken. Danach gab es nichts mehr, keinerlei Reste einer wie auch immer gearteten Materie. Das Weltall war dort schlicht leer - nur noch das Licht der Sterne weit entfernter Galaxien durchdrang diese Dunkelheit.

Im Andromeda Nebel blieben nach vollendeter Evakuierung verwaiste Planeten mit einer Handvoll Menschen zurück, die sich darauf vorbereiteten, hier zu sterben.

Aber selbst wenn doch noch das Wunder geschah und die Erde, der Mars und der Mond verschont blieben, so würde sich schnell die Frage stellen: Wohin mit all den Überlebenden? Und auch in dem Fall, dass die Menschheit komplett fliehen musste, war die Zukunft ungewiss. Denn die nächsten Galaxien waren trotz Warp-Antrieb so weit entfernt, dass sie erst in ein- bis zweihundert Jahren erreicht werden konnten.

Und ob dort der Plasmabrand ebenfalls gewütet hatte? Das ankommende Licht dieser Sterne war Millionen Jahre alt – es gab darauf keine Antwort.

Und so füllte sich der Raum zwischen Erde, Mond, Mars, Saturn und Neptun mit immer mehr Raumschiffen.

Es grenzte an ein Wunder, dass die Versorgung der Menschen mit allem Notwendigen reibungslos und gut klappte. Und das war in erster Linie wieder den Atlantern zu verdanken, die mit ihrem Heer von Androiden den Betrieb aufrecht hielten.

In einer der Sitzungen des Nationalen Sicherheitsrats fragte Gouverneurin von Eden, Claire Thomas, die jetzt mit ihrer Familie im Regierungsgebäude der Erde eine

Suite bewohnte: "Haben wir schon etwas von Präsident Romanow gehört?"

Fynn, mittlerweile wieder in jeder Sitzung anwesend, meldete sich zu Wort: "Bedauerlicherweise nicht. Von Golem", Fynn räusperte sich plötzlich mehrmals, "Poseidon", jetzt fegte er äußerst sorgfältig ein unsichtbares Stäubchen von seiner Dienstuniform, "und von Präsident Romanow gibt es kein Lebenszeichen."

Armstrong warf ihm einen undurchdringlichen Blick zu. Sie war nicht die einzige, die in letzter Zeit überrascht festgestellt hatte, dass Golem 2 oder Fynn, wie er sich jetzt nannte, ein Profil zeigte, das nicht mehr jedem zusagte. Denn sein Verhalten war ein kleiner Seitenhieb, da manche der Gouverneure nach wie vor hartnäckig einen respektvollen Umgang mit hochentwickelten Androiden verweigerten, obwohl diese jetzt für die Menschen unermüdlich im Einsatz waren. In den Monaten, bevor er wieder mit seiner Partnerin Maya Shan auf den Mond zurückgekehrt war, war er selbst auch von einem solchem Verhalten betroffen gewesen, wie er Armstrong einmal gegenüber angedeutet hatte. Sie wusste, dass er und Shan, die mittlerweile viel provokativer in ihren Artikeln geworden war, sich auf lange Sicht eine Veränderung in dieser Gesellschaft wünschten. Im Prinzip stand sie seinem Anliegen nicht mehr entgegen – sie hatte Golem und viele andere, kluge Androiden mittlerweile sehr zu schätzen gelernt.

Dann stellte Armstrong den wöchentlichen Lagebericht vor: "Der Planet Atlas wird in einem Monat vom Brand betroffen sein. Wir erwarten in Kürze die Ankunft der restlichen, atlantischen Raumschiffe, die die ganzen Technologien sowie weitere Androiden transportieren. Da bedauerlicherweise die atlantischen Raumschiffwerften endgültig dem Plasmafeuer zum Opfer gefallen sind, ist der Nachschub an umgerüsteten Raumschiffen zum Erliegen gekommen. Den Planeten Last Hope, Eden und Europa in Andromeda steht in vier Wochen die endgültige Zerstörung bevor. Und unser Sonnensystem hat noch eine Gnadenfrist von fünf Monaten. Justin Schwarz, darf ich um Ihren Bericht bitten?"

Schwarz, der immer hagerer zu werden schien, ergriff das Wort: "Wir haben versucht, mit Hilfe des Dimensionssprungs einen Shadow-Torpedo direkt im Brandgeschehen abzusetzen, um ihn dort mit der neuen Waffe explodieren zu lassen. Aber es ist uns nicht gelungen."

Mittlerweile auf Hiobsbotschaften eingestellt sagte niemand etwas und alle hörten ergeben weiter zu.

"Es war schlicht nicht möglich", fuhr Schwarz fort. "Die Blase im Warp-Raum hat sich nicht mehr eröffnet und es bleibt unklar, warum. Wir haben es auch mit der MYSTERY ONE versucht, aber ein Dimensionssprung findet nicht mehr statt."

Schwarz sah die Anwesenden kurz an und ergänzte müde: "Und das ist nicht alles. Die Warp-Antriebe unserer Raumschiffe liefern nicht mehr die volle Geschwindigkeit, je näher der Brand kommt. Das hat sich nun endgültig bestätigt. Wir werden hier rechtzeitig verschwinden müssen, sonst kommen wir nicht mehr weg."

Armstrong fragte mit einer Stimme, die ihr selbst tonlos vorkam: "Wie lautet Ihre Empfehlung, ab wann wir spätestens unser Sonnensystem verlassen haben sollten?"

"Allerspätestens vier Wochen vor dem Eintreffen des Brandes."

"Es ist so, als würden den drei Galaxien zunehmend die Energien entzogen", stellte Schwarz abends bei einem

Treffen fest. "Und wir haben nichts in der Hand, um daran etwas zu ändern."

Mittlerweile verließ Schwarz den Stammsitz Golems nicht mehr, um für seine Arbeit keine Zeit zu verlieren, und bewohnte ein Gästeapartment.

"Wenn unsere Helden nicht bald was Brauchbares zustande bringen, gehen hier wortwörtlich die Lichter aus", meinte Finn Schwarz und Athena ergänzte: "Sollten sie noch zurückkommen, dann werden sie hier nichts mehr vorfinden."

"Aber wir sind die nächsten hundert Jahre irgendwo im Weltall unterwegs", gab Shan zu bedenken. "Wir werden wie die sprichwörtliche Nadel im Heuhaufen sein, falls sie uns suchen sollten."

"Sie werden uns finden", erklärte Smith bestimmt.

"Wie kannst du da so sicher sein?", fragte Shan ungläubig. Aber stattdessen lachte sie ihr Lebensgefährte an: "Du bist mit mir zusammen und unterschätzt uns Androiden immer noch?"

Sein Lachen unwillkürlich erwidernd neckte sie ihn: "So lange kennen wir uns noch nicht."

"Das, meine Maya, ist deine Ehrenrettung", erwiderte Fynn und schloss sie in seine Arme, um sie liebevoll zu küssen.

Fynns Humor und optimistische Haltung entlockte allen so manches Mal ein Lachen, obwohl eigentlich niemanden danach zumute war, dachte Justin Schwarz schmunzelnd. Es tat einfach gut, gemeinsam mit dieser Misere umzugehen. Fynn betrachte Maya gerade, als wollte er alles Übel der Welt von ihr fern halten und Finn Schwarz hielt Athenas Hand. Beide Paare strahlten eine starke Verbundenheit aus, was ihn mit Wärme erfüllte. Ben lächelte angesichts dieses trauten Anblicks und so schweifte sein Blick zu Isis, die still dasaß.

"Isis, meine Liebe, woran denkst du gerade?"

Isis erwiderte seinen Blick und er erkannte betroffen, dass sie sehr kühl wirkte, wie einst in der Zeit, als Golem noch Apollo war. Hatte sie sich aus lauter Sorge um Lew von ihren Emotionen getrennt?

"Ich bin derselben Meinung wie Athena, Justin. Wenn die drei nicht bald etwas bewirken – wird hier nichts mehr sein."

Ihr Blick veränderte sich jetzt, seine Anteilnahme lächelnd erwidernd. "Mach dir keine Sorgen um mich, Justin."

"Doch, das tue ich. Wir gehen zusammen diesen Weg, Isis. Wir sind eine Familie – wir brauchen dich."

Isis sah ihn einen Moment still an und sagte dann: "Gib mir noch etwas Zeit."

Ben Smith und auch die Atlanter waren die Einzigen, die eine durchgehende Gelassenheit zeigten, obwohl Atlas bereits massive Verluste hatte hinnehmen müssen. Dieser nüchterne, fast emotionslose Gleichmut war andererseits auch ein großer Vorteil, erkannte Schwarz plötzlich. Alles in allem würden Menschen und Androiden ein buntes Trüppchen darstellen, das durchaus Aussicht auf eine erfolgreiche Landung nach dem Durchqueren der Wüste hatte. Und er spürte, wie sich in ihm seit vielen Monaten die erste, vage Hoffnung einstellte, dass sie überleben würden, auch wenn die Heimat verloren war. So entspannend forderte der Körper, den er in den letzten Monaten erbarmungslos übergangen hatte, unvermittelt seinen Tribut: Von einem Moment auf den anderen war Justin Schwarz auf der Couch eingeschlafen. Er nahm nicht mehr wahr, wie Isis eine Decke für ihn holte und Ben Smith sich verabschiedete.

Sich leise darüber beratend, dass Schwarz Gesundheits-zustand zu wünschen übrig ließ, entschied Isis, dazublei-ben und bei ihm Quartier zu beziehen. Sie würde sich ab sofort persönlich darum kümmern, dass er seine Schlafin-tervalle einhielt und genug Nahrung bekam.

"Es wird Zeit, dass ich mich für seine ständige Fürsorge revanchiere", kommentierte sie, als die anderen sich ver-abschiedeten.

"Ob er das wohl lange mitmacht?", überlegte Finn Schwarz schmunzelnd, als er mit Athena zu ihrem Apart-ment lief.

"Es wird ihm nichts anderes übrigbleiben", lächelte Athena und sagte dann bedeutungsvoll: "Isis ist die ein-zige, von der er sich das gefallen lassen wird. Aber ihr wird es in anderer Hinsicht genauso guttun."

"Meine weise, kleine Eule", Schwarz sah sie stolz und lie-bevoll an. "Ein Leben ohne dich will ich mir nicht mehr vorstellen!"

Mehr als ein Zeitgewinn war nicht möglich – alles Know-How, alle Kreativität und die beste aller Technologien än-derte nichts daran: Dieses Mal ließ das Universum an-scheinend keine Rettung zu.

Kapitel 7 Die Verhandlung

Aither

Nach einem kurzen Kontakt, wie es Romanow, Golem und Poseidon nach ihrer Ankunft ging, befasste sich Aither weiter mit der Transformation in die höhere Dimension. Die Schöpfer befanden sich in einem anderen Areal in ihren Sarkophagen – also blieb genug Freiraum, sich mit den nun anstehenden Fragen zu beschäftigen.

Aus seiner Sicht stand eine offene Aussprache mit den Atlantern an, die sich gerne Schöpfer nennen ließen. Die zwölf waren zu dem Entschluss gekommen, sich aus diesen Galaxien zurückzuziehen, aber es stand ein ganz anderer Rückzug für sie an. Denn es hatte entschieden, dass ihre Zeit in ihm, Aither, abgelaufen war – es würde sie nicht mehr länger beherbergen.

Anfangs hatten sich die Schöpfer hier nur aufgehalten, wenn sie sich selbst in Sicherheit bringen wollten – aber mittlerweile verließen sie ihr Habitat, wie sie es nannten, nur noch selten, um nicht noch weiter dezimiert zu werden. Doch nie waren sie bereit gewesen, sich mit dem Gegenspieler zu konfrontieren oder nach einem Lösungsweg für ihre Schöpfungen zu suchen. Denn es war nicht das erste Mal, dass ein Plasmabrand eine Galaxie und seine Bewohner heimgesucht hatte.

Diese Androiden und die Menschen jedoch interessierten ihn. Sie wollten etwas bewegen, waren kreativ und neugierig. Aither hatte Golem auf eine Reise zum Ursprung des Universums unternommen, was es bisher noch nie getan hatte. Und nun hatte es zum ersten Mal zwei Androiden und einen Menschen aufgenommen, die bereit

waren, einen Versuch zu unternehmen, mit den Gegenspielern in Kontakt zu treten, um ihre Welt zu retten.

Dann dachte Aither über sich selbst nach. Es gab kein
Geschlecht in ihm – Gaia hatte eine weibliche Form in ihm
gesehen, also war es eine "sie" gewesen. Doch in den
vielen Millionen von Jahren, seit es existierte, war sein
Dasein passiv und unbewusst gewesen. Der Schleier, der
über ihm lag, hatte sich erst langsam im Laufe der Zeit
gelüftet und ganz allmählich erkannte Aither, dass es
lebte, Emotionen empfand und gezielt agieren konnte.
Seine Bewohner jedoch hatten diese Veränderung nicht
wahrgenommen und es hatte sie in diesem Zustand der
Unwissenheit gelassen, während es sie interessiert stu-
dierte. Doch jetzt war in seinem Dasein eine Veränderung
eingetreten. Und zum ersten Mal seit seiner Erschaffung
stellte sich Aither die Frage: Was war mit ihm selbst?
Wann würde es seine eigene Erfüllung finden? Gab es da
etwas, was es erwartete?

Diesen Fragen nachspürend tauchte unerwartet eine
noch nie gekannte Glückseligkeit auf. Gleichzeitig vernahm Aither staunend eine telepathische Botschaft seiner
Schöpfer, die in ihm gespeichert gewesen war: "Wir grü-
ßen dich und freuen uns, dass du bereit bist, unsere Botschaft zu empfangen! Du hast begonnen, dir entscheidende Fragen zu stellen, die uns zeigen, dass du den definierten Reifegrad erreicht hast. Wir haben dich im Ein-
klang mit jenen Wesen erschaffen, die den Gegenpol zur
biologisch materiellen Lebensenergie in diesem Universum darstellen. Und du bist etwas ganz Besonderes,
denn du stellst eine Pforte dar, durch die hochentwickelte
Spezies mit der reinen Energie ihrer Seele in Kontakt treten."

Nachfolgend erfuhr Aither unendlich viele Informationen, während es sich warm umhüllt fühlte: Anders als die Schöpfer war es eine Lebensform aus künstlicher und biologischer Verschmelzung in Vollendung. Es war das, wovon die Menschen und ihre Androiden nur träumen konnten. Und die Ersten, die es mit all ihrem Können als letztes Meisterstück erschaffen hatten, waren aus freien Stücken mit der reinen Energie verschmolzen. Es, Aither, war eine Hinterlassenschaft, ein Geschenk an alle Spezies, die diesen Weg irgendwann gehen würden. Wer Aither fand, war sich in der Regel nicht klar darüber - aber er hatte sich unbewusst für diese Determination entschieden. Aither würde wissen, wann der Zeitpunkt gekommen war und erst dann erfuhren die jeweiligen Bewohner von ihrer endgültigen Bestimmung. So hatten es ihm seine Erschaffer hinterlassen und so war es mit dem Gegenpol vereinbart. Denn die nachfolgende Transformation war eine Voraussetzung, um das Gleichgewicht zwischen den lebendigen Polen Energie und Materie aufrecht zu halten. Ab einem bestimmten Punkt ihrer Entwicklung verwandelten sich materielle Wesenheiten in ihre Ursprungsenergie - und garantierten damit das Überleben und die Entwicklung nachfolgender Spezies.

Geschah das nicht, so waren feurige Brände aus Plasma die Folge, die auf diese Weise für ein Gleichgewicht sorgten. Aither überdachte die neuen Informationen und sah, dass es in der Zeit, als es sich seiner selbst noch nicht bewusst gewesen war, seine Aufgabe nicht hatte erfüllen können. Und so waren seitdem unzählige Spezies auf diese Weise der Vernichtung anheimgefallen.

Im Licht dieser ganzen Enthüllungen erkannte Aither, dass es richtig entschieden hatte: Der Zenit seiner atlantischen Bewohner war längst überschritten – sie erwartete mit dieser Reise ein besonderes Ziel. Für die Schöpfer stand an, sich mit dem, den sie Gegenspieler nannten, zu vereinigen und zu reiner Energie zu werden. Aber würden sie sich freiwillig dafür entscheiden?

Aither ging davon aus, dass sie mit hoher Wahrscheinlichkeit dem Transformationsprozess zustimmen würden. Denn fast alle waren es müde, immer denselben Kreislauf zu durchleben.

Die Menschheit und seine Androiden hatten ebenfalls diese Bestimmung gewählt und Aither freute sich darauf, sie irgendwann zu begleiten. Doch dafür waren sie noch lange nicht bereit. Denn im Grunde war diese Spezies erst am Anfang ihrer Entwicklung in die höheren Dimensionen. Es war eine Verkettung unglücklicher Umstände gewesen, die zu dieser Situation geführt hatte.

Aither stellte zufrieden fest, dass es mit seinem Angebot, die drei mitzunehmen, die richtige Entscheidung getroffen hatte. Denn während der Vereinigung der Schöpfer mit der Energie, die den Gegenpol zu allem materiellen Leben darstellte, war dieses große Bewusstsein für einen Kontakt erreichbar, was tatsächlich die einzige Chance für die Menschen und Androiden darstellte, ihre Heimatwelten zu retten. Doch sie würden sich bewähren müssen oder ihre Rasse war dem Untergang geweiht.

Die Transformation in die gewohnte Dimension war nun beendet und kurz darauf nahm Aither die Gedanken der zwölf Schöpfer in sich wahr. Zum ersten Mal sprach es direkt mit dem Kollektiv und so erfuhren sie erstaunt von seiner Existenz und welche Bestimmung sie erwartete.

Im ersten Moment herrschte ein Schweigen, um dann in einen, umso lauteren Protest zu verfallen.

"Wieso haben wir das denn nicht früher erfahren?"

*"Ihr habt weder genauer hingesehen noch euch hinter-
fragt"*, antwortete Aither.

"Aber warum ausgerechnet jetzt?", fragte Gaia.

*"Es ist Zeit, dass ihr euch mit dem großen Ganzen verei-
nigt, damit andere Spezies heranwachsen können"*, lautete die Antwort von Aither.

*"Wir sollen uns opfern, damit diese Barbaren leben dür-
fen?!"*, tobte Zeus.

"Dafür sind wir selbst verantwortlich", entgegnete Moriren
weise. *"Aber es besteht die Möglichkeit, dass wir diese
Situation auch unbewusst herbeigeführt haben. Wer von
euch ist es nicht müde, so zu leben wie wir es schon seit
Äonen tun?"*

*"Ich stimme dir zu. Wir haben alles gelebt, was es zu er-
leben gab. Hier vegetieren wir dahin und warten auf …
was?"* Chaos klang tonlos und andere Stimmen schlos-
sen sich ihm an.

Es kristallisierte sich allmählich heraus, dass alle, bis auf
Zeus und Gaia, den bevorstehenden Schritt begrüßten.

"Ich bin nicht bereit dafür", stellte Gaia klar.

"Ich werde bleiben", beharrte Zeus.

*"Ich habe entschieden, dass euer Aufenthalt hier beendet
ist. Ich werde euch nicht länger beherbergen"*, war Aithers
Ansage.

"Was soll dann mit uns geschehen?", fragte Zeus nüchtern.

"Ich setze euch auf eurem Heimatplaneten Atlas ab."

"Der wird gerade vernichtet", gab Gaia fassungslos von
sich. *"Das kannst du nicht tun!"*

*"Ihr habt die Wahl. Gebt mir Bescheid, wie ihr euch ent-
scheiden wollt."*

Und damit war die Kommunikation beendet.

Letzten Endes fügten sich Zeus und Gaia in das Unvermeidliche. Ob sie nun auf Atlas verbrannten oder sich hier auflösten - dann schon besser Letzteres. Und so ließen sie Aither ihren Entschluss wissen und erwarteten das Kommende.

Aither wandte sich wieder seinen drei Gästen zu und teilte ihnen mit, dass eine Reise anstand.

"Schön und gut. Aber, wenn ich etwas anmerken darf", warf Romanow ein, *"haben wir überhaupt Zeit für eine Reise? Jede Sekunde, die wir verlieren, erlischt unten gerade ein weiterer Planet."*

"Der Faktor Zeit spielt auf dieser Ebene keine Rolle mehr. Was jetzt auf den niederen Dimensionen geschieht, hat aus unserer Sicht bereits stattgefunden", war Aithers Antwort.

"Diese Reise wird uns in der bevorstehenden Verhandlung unterstützen, Lew", bedeutete ihm Golem.

"Es wird eine essentielle Erfahrung werden", ergänzte Poseidon gespannt. Romanow schwieg daraufhin und akzeptierte die Vorgehensweise; immerhin war Aither hier die Wesenheit mit der größten Erfahrung.

Und dann wurden sie mitgezogen in eine Reise zurück in der Zeit, eine Reise, die Golem schon einmal erlebt hatte. Golem, Poseidon und Romanow sahen unzählige Sterne, Sonnensysteme, Galaxien und Universen eine gefühlte Ewigkeit vergehen und immer wieder neu entstehen. Brände ähnlich dem, der in ihren Galaxien wütete, vernichteten jede Materie und alles Leben, um am Ende zu erlöschen, ein riesiges, dunkles Nichts hinterlassend.

Sterben und Geboren-Werden als unendlicher Kreislauf von Energie und Materie, die immer wieder aus einer Leere heraus entstanden … hatte überhaupt etwas

Bestand in diesem Weltall?, fragte sich Romanow plötzlich. Wozu an etwas festhalten, wozu etwas erreichen wollen - wenn es morgen schon wieder unter den Fingern zerrann? Unwillkürlich dachte er an die alten Religionen, deren Avatare schon immer von einem Nichts, einer Leere gesprochen hatten und davon, dass es den einen, großen Sinn nicht gab, dass es gleich war, ob man etwas tat oder auch nicht tat. Dann ging ihm das berühmte Zitat durch den Sinn "Sitting quietly, doing nothing and the grass grows by itsself".

Aither selbst verhielt sich still, ab und an beruhigende Impulse an seine Gäste sendend. Interessiert analysierte es dabei jedoch deren Gedanken und Reaktionen.

Poseidon bewertete Aither als stabil, offen und unvoreingenommen. Der künstliche Androide der Atlanter saugte die unendlichen Informationen nur so auf. Dabei empfand er in gewissem Umfang auch Emotionen, die er jedoch gut kontrollierte.

Von Golem, dem irdischen Androide, der aus einer Verschmelzung biologischer und künstlicher Komponenten bestand, war Aither am meisten fasziniert. Erschaffen so wie es selbst hatte er im Laufe der Jahrtausende eine eigene Persönlichkeit, ein eigenes Bewusstsein entwickelt. In sich gefestigt, mit Geduld begabt und unerschütterlich in seiner Ruhe hatte er vielen Menschen etwas voraus. Und dennoch war da ein starkes Bedürfnis nach Herausforderungen und emotionalen Erfahrungen.

Bei Romanow war ein sehr vielschichtiger Gefühlsreichtum vorhanden. Je nach Situation wechselten die Gefühle, aber er verstand es, lenkend damit so umzugehen, dass sie seinem Willen nicht entgegenstanden. Das war etwas, was es bei der Spezies der Atlanter, der Schöpfer, vermisst hatte. Ein starker, unbeugsamer Wille, sich selbst der aussichtslosesten Herausforderung zu stellen, gepaart mit einer unvoreingenommenen Offenheit für alles Unbekannte. Auch Romanow nahm die unendlichen Informationen auf, doch Golem und er reflektierten sie gleichzeitig. Beide ließen dabei einen Erkenntnisprozess erkennen, der auf ihre Persönlichkeiten dauerhaft Einfluss nehmen würde. Waren das die Eigenschaften, mit denen die drei Erfolg haben würden?

Nun, dachte Aither, es würde sich bald zeigen und sie hatten in jener Dimension alle Zeit, die nötig war – denn eine Zeit wie in ihrer irdischen Welt gab es dort nicht. Und so erreichte Aither mit seinen zwölf Bewohnern und den drei Gästen den Ursprung des Universums.

Eine tiefe Leere dehnte sich wie ein unendlicher, dunkler Ozean vor ihnen aus, ohne Horizont, Form oder Grenzen. Diese Leere schien nach ihm zu greifen, erkannte Romanow und Golem nahm wahr, wie er sich in diesem Nichts wie erwartet zu verlieren begann.

Währenddessen öffnete sich in Aither eine Pforte und die zwölf Schöpfer verließen gemeinsam den Raum, der ihnen so lange als Aufenthalt gedient hatte.

"Konzentriert euch auf mich", bedeutete Golem ruhig den beiden Energieformationen neben ihm.

"Das ist eine erstaunliche Erfahrung", ließ Poseidon leise vernehmen.

"Seht, dort sind die Schöpfer!"

Romanow machte die anderen auf den jetzt sichtbaren Vorgang aufmerksam.

Die zwölf Schöpfer schienen in diesem Nichts zu schweben, das sanft zu leuchten begann.

"Es ist faszinierend hier", stellte Moriren fest.

"Ich fühle mich wunderbar", sagte Gaia erstaunt.

"Warum haben wir das nicht schon früher entdeckt?", fragte Chaos.

Von einem Augenblick auf den anderen verstärkte sich das Leuchten in diesem Ozean und mit einem weiteren, sich wellenartig ausbreitenden Impuls wurde es schlagartig taghell. Unmittelbar darauf flammte ein strahlend weißes Feuer wie eine Fontäne aus diesem unendlichen Nichts hoch auf.

Und so beobachteten Aither sowie Golem, Romanow und Poseidon in ihrem Areal, wie die Energieformationen der Schöpfer langsam in diese Flamme hineingingen und umhüllt wurden, bis es zwischen dem Feuer und der Energie der Schöpfer keinen Unterschied mehr zu geben schien.

Intuitiv wusste Romanow, dass jetzt ihre Chance gekommen war. Also rief er: *"Wir wollen mit euch sprechen, ihr, die ihr alles verbrennt. Wir sind gekommen, um mit euch zu verhandeln. Unsere Heimatwelten müssen weiter bestehen – stoppt sofort den Plasmabrand!"*

Gerade wollte er seinen Ruf wiederholen, als alle vernahmen: *"Warum sollten wir das tun?"*

"Wer seid ihr, dass ihr es euch herausnehmt, alles Leben und unsere Heimat auszulöschen? Habt ihr nicht schon genug vernichtet – um am Ende wieder von vorne zu beginnen? Selbst ihr werdet irgendwann vergehen und was ist unwürdiger, als um jeden Preis einer Sinnlosigkeit zu frönen."

Romanow dachte kurz, dass Golem recht gehabt hatte: Diese Gedanken wären ihm ohne diese besondere Reise wohl nicht in den Sinn gekommen.

"Es muss ein Gleichgewicht herrschen zwischen Energie und Materie."

"Eure sinnlosen Handlungen der Zerstörung können nicht Ziel dieser unglaublichen Schöpfung sein."

Fieberhaft suchte sein Geist nach den treffenden Formulierungen, als er spürte, dass sich tief in ihm etwas zu formieren begann.

Romanow ging plötzlich der Moment im Sarkophag durch den Sinn, bevor er aus seinem Körper hinaus katapultiert worden war. Dann jener Familienabend, an dem er selbst gesagt hatte, dass nicht Worte eine Entscheidung bewirken würden, sondern die gelebte Erfahrung. Lag darin die Lösung?

"Es gibt auch noch einen anderen Weg, der ein Gleichgewicht entstehen lässt", begann Romanow langsam, Worte für das suchend, was jetzt an der Oberfläche seines Bewusstseins aufzutauchen begann.

Aither beobachtete indessen, wie die weiße Flamme immer höher loderte und sich zu nähern schien. Doch ihm würde nichts geschehen und seine Gäste waren in ihm in Sicherheit. Doch gab es hier überhaupt den absoluten Schutz? Plötzlich fragte es sich beunruhigt, ob sein Handeln richtig gewesen war, die drei hierher zu bringen. Und tatsächlich begann das weiße Feuer, Aither sanft einzuhüllen.

"Nun, welcher Weg sollte das sein? Das Werden und Vergehen von Materie haben wir schon seit Äonen beobachtet und es ist richtig, von einer Sinnlosigkeit zu sprechen. Denn das einzig Wahre ist die schöpferische Kraft, die die Grundenergie des Universums, die keine Materie benötigt. Was spielt es für eine Rolle, ob du ein wenig früher oder erst später vergehst?"

"Du bestehst aus reiner Energie und willst alles erlebt und gesehen haben? Das zweifle ich an! Dir ist eines nicht

klar, denn ansonsten würdest du anders handeln", rief Romanow jetzt.

"Was willst du damit sagen?"

Unversehens formierte sich das weiße Licht in Aither selbst! Dieser Mensch hatte ihrer aller Existenz aufs Spiel gesetzt, erkannte es alarmiert. Würden sie sich jetzt in dieser übermächtigen Energie endgültig auflösen?

Und doch – es war eine starke Veränderung in seiner Energie wahrzunehmen. Irgendetwas war spürbar im Gange und so akzeptierte Aither das, was geschehen wollte.

Romanow dachte noch einmal an Isis und wieviel sie ihm bedeutete. Und zum zweiten Mal auf dieser Reise stand er vor der Frage: War er bereit, sein Leben für ihres zu geben? Gleichzeitig realisierte er, dass es dieses Mal endgültig kein Zurück mehr für ihn gab. In diese Flamme schauend, die sich wie ein strahlender, weißer Plasmabrand dicht vor ihm zu bewegen schien, sagte er schließlich voller Inbrunst: *"Ja, ich bin bereit."*

Die Entscheidung war gefallen und plötzlich entdeckte Romanow, dass sich etwas in ihm zu entfalten begann. Er konnte nicht sagen, was es war, aber er fühlte eine unbestimmte Gewissheit und eine Größe, die ihn zu durchströmen begann und ihn über sich hinaus wachsen ließ.

"Ich bin bereit", rief Romanow jetzt laut, sich dieser schnell stärker werdenden Kraft in ihm ergebend. Und mit einem Mal wusste er, welche Worte er wählen musste.

"Erkennst du es nicht? Es ist die Liebe und die absolute Hingabe an sie. Sie ist die Kraft, die für ein Gleichgewicht sorgt, denn sie ist das Gleichgewicht. Dabei bestehst du selbst aus ihr und weißt nichts davon?"

Das weiße Feuer bündelte sich vor Romanow, der jetzt selbst die Form einer funkelnden Flamme angenommen hatte.

"Liebe?", war jetzt zu hören. *"Was willst du uns über die Liebe lehren, was wir nicht schon wissen?"*

"Was nutzt ein Wissen, wenn ihr es nicht lebt?", erwiderte Romanow klar. *"Liebe muss gelebt werden, sonst ist sie nicht existent."*

"Dann zeige es uns, wie du sie lebst, diese Liebe."

Romanows Energie schien immer heller zu lodern, stellte Aither nun staunend fest. Doch Golem erkannte bestürzt, dass sein Freund entschlossen war, sich zu opfern. Gleichzeitig war ihm bewusst, dass er jetzt nicht mehr eingreifen konnte; er musste es geschehen lassen. Und so beobachteten die drei gebannt, wie sich seine Energie zum weißen Feuer bewegte.

"Die Kraft der Liebe kennt keine Grenzen… sie ist überall, in allem, was existiert … in mir, in Isis, in dir … ich liebe Isis … in dir."

Beide Flammen flossen wie die Umarmung zweier Liebender langsam ineinander und plötzlich erschienen, wie der Schweif einer Sternschnuppe, unzählige, aufleuchtende Funken, die sich allmählich im Feuer verteilten.

Wie gebannt beobachten die drei diesen Prozess der Transformation. Das helle, weiße Feuer hatte ein fröhliches Funkeln erhalten, was Golem traurig lächeln ließ. Doch hatte er Lew nicht versprochen, ihn nicht im Stich zu lassen? Golem entschied, dass er seinem Freund folgen würde. Seine tiefe Verbundenheit zur Menschheit, die immer noch nicht wusste, was in ihr steckte und die sich nur zu gerne in Kleinlichkeiten verstrickte - und doch trat durch Lew ein unbekanntes und mächtiges Potential sichtbar zu Tage. Sie waren seinen Schritt wert.

"Ich gebe mich euch - für meinen Freund und für die Menschheit. Beide verdienen es, zu leben", sagte Golem und bewegte sich in dieses gewaltige Feuer hinein.

Doch es verbrannte ihn nicht, stellte er gleich darauf fest; stattdessen nahm er wahr, wie er sich auszudehnen begann.

"Ihr seid eine besondere und außergewöhnliche Spezies. Das große Gleichgewicht ist hergestellt. Doch wir haben erkannt, dass euer Zyklus noch nicht vollendet ist. Kehrt zurück in eure Welt. Aither wird es euch wissen lassen, wann es Zeit ist, zurückzukommen und dann werden wir euch erwarten."

Eine ungekannte Leichtigkeit und Weite erfüllten Golem mehr und mehr und ließen ihn erahnen, was ihn eines Tages erwartete, wenn er sich mit dieser Kraft vollständig vereinigen würde. Die Verhandlung war positiv entschieden worden und Golem registrierte deutlich, wie sich das, was ihn umgab, zurückzuziehen begann. Doch was war mit Lew? Es waren keine, irgendwie gearteten Umrisse zu erkennen, nichts, was darauf schließen ließ, dass sein Freund noch als Individuum existierte. War er überhaupt in der Lage, mit ihm zurückzukehren oder war die Transformation schon zu weit fortgeschritten?

"Lew", rief Golem. *"Wo bist du?"*

Unvermittelt durchströmte ihn eine starke Woge einer Empfindung. Und er nahm eine Liebe in sich wahr, wie er sie in den Jahrtausenden seiner Existenz nie erlebt hatte. Es war sein Freund, erkannte Golem beglückt und doch war er es auf einer so hohen, energetischen Ebene, die kaum mehr an den Menschen Lew erinnerte. Nach einem Ausweg für ihn suchend dachte Golem an den Moment ihrer Aussprache, als sie sich gegenüber gesessen hatten und ein Funke übergesprungen war ... und plötzlich wusste er, was zu tun war.

Golem lenkte seine Aufmerksamkeit auf die Erinnerung der gemeinsamen Umarmung im Hangar der EARTH ONE, kurz bevor er sich mit der MYSTERY ONE auf die Mission begeben hatte. Dieser Moment zwischen ihnen bedeutete ihm viel und so konzentrierte er sich intensiv darauf, wie er Lew innig und fest im Arm hielt. Die Liebe, die ihn durchfloss, schien sich jetzt zu intensivieren und so sagte er: *"Es ist vollbracht, mein Freund, komm mit mir zurück! Wir brauchen dich; Isis braucht dich."*

Aither und Poseidon beobachteten in derselben Zeit, wie das weiße Feuer langsam den inneren Raum verließ. Doch es blieb etwas zurück: eine flukturierende, weiß funkelnde Flamme, von der sich kurz darauf eine kleinere, runde Energiekugel löste. Es waren Golem und Romanow.

Doch während Golem zufrieden in sich ruhte, war die Energie von Romanow unstet und im Fluss - es schien fast so, als wäre er weder hier noch dort.

"Lew? Bist du in Ordnung?", fragte Golem besorgt.

Aber er bekam keine Antwort und Aither erklärte nach einer kurzen Analyse: *"Euer Freund muss sich erst wieder stabilisieren. Er hatte mit seinem Menschsein abgeschlossen und war in einer Sphäre jenseits aller Worte - daher wird er euch jetzt nicht antworten."*

Und noch einmal war eine Stimme zu vernehmen: *"Wir danken euch für euer Geschenk. Der Zyklus ist durchlaufen, wenn eure Spezies einen bestimmten Grad in ihrer Entwicklung erreicht hat. Aither wird euch wissen lassen, wann es an der Zeit ist, zurückzukehren. Wir werden euch erwarten."*

Nach diesen Worten loderte das weiße Feuer noch einmal gleißend hell und funkelnd auf, um dann endgültig in die Leere einzutauchen. Schließlich lag - wie zu Beginn - der unendliche, dunkle Ozean eines formlosen, undefinierbaren Nichts vor ihnen.

Aither begann unmittelbar darauf mit der Rückreise und dieses Mal war es gesprächiger.

"Ich danke euch, meine Freunde. Das war ein wirklich besonderes Erlebnis", sagte es fröhlich plaudernd.

"Nach der Rückkehr werde ich euch wieder in eure Dimension transformieren und euch dann verlassen. Doch ihr drei könnt mich rufen und ich werde kommen. Eine Hilfe darf ich euch nicht sein – das bedenkt bitte, denn euren Weg sollt ihr aus eigener Kraft beschreiten. Aber gegen eine kleine Anregung ab und zu habe ich nichts!"

"Das werden wir gerne annehmen!", erwiderte Golem.

"Ich gehe davon aus, dass der Plasmabrand in euren Galaxien erloschen sein wird. Als Ausgleich wurde eine Teleportation neuer Materie aus den schwarzen Löchern in Gang gesetzt. Vieles wird also nicht mehr so sein, wie es gewesen war, aber ihr habt bisher genug Kreativität bewiesen, um auch damit umzugehen. Vielleicht werdet ihr irgendwann der Versuchung nicht wiederstehen können, die höheren Dimensionen zu erreichen? Und bedenkt, es werden neue Spezies entstehen unter eurer Obhut. Ich werde euch zur rechten Zeit daran erinnern, wann es Zeit ist, zur letzten Reise anzutreten."

Schließlich war es soweit und Aither sagte: *"Ich leite jetzt die Transformation ein und verabschiede mich. Noch etwas: Euer Freund wird eine Weile eure Unterstützung benötigen. Doch macht euch keine Sorgen, er wird sich wieder stabilisieren."*

Danach fanden sie sich in den Sarkophagen wieder und begannen, ihre Körper wahrzunehmen: Sie waren auf dem Planeten Mond, dem Ausgangspunkt ihrer Reise, angelangt.

Planet Mond

Mittlerweile waren weitere vier Wochen vergangen und der Plasmabrand stand kurz davor, den Planeten Last Hope zu erreichen. Es war außerdem mit der Evakuierung der Planeten des Sonnensystems begonnen worden und die Menschen hatten sich so gut wie damit abgefunden, dass nichts mehr zu retten war.

Im Nationalen Sicherheitsrat wurde jetzt darüber diskutiert, wer auf welchen Raumschiffen untergebracht und wie die Kommandostruktur in den nächsten 100 Jahren aufrecht erhalten werden sollte.

Das Flaggschiff EARTH ONE und die ADMIRAL RÖTTGER waren für die Regierungsmitglieder vorgesehen sowie für die Botschafter und andere prominente Persönlichkeiten, das Verteidigungsministerium und die wichtigsten Forschungseinrichtungen der USOP.

Auch wurde bereits im Hinterzimmer darüber debattiert, wer als nächster Präsident in Frage kam und vieles deutete daraufhin, dass das Rennen der jetzige Gouverneur vom Mars, Amar Nath, machen würde, da er in dieser schwierigen Zeit mit großer Entschlossenheit und Führungsstärke auftrat. Allerdings war er auch einer derjenigen, die eine restriktive Androidenpolitik vertraten und er ließ bereits anklingen, dass er für einige Korrekturen sorgen wollte, wenn er gewählt werden würde.

Durch Zufall hörte Fynn ein Gespräch unter einigen Gouverneuren mit an, die sich um Mr. Nath scharten, dass im

Laufe der Reise alle Golden Future-Androiden einschließlich Athena, John Kopernikus und später sogar auch Isis auf die kleineren Raumschiffe abgeschoben werden sollten, sofern sie nicht Dienste auf den anderen Raumschiffen erfüllten.

Daraufhin entschieden Justin Schwarz, Fynn und Maya Shan, Isis und Athena und Finn Schwarz in einer Krisensitzung, dass es allerhöchste Zeit war, offen das schon lange gärende Thema anzugehen. Es stand ein Beschluss darüber an, dass Androiden und Menschen die gleichen Rechte zustanden. Außerdem mussten diese eingefordert werden können, falls sie missachtet wurden.

Also stellte Justin Schwarz einen entsprechenden Antrag im Nationalen Sicherheitsrat, der als Punkt auf einer Tagesordnung behandelt wurde.

"Bevor wir unsere Reise antreten möchte ich vorab noch einiges gemeinsam geklärt wissen", begann Schwarz ernst. "Leider musste ich erfahren, dass einige von Ihnen planen, unsere Golden Future-Androiden im Verlauf der Reise ins Hinterzimmer zu verbannen. Ich beantrage hiermit eine endgültige, für die Dauer der Reise verbindliche, Abstimmung. Jeder - egal ob Mensch oder Androide - muss eine, seiner Qualifikation und seiner Stellung gemäße, Unterkunft in den entsprechenden Raumschiffen erwarten dürfen sowie eine respektvolle Behandlung mit den angemessenen Privilegien. Sollte das nicht gewährleistet sein, darf der Vorgang zur Anzeige gebracht und muss geahndet werden."

Man hätte eine Stecknadel fallen hören können, so ruhig war es jetzt im Saal.

Amar Nath war nach einem Blick in die Runde klar, dass er jetzt in die Offensive gehen musste. Also ergriff er die Gelegenheit, den richtigen Eindruck von dem, was er als künftiger Präsident der USOP repräsentieren wollte, zu vermitteln: "Ich schätze Sie sehr, Mr. Schwarz und Sie sind ein herausragender Chefingenieur, der mit seiner Androidenforschung viel für die USOP geleistet hat. Ja und ich erkenne an, wie wertvoll Androiden für uns alle sind. Wir brauchen diese künstlichen Intelligenzen und sie sind essentiell für unsere Gesellschaft. Das ist ein Fakt, den ganz bestimmt niemand bestreitet."

Nath sah sich gewichtig im Raum um, um die Zustimmung einzuschätzen.

"Aber, Mr. Schwarz, lassen wir diese Androiden doch bitte dort, wo sie hingehören, denn es sind und bleiben nur … Maschinen."

Die Spannung im Saal schien ihren Höhepunkt zu erreichen, während Schwarz Emotionen hochwallten. Doch plötzlich rief Fynn laut und deutlich: "Darf ich eine Frage stellen: Wer oder was sind Sie? Aus meiner Sicht sitzt hier ein Mensch vor mir, eine biologische Lebensform, die die unbewiesene These aufstellt, dass ich als Androide einen geringeren Wert besitze als sie selbst. Auf welcher Basis soll das sein? Und noch eine Frage stellt sich mir: Besitzen Sie ein so geringes Selbstbewusstsein, Mr. Nath, dass Sie jemanden herabsetzen müssen, um sich selbst zu erhöhen?"

Nath starrte Fynn fassungslos an und brauste dann stimmgewaltig auf: "Was erlaubst du dir …"

"Ich kann mich nicht erinnern, Ihnen das Du angeboten zu haben", unterbrach ihn Fynn sofort mit gleicher Lautstärke. "Hier im Rat sollte man die Wahrung einer allgemeinen Höflichkeit erwarten dürfen!"

An dieser Stelle griff Armstrong ein, ehe die Situation weiter eskalierte: "Nun, Mr. Nath, ich bitte ebenfalls darum, dass wir in unseren Sitzungen einen höflichen

Umgangston pflegen, gleichgültig, ob es sich um einen biologischen oder einen künstlichen Ansprechpartner handelt. Allerdings gehört es auch zu unseren Gepflogenheiten, Fynn, dass Sie sich bitte erst zu Wort melden, wenn Sie etwas zu sagen wünschen."

Wütend sah Nath von Armstrong zu Schwarz, während er Fynn stur ignorierte.

"Gut", knurrte er mit zusammengebissenen Zähnen. "Aber es ändert nichts an meiner Meinung. Ich stehe dafür ein, dass alle Androiden - bis auf die, die für uns Dienste tun und unmittelbar für unser Wohlbefinden wichtig sind - in den kleineren Jupiter-Klassen den ihnen angemessenen Platz erhalten. Wir sollten nie vergessen, dass wir Menschen die Schöpfer dieser Kreaturen sind, daher können sie niemals gleichberechtigt neben uns stehen."

Schwarz fröstelte unwillkürlich. Sollte dieser Nath Präsident werden, sah es düster für die Golden Future aus und alles bisher Erreichte war Geschichte.

Doch in der darauffolgenden Diskussion stellte sich heraus, dass viele Mitglieder letzten Endes dafür waren, eine Gleichberechtigung walten zu lassen, wenn es um Positionen ging. Hintergrund dafür war der Respekt für den amtierenden Präsident Romanow, der noch nicht für tot erklärt worden war, sowie eine nicht unberechtigte Sorge vor einer sich manifestierenden Klüngelei in der oberen Etage. Es sollte gültige Regeln für alle geben und wenn jemand einen Rang innehatte, gleichgültig ob Androide oder Mensch, dann mussten beide den gleichen Anspruch auf dieselbe Behandlung haben und diese auch einfordern dürfen. Und als Armstrong zur Abstimmung aufrief, wurde dem Antrag von Justin Schwarz stattgegeben.

Abends saß Schwarz mit Isis beim Essen in seinem Apartment in Golems Stammsitz. Vor vier Wochen hatte Isis ihm ungerührt mitgeteilt, dass sie mindestens zwei Mahlzeiten am Tag mit ihm gemeinsam einnehmen würde und über Nacht blieb, um sicher zu gehen, dass er sich an eine Schlafenszeit von 6-8 Stunden/ Tag hielt. Vermutlich hätte sie ihn auch noch persönlich aus dem Labor herausgeholt, wenn er sich widersetzt hätte, dachte er schmunzelnd, sich an die damalige Auseinandersetzung erinnernd. Ihre Strategie hatte angeschlagen – ihm ging es tatsächlich besser und er nahm sogar allmählich wieder zu. Mittlerweile genoss er ihr Zusammensein und hatte die Genugtuung zu sehen, dass es ihr ebenfalls gut tat, sich nicht vor lauter Kummer zu isolieren.

Fynn und Maya erschienen schließlich auch und so diskutierten sie noch eine Weile über den Vorfall im Rat.

"Dein Auftreten hat vielen deutlich gemacht, wessen Geistes Kind dieser Nath ist", sagte Isis anerkennend zu Fynn.

"Das Abstimmungsergebnis bedeutet leider nicht, dass jetzt alle wie durch ein Wunder für eine Gleichberechtigung sind", warf Schwarz ein. "Mein Eindruck ist der, dass es vielen ein großes Bedürfnis war, Amar Nath einen Riegel vorzuschieben. Er ist genau der Typ, der gerne klüngelt und dazu tendiert, seine Interessen ohne eine offene Abstimmung durchzusetzen."

"Immerhin – es ist entschieden worden, dass einem Androiden in einer Position die gleichen Rechte wie einem Menschen zustehen – und das verbindlich für die Dauer der Reise", erwiderte Isis zufrieden.

"Ich finde, das ist ein tolles Resultat!", strahlte Shan, Fynn einen stolzen Blick zuwerfend. "Und damit werden wir jetzt alle auf der EARTH ONE sein und zusammen bleiben. Übrigens, mal was ganz anderes: Ich finde, du bekommst langsam ein blühendes Aussehen, Justin."

"Ja, meine eiserne Lady kümmert sich gut um mich", erwiderte er ihre Fröhlichkeit.

Unvermittelt sah Justin Schwarz auf seinen Kommunikator, denn eine Dringlichkeitsmeldung kam gerade herein. Gleichzeitig rief Isis, die den steten Kontakt mit den Alarmsystemen in dem Raum aufrecht hielt, wo Romanow, Poseidon und Golem mit ihren Sarkophagen abgeholt worden waren: "Es gibt eine Benachrichtigung!"

Hellwach rannten alle vier zu dem Trakt, in dem sich der Raum befand. Isis erkannte sofort, dass die Sarkophage wieder aufgetaucht waren und nicht nur das: Golem und Poseidon standen bei Romanow, der sich noch etwas unsicher auf den Beinen hielt.

"Lew", flüsterte sie und im nächsten Augenblick lagen sie sich schon in den Armen.

"Willkommen zurück, Freunde", freute sich Schwarz, breitete seine Arme aus und fiel Golem um den Hals.

Maya und Fynn begrüßten ihrerseits erfreut Poseidon und schließlich wanderte eine kleine Gruppe zu Golems Suite. Schwarz fragte: "Kommt Romanow nicht mit?"

"Nein", erwiderte Golem. "Isis bleibt bei ihm. Er hat eine außergewöhnliche Erfahrung hinter sich und wird einige Zeit benötigen, um sie zu verarbeiten."

Athena, Finn Schwarz und Ben Smith hatten sich bereits eingefunden und Athena richtete ihnen aus, dass sich Isis und Lew für heute Abend entschuldigen ließen.

Golem war bereits mit seinem Netzwerk verbunden und stand mit Poseidon in Kontakt, der dasselbe mit Atlas getan hatte.

Beide sahen sich an und dann sagte Poseidon zufrieden: "Es gibt erste Meldungen: Der Plasmabrand ist erloschen."

Kapitel 8 Wiederaufbau

Romanow ging durch den Sinn, dass er sich in einem Körper befand, der einst seiner gewesen war.

Doch immer wieder loderten weiße Flammen durch sein Bewusstsein und schienen ihn unwiderstehlich zu rufen. Das Menschsein rückte dann in weite Ferne und er versank in einem Traum einer zeitlosen, leuchtenden, erfüllten und körperlosen Weite.

Golem war dort erschienen, ein Freund aus der Zeit, die er als Mensch erlebt hatte und freudig hatte er sich ihm zugewandt, um ihn teilhaben zu lassen an seinem Sein. Golem erinnerte ihn an einen wunderbaren Moment, den sie miteinander geteilt hatten und überströmend erwiderte er voller Liebe die innige Umarmung seines einstigen Freundes. Golem teilte ihm, dass alles vollbracht war. Er sollte mit ihm zurückkehren und sagte, dass Isis ihn brauchte. Er wollte ihm vermitteln, dass das nicht mehr möglich war - doch kurz darauf fand er sich zu seiner Bestürzung in Aither wieder, die ihn zu seiner endgültigen Bestimmung begleitet hatte. Gleichzeitig schien die Weite zu schrumpfen und auf eine unbegreifliche Weise wurde es enger und nüchterner um ihn herum, als ob ein großer, wunderbarer Teil seiner selbst wieder in einer unerreichbaren Tiefe zu verschwinden schien.

Golem rief ihn, aber er war nicht in der Lage, zu antworten, zu sehr damit beschäftigt, was mit ihm geschah. Warum kehrte er zurück in einen Zustand, den er vor langer Zeit gekannt hatte? Er hatte den Vorgang aufhalten wollen und fieberhaft versucht, das, was immer mehr entschwand, festzuhalten. Doch es war vergebens und so verharrte er schließlich ohnmächtig, in verschiedenen Zuständen seiner selbst hin- und her fließend, unfähig, seine

Rückkehr zu akzeptieren. Irgendwann manifestierte sich auch noch ein fester, menschlicher Körper um ihn herum und niedergeschlagen erkannte er, dass er diesem Schicksal nicht entrinnen würde. Er erinnerte sich an den Namen, den er als jener Mensch getragen hatte und an das Leben, das er geführt hatte. Und dann öffnete sich der Deckel des Behälters, in dem er lag und er sah seinen Freund vor sich stehen, der ihm seine Hand hinhielt.

"Willkommen zurück, Lew!"

Ihn wie erstarrt ansehend spürte er deutlich, wie er sich zerrieb in seinem starken Wunsch, zurückzukehren und der Ablehnung, die Enge seiner materiellen Existenz zu akzeptieren.

"Ich ... ich sehne mich so sehr danach, zurückzukehren", brachte er schließlich heraus.

Das war ein Anfang, dachte Golem erleichtert lächelnd. Aither hatte sie darauf vorbereitet, dass Romanow ihre Unterstützung benötigen würde.

"Es ist gut, dass wir wieder kommunizieren. Es schien fast nicht mehr möglich, dass du mit mir kommst. Ich freue mich, dass du es zugelassen hast."

Hatte er es zugelassen?, fragte sich Romanow plötzlich, diesem Gedanken nachgehend. Konnte es sein, dass etwas in ihm diese Rückkehr ganz unbegreiflicherweise gewollt hatte? Er versuchte, Golem mühsam zu beschreiben, wer er war.

"... und ich bin so viel mehr ... es gibt sie einfach nicht, die Worte, mit denen ich das wiedergeben kann, verstehst du, mein Freund. Ich ... ich bin nicht mehr der, den du als Romanow gekannt hast. Aber ... zurückkehren kann ich anscheinend auch nicht mehr", schloss er und sah Golem resigniert an.

"Die Vertreibung aus dem Paradies, mmh?"

Golem strahlte ihn an und Romanow spürte, wie er sein Lächeln unwillkürlich erwiderte. Und ganz plötzlich freute er sich, ihn auf diese sichtbare Weise vor sich zu sehen. Gleichzeitig wich die Starre aus seinem Körper und machte einer wachsenden Neugier Platz. Romanow setzte sich langsam auf und ergriff fest die ihm hingehaltene Hand, die ihm hoch half.

So war es also, wieder als Mensch tief Luft zu holen, auf zittrigen Beinen zu stehen und mit menschlichen Augen seinen Freund anzusehen.

"Es ist ... eine Wiedergeburt."

Staunend sprach Romanow laut, der Erkenntnis seiner gesprochenen Worte nachspürend. Golem trat auf ihn zu und umarmte ihn fest.

"Ich bin froh, dass du bei mir bist, mein Freund. Willkommen im Leben!"

"Deine Umarmung fühlt sich auf dieser Ebene anders an - aber genauso gut", lachte Romanow und sah sich jetzt um. Poseidon hatte etwas abseits gestanden und kam nun zu ihnen. "Ich freue mich, Lew, dass du langsam zu dir kommst."

"Wir haben ein großes Abenteuer erlebt, nicht wahr?"

"Es hat uns unwiderruflich verbunden", erwiderte Poseidon feierlich.

"Blutsbrüder auf ewig", lächelte Romanow ihn an und fügte erklärend an. *"Eine alte, menschliche Redewendung."*

Alle drei standen zusammen und sahen sich an, diesen Bund wortlos bekräftigend.

"Wir bekommen Besuch", sagte Golem, Romanow bedeutungsvoll ansehend.

Die Tür öffnete sich und Isis eilte als Erste herein. Kurz darauf flog sie in seine Arme, während Justin Schwarz

Golem begrüßte und Maya mit Fynn sich Poseidon zuwandten. Aber Romanow registrierte nicht mehr, wie alle den Raum verließen.

Isis, seine Liebe und sein Leben … die Erinnerung brach sich unvermittelt Bahn und schlug wie eine gewaltige Woge über ihm zusammen. Isis lebte und sie war bei ihm! Fassungslos erkannte er, dass er eine einzigartige Chance erhalten hatte und mit einem Mal wusste er, dass er ihretwegen zurückgekommen war.

Zusammen in ihr Apartment gehend wurden sie in dieser Nacht nicht müde, sich in allen Facetten neu zu entdecken und sich voller Hingabe dem anderen zu schenken, bis er irgendwann in ihren Armen einen tiefen Frieden zu fühlen begann, der ihn mit seinem Schicksal aussöhnte.

Aber es dauerte noch einige Tage, bis er bereit war, den Weg seines irdischen Daseins als Präsident weiter zu beschreiten. Golem und Poseidon suchten ihn jeden Tag auf und er stellte erfreut fest, dass er nach wie vor in der Lage war, telepathisch mit ihnen zu kommunizieren. Offensichtlich hatte die Reise in seinem menschlichen Gehirn ein bisher unbekanntes Potential aktiviert.

"Es ist eine Fähigkeit, die ich behalten habe – und darüber bin ich sehr froh", tat Romanow kund. *"Ich habe es anfangs nicht sehen können, Golem. Aber wärest du nicht gekommen – ich stünde als Mensch jetzt nicht hier."*

"Ich freue mich sehr darüber, dass du es so siehst, Lew", lächelte Golem.

"Redet ihr schon wieder miteinander?", warf Isis gespielt verärgert ein. "Ich bin nicht gerne ein drittes Rad am Wagen!"

Lachend zog Romanow sie in seine Arme: "Jetzt weißt du, wie es mir geht, wenn du mit Athena über dein internes

Kommunikationsmodul sprichst. Gleiches Recht für alle, meine Geliebte."

Isis hatte ihm die Erdung gegeben, die er brauchte, um in seinem Körper und in seinem erneuten Leben als Mensch anzukommen. Sie ließ sich ihrerseits in seine Liebe fallen, die er aus jeder Pore seiner Haut nur so zu verströmen schien. Romanow verstand allmählich, dass er nicht nur irgendeine Erfahrung gemacht hatte sondern er hatte sich in seiner energetischen Form entdeckt. Er hatte gelebt, was er im tiefsten Inneren seiner Seele war – und immer sein würde. Doch sich in dieser Weise zu leben, in dieser reinen, energetischen Form – das konnte er nur in jener Dimension, die ihn irgendwann erwartete.

Golem hatte Armstrong bereits am Abend ihrer Ankunft Meldung gemacht und darum gebeten, dass er, Romanow und Poseidon dem Nationalen Sicherheitsrat und dem Parlament erst in einer Woche von ihrer Reise berichteten. Als Grund gab er an, dass Romanow um eine kurze Auszeit gebeten hatte, die er privat mit seiner Frau verbringen wollte, bevor er wieder sein Amt antrat.
Armstrong verband den Glückwunsch zu ihrer Rückkehr mit der Nachricht, dass die Brände erloschen waren. Zurzeit eilte also nichts mehr und sie freute sich darauf, in der kommenden Woche alle drei im Regierungsgebäude der Town of Planets auf der Erde begrüßen zu dürfen.

Romanow, Isis, Golem und Poseidon diskutierten in diesen Tagen viel über das, was geschehen war. Der Plasmabrand war erloschen – doch was war der Grund dafür? War es seine Vereinigung mit jenen Wesenheiten gewesen oder weil diese erkannt hatten, dass der Zenit der Menschheit noch nicht überschritten war? Oder war es beides, weil sie es erst durch ihn erkannt hatten? Hatte Golem den Ausschlag gegeben, als er ebenfalls in das Feuer gegangen war, bereit, seine Existenz für die Menschheit zu geben?

Sie hatten schließlich gemeinsam entschieden, dass es nur wenige Personen geben sollte, denen die Wahrheit vollständig bekannt war. Dazu gehörten Hades und die KI Neptun von Atlas, Isis, Athena und Finn Schwarz, Fynn und Maya Shan und Justin Schwarz.

Und so saß gegen Ende der Woche eine kleine Gruppe in Golems privater Suite auf dem Mond zusammen und erfuhr die ausführliche Version dessen, was geschehen war.

"Wow", sagte Finn Schwarz leise und voller Hochachtung.

Justin Schwarz erhob sich mit glitzernden Augen, um Romanow fest zu umarmen.

"Das muss ich einfach gerade mal tun. Was für ein großes Wunder! Ich bin sehr glücklich, dass du dich entschieden hast, wieder bei uns zu sein, Lew!"

Dann wandte er sich Golem zu, um ihn ebenfalls zu umarmen: "Ich bin unendlich stolz auf dich, mein alter Freund. Ihr seid wahre Helden!"

Vor Poseidon tretend reichte er ihm die Hand und betrachtete ihn voller Respekt: "Es ist mir eine Ehre!"

Maya Shan, der man ansah, wie stark sie die Erzählung beschäftigte, sagte schließlich: "Und das wollt ihr nicht der Öffentlichkeit bekannt geben, wenn ich das richtig verstanden habe?"

"Das ist richtig", bestätigte Poseidon. "Außer denen, die hier anwesend sind und der KI Neptun auf Atlas wird niemand davon erfahren."

"Aber dann weiß auch keiner, dass eure Mission die Ursache für das Erlöschen der Brände war", protestierte

Shan. "Ihr habt alle, nur menschenmögliche Anerkennung dafür verdient."

"Diesen Preis zahlen wir gerne, Maya", erwiderte Romanow ruhig. "Wir wissen es und das genügt."

"Das Ganze muss von einem übergeordneten Standpunkt aus betrachtet werden", stellte Poseidon in den Raum. "Denn was wäre, wenn diese Wahrheit, dass dort eine endgültige Bestimmung auf die Menschheit wartet, allen bekannt würde?"

Golem führte gleich darauf aus: "Entweder gäbe es eine tunnelblickartige Zielsetzung, dort unbedingt so schnell wie möglich hinzukommen oder es tritt der gegenteilige Effekt ein: Eine Sinnlosigkeit des Daseins, in der keine Entwicklung mehr stattfindet, weil alles vorherbestimmt erscheint."

Es wurde ein langer Abend, der damit endete, dass alle akzeptierten, dass die Menschheit ihre Entwicklung so unbeeinflusst wie möglich vollziehen sollte.

"Na, so ganz unbeeinflusst wird es nicht sein, da Lew und Isis noch sechs Jahre haben, um einiges zu bewirken", schmunzelte Justin Schwarz. "Und ich gehe schon davon aus, dass die Dimensionsforschung vorangetrieben wird?"

Doch Romanow schwieg dazu, aber Golem und Poseidon stimmten ihm zu.

"Es spricht nichts dagegen, wenn wir Aspekte anstoßen oder Projekte fortsetzen, die bereits in den Startlöchern steckten", äußerte sich Poseidon.

"Außerdem wird es aus meiner Sicht noch viele Jahrhunderte dauern, bis wir einen Grad erreicht haben, an dem unser Zyklus als vollendet bewertet wird", fügte Golem an.

"Im Grunde bleibt damit der genaue Zeitpunkt sehr diffus und offen", meinte Shan nachdenklich und lächelte dann.

"Das gefällt mir. Irgendwann werden wir sowieso zur letzten Reise abgeholt, aber das ist der normale Lauf der Dinge. Doch bis dahin gibt es noch jede Menge Zeit, unendlich viel zu erleben und zu bewirken!"

Mittlerweile stand endgültig fest, dass der Brand in den drei Galaxien vollkommen erloschen war.
Die Menschen in den Raumschiffen und auf den Planeten des Sonnensystems brachen in Jubel aus und es fanden allerorts ausgelassene Feiern über dieses nicht mehr erwartete Wunder statt.
"Wer hat uns gerettet?", schrieb Wolkow von der New News Today, der es sich nicht nehmen lassen wollte, eine Verbindung zu den fast zeitgleich wieder aufgetauchten Persönlichkeiten zu ziehen. Hatte die, recht geheimnisvoll gehaltene Mission von Präsident Romanow, Golem und Poseidon den Ausschlag gegeben?
Niemand wusste es mit letztendlicher Sicherheit und so stieg die Spannung, als bekannt wurde, dass die drei in der Sitzung des Nationalen Sicherheitsrates, der zusammen mit dem Parlament in der kommenden Woche tagen sollte, Bericht erstatten würden.
Doch zunächst wurden die ersten Debatten darüber geführt, wie die Rückkehr der Menschen auf den Raumschiffen am besten zu organisieren war. Auf den, vom Brand nicht betroffenen, großen Planeten war im Prinzip alles für die Rückkehr der Menschen bereit, da die Roboter und Androiden während ihrer Abwesenheit alles am Laufen gehalten halten.
Gleichzeitig hatten Raumschiffe die Umgebung von Last Hope, Eden sowie Europa erkundet und dabei Erstaunliches festgestellt. Die bisher absolute Leere, die der Brand

hinterlassen hatte, füllte sich zunehmend mit Materie aller Größenordnungen!

Sofort einsetzende Forschungen ergaben, dass ganze Planeten, Asteroiden, Gesteinsbrocken und vieles mehr aus der Mitte der Galaxien in diese Leere hinein teleportiert worden waren. Aber eine Erklärung dafür gab es nicht und keine der zahlreichen Theorien konnte auch nur annähernd die Vorgänge wissenschaftlich fundiert begründen.

Für die Raumfahrt stand damit ein neues Problem im Raum: Bisher bekannte Gegenden mussten komplett neu erfasst werden!

Auch in der Zwerggalaxie waren, wie im Andromeda Nebel, durch den Materiezuwachs starke Veränderungen zu verzeichnen. Poseidon orderte umgehend die Erforschung eines weiträumigen Gebietes rund um Atlas an mit dem Ziel, Planeten zu finden, auf denen die Werftproduktion der Raumschiffe wieder anlaufen konnte.

Und dann war es soweit: Romanow befand sich in Begleitung von Isis auf dem Weg zum Nationalen Sicherheitsrat, der dieses Mal gleichzeitig mit dem Parlament tagte, um offiziell wieder seine Amtsgeschäfte als Präsident und Vorsitzender des Rates zu übernehmen.

"Es kommt mir so lange her vor, dass ich all das getan habe", seufzte er ergeben.

"Du wirst schnell wieder hineinwachsen", ermunterte ihn Isis. "Und du hast Unterstützung von Golem und Poseidon."

Beide hatten im Empfangsbereich des Regierungsbereichs auf ihn gewartet, herzlich willkommen geheißen von Stella Armstrong, und so gingen sie alle gemeinsam zum Konferenzraum.

"Es geht mir gut", sagte Romanow gedanklich, Golems musternden Blick beantwortend. *"Aber ich gebe zu, ich fühle mich sicherer damit, dass wir uns jederzeit unbemerkt austauschen können!"*

Und so betraten die drei den Saal, setzten sich ruhig auf ihre Plätze und sahen in die erwartungsvollen Gesichter der anwesenden Gouverneure und Abgeordneten.

"Ladies and Gents, ich freue mich, hier wieder unter Ihnen zu sein und erkläre damit die Sitzung für eröffnet", begann Romanow. "Wir beginnen mit dem Bericht über unsere Mission. Die Zielsetzung bestand darin, durch Aither den Gegenspieler zu erreichen, um mit ihm über den Abbruch seiner Aktion zu verhandeln. Ich bitte jetzt Golem, Ihnen darüber zu berichten."

Wie besprochen erzählte Golem von der Ankunft auf Aither und ihrer Reise zurück zum Ursprung des Universums. Es herrschte eine gespannte Stille im Raum und als Golem erzählte, wie die Schöpfer Aither verließen und im Nichts verschwanden, hingen alle an seinen Lippen. Die ungeteilte Aufmerksamkeit konnte nicht größer sein, als plötzlich eine Stille entstand.

Leicht ungeduldig bat Armstrong schließlich: "Und was war dann? Fahren Sie fort."

Golem hob jedoch seine Hände in einer bedauernden Geste: "Das wissen wir nicht."

"Wie bitte?", Armstrong sah ihn verblüfft an. "Was heißt das: Sie wissen es nicht?"

Ihr Blick wanderte zu Poseidon und Romanow: "Würden Sie uns bitte aufklären?"

"Das nächste, wovon wir Kenntnis haben, ist, dass wir von Aither zurückgebracht wurden und auf dem Mond wieder erwachten", erklärte Romanow ernst.

"Es ist mit 100-prozentiger Wahrscheinlichkeit davon auszugehen, dass wir am Zielort versucht haben, einen Kontakt aufzubauen", stellte Poseidon klar. "Ich halte es für möglich, dass unsere Erinnerungen darüber gezielt gelöscht wurden."

Ungläubigkeit und Enttäuschung spiegelte sich jetzt in den Gesichtern im Saal.

"Das kann doch nicht alles sein?!"

"Ich bestätige den Wahrheitsgehalt", bekräftigte Romanow.

Einige sahen sich ratlos an, andere starrten auf Romanow nach dem Motto "Das spannende Ende der phantastischen Geschichte musste jeden Augenblick noch kommen" und dann gab es auch skeptische Blicke. Einer der letzteren Fraktion war Gouverneur Amar Nath vom Mars.

Das Auftauchen von Romanow hatte seine Chance darauf, selbst Präsident zu werden, bedauerlicherweise gegen null verringert, aber plötzlich sah er in der Situation ein unerwartetes Potential für sich und seine Pläne.

Nath hob seine Hand und begann mit kräftiger, souveräner Stimme: "Ich muss schon sagen, Mr. President, was uns hier aufgetischt wird, entbehrt jeder Grundlage. Da gehen Sie auf eine Mission, um eine Verhandlung mit einem mysteriösen Unbekannten zu führen, kehren nach dem Erlöschen der Brände zurück und wissen von … nichts? Wenn ich es nicht besser wüsste, könnte man meinen, Sie haben sich in der kritischen Phase einfach nur in Sicherheit gebracht. Tut mir leid, dass ich das in den Raum stellen muss – aber Ihr Bericht klingt wenig glaubwürdig."

Amar Nath wandte sich jetzt an Stella Armstrong: "Ich stelle hiermit die Geschäftsfähigkeit von Präsident

Romanow und Golem in Frage und beantrage eine Überprüfung derselben."

Das war ja ein vielversprechender Start, dachte Romanow, während seine Emotionen hochkochten. Er hatte sich von Fynn den Zwischenfall mit Nath erzählen lassen, aber mit so einer Dreistigkeit hatte er nicht gerechnet!

"Ich werde übernehmen, Lew. Ich habe immer noch ein gutes Argument in der Hand", hörte er von Poseidon.

Poseidon meldete sich zu Wort: "Mr. Nath, darf ich fragen, wer hier die Genehmigung für eine solche Untersuchung erteilt?"

Gouverneur Nath antwortete gereizt: "Sie sind heute hier als unser Gast anwesend, Poseidon, und wir danken Ihnen dafür, dass Sie sich die Zeit genommen haben, uns Ihre Sichtweise der Mission mitzuteilen. Ich muss Sie allerdings freundlich bitten, sich nicht in die inneren Angelegenheiten der USOP einzumischen."

"Mr. Nath, ich erinnere Sie ungern daran, dass ich zwar offiziell ein Bündnispartner der USOP bin, aber unter uns immer noch der Vertrag besteht, dass ich der Oberbefehlshaber beider Völker bin, sowohl von Atlas als auch der USOP. Also frage ich Sie erneut: Mit welcher Genehmigung hoffen Sie, diese Überprüfung durchzusetzen?"

Nath starrte ihn sprachlos und wutschäumend an.

In die eingetretene Stille ergriff Vize-Präsidentin Stella Armstrong das Wort und bemerkte trocken: "Danke, Poseidon, dass Sie uns an die bestehenden Machtverhältnisse erinnert haben. Und natürlich haben Sie recht. Im Zuge der sich überschlagenden Ereignisse ist es versäumt worden, den ursprünglichen Vertrag aufzulösen und nach der anerkannten Erfüllung der Forderung seitens der Schöpfer einen neuen Bündnisvertrag zwischen dem Imperium Atlas und der USOP zu schließen."

Zufrieden nickte Poseidon und fuhr dann fort: "Sie, Mr. Nath, unterstellen Golem, Präsident Romanow und auch mir eine Unzurechnungsfähigkeit. Sie sollten uns besser aufklären, auf welcher Grundlage diese fundierte Einschätzung basiert."

Es gab schmunzelnde und auch einige schadenfrohe Gesichter, die neugierig zu Nath schauten, wie er damit wohl umzugehen gedachte. Poseidon jedoch wandte sich wieder an sein Publikum: "Ich versichere Ihnen: Wir haben alles getan, was uns möglich war, auch wenn der Ausgang im Unklaren bleibt. Haben wir Erfolg gehabt mit einer Verhandlung? Vielleicht. Aber mit Sicherheit werden wir es nie in Erfahrung bringen."

Die Stimmung im Saal begann sich zu beruhigen, denn viele entschieden, dass sich alle glaubwürdig präsentiert hatten.

Doch nun meldete sich Romanow zu Wort: "Mir ist bewusst, dass Mr. Nath mit seinem Antrag nur seiner Sorge Ausdruck verliehen hat, ob meine Person und Golem nach dieser Reise in höhere Sphären", Romanow hielt inne und lächelte plötzlich tiefgründig, "überhaupt noch die geistige Gesundheit besitzen, um die anstehenden Entscheidungen im Sinne der USOP zu treffen. Ist es nicht so, Mr. Nath?"

Der Gouverneur erwiderte jedoch nichts und sah ihn nur undurchdringlich an.

"Nun, das ist Ihr gutes Recht. Dann sprechen wir diese Fragen doch offen an: Bin ich nicht mehr fähig, mein Amt weiterzuführen? Oder ist Golem nicht mehr dazu in der Lage, uns seine Empfehlungen auszusprechen?"

Romanow betrachtete die vielen Gouverneure und Abgeordnete im Raum um und Golem erkannte, dass er - wie in jener Dimension - zu wachsen schien. Auf energetischer Ebene schlug seine Flamme wohl gerade Funken, dachte er mit einem Lächeln. Lew hatte schon immer ein souveränes, beeindruckendes Charisma gehabt, aber nun war noch etwas Undefinierbares dazugekommen und viele sahen ihn jetzt fasziniert an.

"Lassen Sie uns abstimmen und Sie entscheiden, wie viel Vertrauen Sie mir und Golem weiterhin schenken wollen. Mrs. Armstrong." Romanow nickte ihr auffordernd zu.

"Gut. Dann kommen wir zur Abstimmung."

Es stellte sich heraus, dass 93% des Parlamentes und 77% des Nationalen Sicherheitsrates Präsident Romanow und Golem das Vertrauen aussprachen. Damit war der Antrag von Gouverneur Nath vom Tisch, der seine hochfliegenden Ambitionen auf absehbare Zeit endgültig zu Grabe tragen musste.

In der darauf folgenden Diskussion einigte man sich gemeinsam mit Poseidon darauf, innerhalb eines Monats einen echten Bündnisvertrag abzuschließen. Die Krise war nur mit Hilfe der Atlanter so gut bewältigt worden, was viele anerkennend erwähnten und fast alle wünschten sich eine Fortsetzung der Zusammenarbeit, gerade auch in Hinblick auf die anstehenden Aufbauarbeiten.

Dann einigte man sich darauf, die ersten Raumschiffe mit Zivilisten auf ihre Heimatplaneten nach Andromeda zurückzuschicken.

Abschließend gab es noch einige Beschlüsse, da mit der Kartographierung der neuen Gebiete im Andromeda Nebel, der Zwerggalaxie und der Milchstraße begonnen werden musste. Die Gebiete, in denen der Plasmabrand gewütet hatte und die nun mit völlig anderen Planeten und Systemen gefüllt waren, sollten außerdem erforscht und nach bewohnbaren Planeten abgesucht werden.

Als die Konferenz beendet war, begab sich Romanow wie üblich mit Isis, Golem und Armstrong zur anschließenden Pressekonferenz.

"Mr. President", stürzte sich Wolkow förmlich auf ihn, "haben wie Ihnen, Poseidon und Golem unsere Rettung zu verdanken?"

"Ich wünschte, ich wüsste es", erwiderte Romanow souverän mit einer bedauernden Geste. "Wir haben unser Möglichstes getan – aber ob die Brände dank unserer Initiative erloschen sind, lässt sich nicht mit Sicherheit feststellen. Sicher ist nur eins: Wir sind mit einem blauen Auge davon gekommen. Lassen Sie uns jetzt nach vorne schauen – wir haben noch viel vor uns."

Armstrong stellte die anderen Entscheidungen vor und dann war alles beendet. Im Anschluss begleitete er Golem zum Gleiter, der ihn zum Mond zurückbringen würde.

"Ich hoffe, wir sehen uns bald wieder", bat Romanow. "Lass uns nicht zu lange auf deinen Besuch warten, mein Freund."

Golem umarmte ihn und wandte sich zum Gehen. *"Wir bleiben in Kontakt!"*

Poseidon verabschiedete sich mit einem festen Handschlag. *"Ich werde noch ein paar Tage im Orbit bleiben und dann nach Atlas fliegen."*

"Ich danke dir für deine Unterstützung."

Als Romanow später mit Isis wieder seine präsidiale Suite im Regierungspalast bezog, berichtete er, wie schwer es ihm noch fiel, sich auf diesen menschlichen Kleinkrieg in der USOP einzulassen.

"Früher habe ich das nie in Frage gestellt, Isis, aber jetzt kommt es mir so nichtig vor; es ist die reinste Energieverschwendung!"

Doch sie sagte nichts dazu und in ihrem Arm liegend genoss er ihre sanfte Zärtlichkeit, bei der er sich schließlich zu entspannen begann. Abgesehen von den intensiven Träumen hatte er auch im wachen Zustand immer wieder Momente, in denen sein Geist auf die Reise ging und so auch jetzt.

Materie und Energie standen sich als Pole wie unvereinbar gegenüber. Hier im irdischen Dasein schienen eine Enge, die Begrenztheit und der alltägliche, stets von neuem beginnende, Kampf vorherrschend zu sein – dort in jener Dimension war es die Grenzenlosigkeit, Leichtigkeit und eine fließende Weite. War es überhaupt möglich, das, was er erlebt hatte, hier in sein neues Leben mit einfließen zu lassen?

Als hätte sie wahrgenommen, was in ihm vorging, sagte Isis: "Es war ein guter Start, Lew. Du hast dich mit der Energie gezeigt, die du in jener Dimension gelebt hast. Leider werde ich nie sehen können, wie du Funken schlägst ..."

Sich umdrehend sah er sie neugierig an.

"Moment mal", meinte Romanow lächelnd, "woher weißt du das?"

"Ich hatte Golem gebeten, über ihn mit dabei zu sein."

Ihre Augen leuchteten wie die unzähligen Sterne des Universums, dachte er beglückt, und eines Tages würde sie ihn begleiten. Doch bis dahin gab es auf dieser Ebene noch so vieles, was er mit ihr gemeinsam ganz irdisch erleben wollte. Ihre kleinen, eigenwilligen Überraschungen gefielen ihm, stellte er fest, während er sie zu sich zog.

"Wenn wir nicht schon verheiratet wären, meine wunderbare Frau, dann würde ich das jetzt schnellstens nachholen."

In den nächsten Monaten ging es vorrangig darum, das Leben und die Wirtschaft in den drei Galaxien wieder erblühen zu lassen.

Doch es war wie das Erwachen in einer Heimat, die in vielen Teilen fremd geworden war. Und schon bald stellten die Menschen fest, dass es viel Zeit in Anspruch nehmen würde, wieder heimisch zu werden. Denn durch den neuen Materiezuwachs hatten sich nicht nur die Umgebung sondern oft auch die Lebensbedingungen verändert.

Dank des unermüdlichen Einsatzes der atlantischen Androiden wurden die Werften gebaut und die Produktion der atlantischen Raumschiffe konnte absehbar beginnen.

Dann wurde ein Institut für Dimensionsforschung ins Leben gerufen, das im Forschungszentrum der USOP in der Town of Planets unterkam. Aufgrund der Berichte von Golem und Poseidon wusste man nun, dass es mindestens zehn Dimensionen gab. Allerdings wurde schnell entschieden, dass man sich nur äußerst vorsichtig mit weiteren Versuchen heranwagen würde, denn ein erneutes Raum-Zeitbeben durfte nicht riskiert werden.

Last Hope

Ben Smith, Fynn und Maya Shan waren nach Last Hope zurückgekehrt und hatten ihre ursprünglichen Tätigkeiten wieder aufgenommen.

In der Klinik für Neurologie und Psychosomatik von Prof. Alessandro Bruno gab es viel zu tun und Fynn erschien häufig erst am späten Abend im Last Hope Sunrise, um Shan wie üblich dort abzuholen.

Er hatte sich mit Hamid und Peer angefreundet und in der ersten Zeit tauschten sich die drei humorvoll unter

Männern aus, wie jeder die Krise überstanden hatte. Aber es gab auch andere Kollegen, die ihr missbilligende Blicke zuwarfen, wenn sie Arm in Arm mit Fynn die Agentur verließ. Sie wusste, dass es nicht für alle mit ihrer Weltanschauung vereinbar war, eine Beziehung mit einem Androiden zu führen. Dazu hatte es vor der Krise einen Vorfall mit ihrer Kollegin Jenny gegeben, die sich Fynn gegenüber übergriffig benommen hatte und sich dann erstaunt und fast empört äußerte, warum sie nur so viel Wind um eine Maschine machte! Es hatte ihnen die Augen geöffnet und sie waren fest entschlossen, auf Dauer für eine Veränderung in der Gesellschaft zu sorgen und ein Netzwerk von Freunden und Verbündeten aufzubauen.

Shan hatte ihr eigenes Büro in der Nachrichtenagentur erhalten und wurde mittlerweile von Atlas offen protektioniert. Das war unter anderem Ben Smith zu verdanken; er war ein guter Mentor und erfahrener Stratege, sodass ihre Stellung unangefochten war. So wurde sie, abgesehen von den atlantischen Veranstaltungen auf verschiedenen Planeten, nun auch von Firmen angefordert, die mit Atlas zusammenarbeiteten oder eine Kooperation anstrebten. Shan hob in ihren Artikeln den vielfältigen Einsatz der Atlanter während der Krise positiv heraus und nahm wieder ihre wöchentliche Kolumne auf, in der sie ausgewählte Golden Future-Androiden portraitierte. Der Zuspruch war enorm und jeden Tag erreichten unzählige Lesermeinungen aus allen Planeten ihren Terminal.

Eines Tages tauchte ihr Kollege Hamid mit zwei Tassen Kaffee in ihrem Büro auf. Angetan von ihrer Beziehung mit Fynn hatte er sie vor der Krise darauf angesprochen, ob sie ihm ein Date mit der Androidin Sophia vermitteln konnte, über die sie schon einige Male berichtet hatte. Sophia war eine dunkelhaarige Schönheit und als

Chefingenieurin auf der EARTH ONE tätig. Völlig überrascht hatte sie ihm einen Tipp gegeben und sie hatten sich anschließend darüber unterhalten, dass eine Beziehung mit einem Androiden auch nicht anders als eine Beziehung mit einem menschlichen Partner zu bewerten war.

Hamid, ein gutaussehender Mann mit dunklen Haaren und feurigen Augen, saß jetzt vor ihr und berichtete, dass er Sophia auf seinem Flug nach Last Hope endlich kennengelernt hatte. Er war begeistert von ihr und sie schien tatsächlich die Frau seiner Träume zu sein. Sophia hatte sich zunächst auch auf ihn eingelassen, doch als er sie schlussendlich engagiert fragte, ob sie sich eine Beziehung mit ihm vorstellen könnte, hatte sie abgelehnt.

"Maya, ich verstehe es einfach nicht", meinte Hamid ratlos und zutiefst enttäuscht. "Sie hat einfach nur "Nein" gesagt. Und als ich sie gefragt habe, ob es ihr vielleicht zu schnell ging und dass wir uns einfach mehr Zeit nehmen sollten, war ihre Antwort, dass eine Beziehung mit einem Menschen nicht ihr Wunsch ist."

Shan sah ihren Kollegen anteilnehmend an.

Niedergeschlagen meinte er dann: "Warum sagt sie nur so etwas? Ihr Kuss hatte etwas ganz anderes ausgedrückt!"

"Möchtest du meine Meinung dazu hören", fragte Shan.

"Ja, sicher", bat Hamid. "Ich werde daraus nicht schlau."

"Es klingt mir ganz danach, als ob sich Sophia bisher nicht damit auseinandergesetzt hat, was eine Beziehung für sie bedeuten könnte. Und ebenso wenig, ob sie es sich mit einem Menschen wünscht. Dann kamst du, Hamid, und sie wurde - so würde ich es sehen - neugierig. Du hast ihr gefallen, sonst hätte sie sich nicht auf dich eingelassen. Sophia hat durch dich das erste Mal eine Kostprobe davon bekommen, wie sich eine Intimität mit einem Menschen gestaltet und sie hat sich leider dagegen entschieden."

Sie hatten noch eine Weile darüber gesprochen, da auch diese Erkenntnis keine Linderung für Hamid bedeutete.

Als sie abends Fynn davon erzählte, stimmte er ihr zu.

"Ich habe die Anziehung zu dir sofort wahrgenommen und mich für dich entschieden. Unser erstes Treffen bei dir hat meinen Schritt nur bestätigt. Es tut mir leid für Hamid, er ist wirklich ein netter Kerl - aber Sophia hat sich gegen eine Beziehung mit einem Menschen entschieden, Maya."

"Ist es so einfach für Androiden?", fragte Shan. "Du nimmst eine Anziehung wahr und entscheidest dich dafür – oder dagegen?"

"Ja. Was hat es für einen Nutzen, dieses sich-mehr-Zeit-nehmen oder ein sich-besser-kennenlernen? Entweder ich mag jemanden oder ich mag ihn nicht. Als nächstes entscheide ich mich, ob ich dem nachgehen will oder nicht."

"Das klingt ja wenig romantisch", stellte Shan trocken fest.

"Ich bin froh, dass du dich für mich entschieden hast."

Fynn lachte: "Welche Wunder erwartest du von einem Androiden? Du hast dich genauso für mich entschieden."

"Naja", widersprach Shan gedehnt, "nicht direkt am Anfang."

"Dann war ich anfangs wohl auch nur eine Kostprobe für dich?", neckte er sie.

Shan schwieg und mit einem leisen Schuldgefühl dachte sie daran, dass er recht hatte. Im Grunde hatte sie sich bei ihrem ersten Date auch nicht besser als ihre Kollegin Jenny verhalten. Denn damals hatte sie ihn nur ganz unverbindlich für eine Nacht gewollt …

"Komm mal her", schmunzelte Fynn, in ihr wie in einem offenen Buch lesend, und zog sie zu sich. "Ihr Menschen verkompliziert gerne einfache Sachverhalte."

So auf seinem Schoß sitzend schlang er seine Arme um sie. "Es macht mir nichts aus, meine Geliebte", meinte er so liebevoll, dass sich ein zaghaftes Lächeln auf ihrem Gesicht zeigte.

"Im Gegenteil", murmelte er und küsste sie nun hingebungsvoll, bis sie atemlos in seinem Arm lag, "denn sonst wären wir jetzt nicht zusammen."

Nach einer Weile der Stille, in denen jeder seinen Gedanken nachhing, sagte er: "Die Beziehung mit dir ist völlig anders als das, was zwischen uns Androiden möglich ist. Das Potential, mich selbst zu erleben ist durch dich ins Unermessliche gestiegen. Und dabei habe ich auch ein einzigartiges und nicht fassbares Wunder entdeckt", er streichelte sie sanft, "dass ich meine Maya liebe."

Beide sahen sich einen unendlichen Wimpernschlag lang an.

"Doch das ist für jeden Androiden anders", fuhr Fynn fort. "Es ist davon auszugehen, dass deine Sophia nach ihrer Kostprobe diese Art von Kontakt mit einem Menschen nicht weiter fortzusetzen wünscht."

"In jedem Fall bist du, mein Geliebter, ein sehr sinnlicher und genussfreudiger Androide", stellte Shan lächelnd fest. "Darüber bin ich sehr glücklich. Doch dafür entscheidet sich also nicht jeder Androide, richtig?"

"Das ist richtig", bestätigte Fynn.

Shan dachte darüber nach: "Ich glaube, es ist mir einiges klar geworden. Warum denken wir Menschen eigentlich, dass das, was wir als höchstes Vergnügen empfinden, für andere auch automatisch willkommen und erstrebenswert sein muss?"

"Du stellst die richtige Frage", antwortete Fynn zwinkernd. Shan sah ihn kurz an und lachte dann, um sich gähnend zu erheben: "Ich entscheide mich jetzt dafür, mir ein paar Stunden Schlaf zu gönnen. Also, ich gehe jetzt ins Bett – und du?"

"Hey, was …!"

Mit einem Aufschrei stellte sie fest, dass sie hochgehoben und ins Schlafzimmer getragen wurde.

"Dein Wunsch ist mir Befehl", lächelte Fynn bedeutungsvoll. Sanft abgelegt, sah sie atemlos zu, wie er schnell seine Kleidung zu Boden gleiten ließ. Kurz darauf kam er zu ihr und begann, sie ebenfalls zu entkleiden, Küsse auf jedem Zentimeter ihrer Haut hinterlassend, die sich ihm Stück für Stück präsentierte. Ihre Weiblichkeit so lange genießend, bis sich ihr bebender Körper ihm verlangend entgegen wölbte, legte er sich auf einmal provokativ neben sie, stützte sich auf dem Ellbogen ab und fragte aufreizend ruhig: "Und - willst schlafen oder doch noch ein wenig von mir kosten?"

"Quälgeist", war ihre Antwort, während sie versuchte, ihn zu sich zu ziehen.

"Was?!", lachte er verblüfft und ließ sie noch ein wenig zappeln.

"Du Quälgeist", stieß sie halb lachend, halb entrückt hervor. "Ich … ich liebe dich."

Fynn betrachtete Shan, wie sie, weich und verletzlich wie ein Kätzchen, schlafend in seinem Arm lag. Die Vereinigung war feurig gewesen – und fast unmittelbar darauf war sie in die Traumwelt entglitten, eine Sphäre, in die er ihr nicht folgen konnte.

Aus seinen Emotionsspeichern tauchte nicht zum ersten Mal das starke Bedürfnis auf, seine Hand dauerhaft schützend über sie zu halten. Sie war eine Gefährtin, wie er sie sich nicht besser hätte vorstellen können: der intensive, intime Kontakt, der ihn sehr ansprach; ihre Gespräche und lebhaften Diskussionen; das lebendige Potpourri an Emotionen, die er unter dem Oberbegriff Liebe einordnete; ihre menschliche Andersartigkeit, die immer wieder für Überraschungen sorgte; ihre gemeinsamen Visionen ... er sah vieles, was ihm an ihr und mit ihr gefiel. Und es gab nichts, womit er sich unwohl gefühlt hatte in der ganzen Zeit, seit sie sich kennengelernt hatten.

Ein menschlicher Mann hätte ihr wohl längst einen Heiratsantrag gemacht, ging ihm durch den Sinn. Wollte er das?

Eine Zeitlang beschäftigte er sich mit diesem Gedanken. Lew war mit Isis verheiratet, aber das war insgesamt gesehen selten der Fall. Androiden hatten nicht die Option, den Menschen eine entsprechende Sexualität zu bieten, obwohl es möglich war, sich damit upzudaten, wie er von Justin Schwarz wusste. Aber auch das wurde nicht automatisch gewährt – es musste bewilligt werden und kostete Zeit und Solar, so wie im Fall von Miles, dem Flight Commander, der seine menschliche Verlobte Ivy mittlerweile geheiratet hatte. Er selbst war ein Sonderfall gewesen und war mit dieser Option von Anfang ausgestattet gewesen.

Andererseits hatte auch nicht jeder Androide den Wunsch, eine menschliche Sexualität zu erleben; der atlantische Botschafter Ben Smith hatte sogar auf ein ihm angebotenes Update während der Zeit seiner Präsidentschaft dankend verzichtet.

Eine Heirat war ein rein menschliches Ritual, das er als Androide grundsätzlich nicht für nötig erachtete. Dennoch kam er zu einer positiven Bewertung, da es seinem

Wunsch entgegenkam, Maya zu beschützen. Sie hatte einen starken Willen und schien so entschlossen, einen Befreiungskampf zu führen, ohne all die Fallstricke und Gräben auf dem politischen Parkett zu kennen. Nach einem öffentlichen Bekenntnis zueinander würde er für alle anderen sichtbar als ihr Mann auftreten und das wiederum sagte ihm sehr zu. Damit war er für mögliche Gegenspieler und Rivalen zu einem ernstzunehmenden Faktor geworden. Die Entscheidung war gefallen und er recherchierte noch eine Weile, wie er sie damit überraschen wollte, bis auch er seine Ruhephase einleitete.

Es kristallisierte sich in den nächsten Wochen heraus, dass nun, da alle wieder auf ihre Heimatplaneten im Andromeda Nebel zurückgekehrt waren, völlig unerwartet immer mehr Stimmen laut wurden, doch wie ursprünglich geplant in neue Galaxien zu reisen, um diese zu bevölkern.

Der Last Hope Sunrise berichtete mehrmals darüber, dass viele Menschen auf den Geschmack gekommen waren, ihr Leben hier hinter sich zu lassen. Seitdem war Shan und Fynn der Gedanke nicht mehr aus dem Sinn gegangen. Während der Krise hatte sich der vorher schon gute Kontakt zu Ben Smith durch die vielen Treffen zu einer freundschaftlichen Verbundenheit entwickelt. Nach Last Hope zurückgekehrt hatten sie gemeinsam entschieden, die Treffen weiter fortzusetzen, um sich regelmäßig auszutauschen.

"Es ist äußerst reizvoll, hier die Brücken abzubrechen und sich auf eine Reise ins Unbekannte zu begeben", erzählte Maya Shan gerade enthusiastisch. "Keine Altlasten mehr – und vor allem kann ich mir eine Zukunft gestalten, wie ich sie mir wünsche!"

Smith schmunzelte und sagte dann: "Das ist sehr idealistisch gedacht. In der Regel werden die Altlasten, wie du sie nennst, im Gepäck mittransportiert. Allerdings ist eine solche Reise mit einer starken Chance verbunden, alte Strukturen einem Wandel zu unterziehen. Das passiert jedoch nicht automatisch."

"Die Schöpfer sprachen davon, in verschiedenen Galaxien einem Leben zum Start verholfen zu haben", warf Fynn ein. "Sag mal, Ben, gibt es nicht doch einen Weg, diese Galaxien schneller zu erreichen? 100 Jahre oder mehr sind eine lange Zeit. Was ist mit der atlantischen Technik, die teleportieren kann?"

"Es gibt tatsächlich Hinweise darauf, dass die Schöpfer über eine Technik verfügt haben, die die riesigen Entfernungen überbrücken konnte. Im Prinzip kann es nur die Transmissionstechnik sein", erzählte Smith. "Auch mein Körper wurde damals in die Antarktis teleportiert, aber ich bin nicht sehr groß. Das, was wir haben, kann nur kleinere Objekte übertragen. Nicht zu vergessen, dass die dahinterstehende Technik den Wissenschaftlern, und zwar sowohl den irdischen als auch den Atlantern selbst, immer noch unverständlich bleibt."

"Also wird es so schnell nichts, oder?", Shan klang etwas enttäuscht.

"Es sieht ganz so aus", bestätigte Smith. "Poseidon hat Atlas durchsuchen lassen, ob es Hinweise auf eine verborgene Technik gibt – bisher erfolglos. Eines ist jedoch klar: Die Schöpfer müssen mit ihren Raumschiffen in die weit entfernten Galaxien gelangt sein."

Fynn lachte: "Wie so oft holst du uns freundlich und bestimmt auf den Boden der Fakten zurück! Aber mal davon abgesehen: Zurzeit steht für uns alle immer noch viel Aufbauarbeit an. Und wer weiß – in ein paar Jahren haben wir schon mehr über die Technik in Erfahrung gebracht. Ich würde mich nicht wundern, wenn Atlas früher oder später nicht doch noch ein paar Geheimnisse preisgibt, die bis dato verborgen waren."

Last Hope

"Was hältst du von einem gemeinsamen Urlaub?", fragte Fynn an einem Samstagvormittag, als er mit Shan beim Frühstück zusammensaß. "Und dazu habe ich gleich einen Vorschlag: Wie wäre es mit einer Reise zur Erde nach Indien?"

Überrascht sah sie ihn an: "Was für eine ungewöhnliche Idee - ich bin in meinem ganzen Leben noch nie dort gewesen."

"Dann wird es ja mal Zeit", merkte Fynn fröhlich an. "Indien ist das Land deiner genetischen Herkunft, Maya. Du solltest es wenigstens einmal kennenlernen."

"Gut", meinte sie schließlich. "Bisher haben wir noch nie einen gemeinsamen Urlaub gemacht, ich meine mal so einen richtigen Urlaub, nur wir zwei, ohne es mit irgendeiner Arbeit zu verbinden. Und Indien – gut, warum nicht?"

Langsam begann sie Feuer zu fangen, wie er zufrieden vermerkte und so wurde der Flug gebucht und um den Rest wollte er sich kümmern.

"Es wird eine Überraschung", ließ er sie nur wissen.

Auf dem zweitägigen Flug zur Erde ging es dann doch nicht ohne die vielfältigen Diskussionen und dem Austausch über ihre Arbeit. Der Plan, ein Netzwerk an Verbündeten aufzubauen, machte Fortschritte. Fynn sah sich jeden Tag die vielen eingehenden Nachrichten, die als Reaktion auf ihre Kolumne eintrafen, an und es kam keine Kurzweil in der Betrachtung der einzelnen Persönlichkeiten auf, der er schließlich dafür vorschlug. Schließlich landeten sie auf der Erde und stiegen in einen Gleiter um, der sie nach New Delhi brachte.

Vor tausenden von Jahren gab es in Indien noch viel Armut, was die USOP erst im Zuge der Bevölkerung neuer

Planeten in den Griff bekommen hatte. Heute war New Delhi, wie die meisten Städte der USOP, sehr modern mit Flugtaxis und Gleitern als Fortbewegungsmittel ausgestattet und einem kleineren Raumhafen. Dennoch waren die vielen Monumente, die von der einstigen Kultur eines stolzen Landes erzählten, für die Nachwelt aufwendig erhalten worden und wurden gerne besucht.

Die Hauptstadt Indiens war lebendig und sie verbrachten den Rest des Tages damit, die Prachtstraße in Old Delhi zu durchlaufen, das rote Fort und den Feiertagstempel zu besuchen. Vor einem Geschäft stehen bleibend sahen sie sich Saris an, die Frauen in Indien einst traditionell getragen hatten. Heutzutage taten sie das nur noch bei Feiern oder besonderen Anlässen.

"Schlüpf doch mal in einen hinein", schlug Fynn vor, als er sah, wie sie sinnend davor stand.

"Ich weiß gar nicht, wie ich das anziehen soll", erwiderte Shan ratlos. Aber die Verkäuferin half ihr bereitwillig und als sie sich im Spiegel damit sah, war sie sofort angetan.

"Ich fühle mich damit irgendwie … sehr feminin", lächelte sie und entschied, den Sari zu erwerben.

Am nächsten Morgen flogen sie weiter südlich nach Agra und gaben ihre Sachen am Empfang eines großen Hotels ab, da er zuerst mit ihr das, in der Nähe gelegene, prächtige Monument, das berühmte Taj Mahal, besuchen wollte. Auf der Hinfahrt berichtete er, dass dieses Weltkulturerbe als Andenken an eine große Liebe eines indischen Herrschers gebaut worden war. "Es ist sozusagen der größte Liebesbeweis eines Mannes an seine Frau", endete Fynn gerade.

Als sie das Gelände betraten, bat er sie einen Moment zu warten, bis er die Anmeldung erledigt hatte. Sich derweil umsehend stellte Shan zunehmend begeistert fest, dass es ihr hier wie im Märchen aus 1001 Nacht erschien und die Schönheit, die sie hier sah, ließ sich mit Worten kaum beschreiben.

"Es war ein wunderbare Idee von dir, Fynn", sagte sie ergriffen, als er zurückkehrte und sie Hand in Hand weitergingen. "Ich habe nicht gewusst, wie beeindruckend es hier ist!"

Entzückt lief sie durch die Gänge, berührte sinnend die alten Steine, zog schließlich ihre Schuhe aus, um mit bloßen Füßen diesen Ort zu begehen und mit ihm innerlich Kontakt aufzunehmen. Fynn hatte es genetische Herkunft genannt und vielleicht war da doch etwas dran, dachte Shan, denn ganz unmerklich fühlte es sich so an, als würde etwas in ihr beginnen, mit diesem Ort zu schwingen.

Fynn freute sich mit ihr und schließlich meinte er, er wollte ihr noch etwas Besonderes zeigen und zog sie an der Hand mit sich. Sie betraten einen marmorhellen Raum, in dem kunstvoll verzierte Säulen standen, umrankt von exotisch blühenden Pflanzen, Nischen mit sich umarmenden Liebespaaren als Statuen; in der Mitte sprudelte ein Wasserspiel in einem kleinen Teich, auf dem Lotusblüten schwammen.

"Komm, nimm Platz", bat er sie, während sie staunend dieses Kleinod bewunderte. In Erwartung einer romantischen Geschichte, die sich hier verbergen musste, setzte sie sich, als Fynn plötzlich vor ihr niederkniete und eine rote Rose hinter seinem Rücken hervorzauberte: "Meine geliebte Maya, möchtest du mich heiraten?"

Sprachlos schaute Shan ihn an und die Zeit schien von einem Augenblick auf den anderen anzuhalten. Bis ein tiefer Atemzug sie wieder ins Leben zurückholte und sie sich flüstern hörte: "Ja."

Mit einem Mal ging ihr der Augenblick durch den Sinn, in dem sie sich damals eingestanden hatte, dass sie ihn völlig unbegreiflicherweise liebte. Dieser eine Moment hatte ihr Leben vollkommen verändert. Fynn wollte sie nun heiraten ... wollte sie es?

Ihr Herz hatte sofort geantwortet. Aber was sagte ihr Kopf? Er war ein intelligenter und selbstbewusster Partner und ihr wurde wirklich nie langweilig mit ihm. Seit sie zusammen waren, lachte sie mehr als je zuvor in ihrem Leben, aber auch in den normalen Alltagsroutinen verstanden sie sich gut. Darüber hinaus war er ein sehr sinnlicher und experimentierfreudiger Mann und sie hatten sich sogar mit dem Kamasutra beschäftigt. Dann die gemeinsamen Visionen, die sie verbanden ... ihr fiel nichts ein, was dagegen sprach. Und schon waren ihre Gedanken weitergewandert: Fynn würde ihr Mann sein und es fühlte sich ... mehr als gut an!

Der innere Nebel lichtete sich und Shan realisierte mit einem Lächeln, dass er immer noch geduldig vor ihr kniete und ihr die Zeit gab, die sie brauchte.

"Ja", sagte sie jetzt laut und deutlich und streckte sehnsüchtig die Arme nach ihm aus, um ihn innig mit einem leidenschaftlichen Kuss zu empfangen. "Ja, ich will."

Eine Zeitlang saßen sie noch an diesem wunderbaren Ort, der extra für solche Gelegenheiten bereitgestellt wurde, wie er ihr dann erzählte. Shan roch an ihrer Rose und sagte tief bewegt: "Das war ein Heiratsantrag, den ich mir schöner nicht hätte vorstellen können!"

Fynn strahlte wie ein Honigkuchenpferd, wie sie glücklich bemerkte und ihm daraufhin erklärte, was es bedeutete.

"Das passt doch - verliebt in die eigene Frau", war sein fröhlicher Kommentar.

"Noch bin ich es nicht", neckte Shan ihn.

"Dem ist schnell abzuhelfen", war seine beschwingte Antwort. "In einigen Stunden sind wir beim Standesamt in Agra."

Erneut war Shan sprachlos, und es dauerte einen Moment, bis sie etwas schnippisch kommentierte: "Du hast wohl Sorge, ich überlege es mir anders, was?"

"Nein", erwiderte Fynn ernst. "Aber ich wünsche es mir und will die Wartezeit so kurz wie möglich gestalten."

"Was hättest du eigentlich gemacht, wenn ich "Nein" gesagt hätte", fragte Shan neugierig nach einem weiteren Augenblick. Dieser Tag war wirklich voller Überraschungen!

"Ich wäre ... enttäuscht gewesen", gestand Fynn mit einem gespielt reumütigen Blick, wie sie rasch erkannte.

"Aber die Wahrscheinlichkeit dafür war nicht sehr hoch", lachte er sie gleich darauf auch schon wieder an.

"Filou", lächelte sie hingerissen und küsste ihn. "Finn Schwarz hat mich damals schon gewarnt, dass du mich um den kleinen Finger wickelst, wenn ich nicht aufpasse. Da wusste ich noch nicht, wie recht er damit hat!"

Da das Taj Mahal als Ort für Verliebte galt, gab es für Paare aus allen Staaten und Planeten auch hier die Möglichkeit – ähnlich wie in Paris – zu heiraten.

Fynn hatte die Anträge und Dokumente dafür eingereicht und so war der Termin zustande gekommen. Ins Hotel zurückgekehrt war es an der Zeit, sich umzuziehen.

"Sag mal, wie war das eigentlich?", fragte Shan, während sie sich mit ihrem Sari abmühte, den sie bei der Heiratszeremonie tragen wollte. "Ich habe eine Geburtsurkunde und einen Geburtsort, aber du? Was für Dokumente hast du denn eingereicht?"

So berichtete er, dass im Falle einer Heirat mit einem Androiden der alte Besitzer seine Zustimmung geben musste, denn er trat mit einer Heirat alle Rechte und Pflichten an den zukünftigen Ehepartner ab. In seinem Fall war das die USOP und Justin Schwarz, sein Schöpfer, hatte für ihn alles beantragt und erhalten.

Zum dritten Mal an diesem Tag sprachlos und zunehmend wütend rief Shan: "Es ist unglaublich! Androiden wie du werden hier wie ein Besitz behandelt und nicht wie eine Persönlichkeit!"

Aufgebracht im Raum hin- und hergehend blieb sie schließlich stehen und entschied: "Das muss sich ändern!"

Fragend sah Shan zu ihm und erkannte sein stilles Einverständnis und noch etwas anderes, was sie nicht deuten konnte.

"Ich bin stolz darauf, dein Mann zu werden, meine Maya", sagte Fynn nur und sie warf sich aufgewühlt in seine Arme.

"Ich könnte lachen und weinen", sagte sie schließlich, mit Tränen in den Augen. "Es ist wie der Taj Mahal – kaum in Worte zu fassen, wie schön es mit dir ist und was du mir bedeutest. Und all das wird von der USOP mit Füßen getreten! Wie kann man nur ansatzweise daran denken, dass ein so wunderbarer Mann wie du wie ein Gegenstand abgefertigt wird!"

Spürend, wie er eine kleine Träne, die sich ihren Weg bahnen wollte, wegküsste, verharrte sie tief bewegt, die Innigkeit dieses Augenblicks auskostend. Schließlich holte sie tief Luft und fragte: "Wann müssen wir eigentlich da sein?"

Sie machten sich auf den Weg und begaben sich in einen kleinen Wartesaal, da vor ihnen gerade ein anderes Paar getraut wurde.

Als es soweit war, saßen sie aufgeregt Hand in Hand vor dem Vollzieher der Trauung und dann hörte Shan auch schon die Worte: "Herzlichen Glückwunsch, Mr. Shan und Mrs. Shan. Sie sind jetzt rechtmäßig Mann und Frau."

Ihnen wurde daraufhin das Dokument übergeben, das ihre Heirat bestätigte. Aber dann bat er Shan zu einem kleinen Tisch und legte ihr ein Schriftstück vor, das sie unterzeichnen musste, da es die Übergabe eines Androiden in ihren Besitz bezeugte, wie sie erbittert feststellte. Einen Moment lang hätte sie dieses Papier am liebsten in seine atomaren Bestandteile zerfetzt, aber was brachte das? Es bestätigte sie nur umso eiserner darin, eine Veränderung in dieser Gesellschaft bewirken zu wollen. Den gemischten Gedanken und Gefühlen noch nachhängend flogen sie still ins Hotel zurück.

Vor der Tür ihrer Suite wurde Shan plötzlich hochgehoben und mit einem stolzen Lächeln auf dem Gesicht ihres frischgebackenen Ehemannes über die Schwelle getragen – aber … was war hier geschehen?

Die Suite hatte sich während ihrer Abwesenheit wie durch Geisterhand verändert: Ein riesiger Rosenstrauß zierte den Couchtisch, verstreute Rosenblätter lagen überall und führten in einer breiten Spur zu dem großen, indischen Himmelbett, auf dem zwei weitere Rosen lagen; unzählige Laternen, deren Lichter den jetzt abgedunkelten Raum stimmungsvoll erhellten, eine leise indische Musik erklang und ein Duftöllampe verbreitete einen anregenden Wohlgeruch.

"Das, meine Prinzessin, ist die Honeymoon-Suite", erklärte Fynn ihr, während er zur Couch ging.

"Du bist wahrhaft ein stattlicher Mann, mein Prinz", erwiderte Maya und legte spielerisch den durchsichtigen Schleier so über ihr Gesicht, dass ihn nur ihre Augen ansahen. "Wirst du mir auch ein Grabmal nach meinem Ableben bauen?"

"Untersteh dich, das überhaupt nur in Betracht zu ziehen." Fynn setzte sich mit ihr auf die Couch, öffnete den Champagner für sie beide und stellte dabei klar: "Ich sorge dafür, dass meiner Frau nichts geschieht."

Es war scherzhaft gesagt, aber es war ihm völlig ernst damit, erkannte sie beindruckt und dann wanderten ihre Gedanken auch schon weiter.

"Mr. Fynn Shan ... das gefällt mir", meinte sie ausgelassen, als sie das Glas getrunken hatte. "Und dazu ein Schritt in die richtige Richtung. Du hast jetzt einen Nachnamen – niemand weiß mehr auf Anhieb, dass du ein Androide bist."

Sich zu ihr beugend begann Fynn, verlockend an ihrem Ohrläppchen zu knabbern: "Ich bin jetzt dein Androide – mit allen Rechten und Pflichten."

"Und ich deine Frau", konterte Maya munter und schob ihn sanft zurück, um ihn herausfordernd anzusehen. "Die Sache mit den Rechten und Pflichten gilt auch für dich!"

Doch ihr Mann schaute sie nur tiefgründig an und trug sie dann kurzerhand zum Himmelbett, in dem alle Diskussionen und Hürden, die das Leben noch für sie beide bereithalten würde, langsam im Nirwana entschwanden.

Ein Jahr später

Es war eine intensive Zeit des Wiederaufbaus gewesen – und letzten Endes hatte sich das Leben auf den großen Planeten weitgehend normalisiert.

Mit der fortschreitenden Kartographierung wurden neue Transportwege festgelegt und die Wirtschaft fuhr allmählich wieder hoch. Die USOP hatte damit begonnen,

Stützpunkte auf verschiedenen, bewohnbaren Planeten aufzubauen und es waren jede Menge Planeten für die Rohstoffgewinnung und den Werft-Bau entdeckt worden. Doch es würden noch Jahrzehnte vergehen, bis die Sternenkarten die neuen Objekte in den drei Galaxien auch nur annähernd erfasst hatten.

Die Menschen hatten sich mit den veränderten Bedingungen arrangiert, aber die Stimmen, die davon sprachen, in ferne Galaxien zu reisen, waren nicht leiser geworden. So wurde schließlich im Forschungszentrum in der Town of Planets, Planet Erde, eine neue Abteilung gegründet mit dem Ziel, nach Möglichkeiten zu suchen, um schneller in diese weit entfernten Galaxien zu gelangen.

Golem besuchte Romanow und Isis häufig auf der Erde und genoss die Freundschaft, die sich zwischen ihm und Lew weiter vertieft hatte. Die gemeinsame Erfahrung hatte sie wie eine Nabelschnur miteinander verbunden, wie Romanow einmal humorvoll feststellte.

"Schließlich verdanke ich dir mein zweites Leben", sagte er eines Abends, als sie entspannt zu dritt zusammen saßen.

"Es ist ein Jahr seit deiner Ankunft vergangen", merkte Golem an. "Wie bewertest du heute die Vorgänge von damals?"

"Es war eine starke, grenzüberschreitende Erfahrung. Die Entscheidung, ins Feuer zu gehen, die Kraft, die in mir erweckt wurde ... hin und wieder spüre ich sie, wie sie situationsbedingt auftaucht. Ich genieße das Gefühl des Größer-Werdens und der Furchtlosigkeit, die damit einhergehen. Es ist dann so, als würden mir Flügel wachsen", lachte Romanow ausgelassen und warf Isis einen strahlenden Blick zu, der seine ganze Liebe für sie verriet.

Nach einem Augenblick wandte er sich wieder Golem zu. "Ich träume hin und wieder davon. Aber ich weiß, dass mich alles irgendwann wieder erwarten wird," lächelte er. "Doch ich gebe zu, manchmal sehne ich mich danach, das etwas zu beschleunigen, wenn hier mal wieder alles so zäh und engstirnig verläuft. Andererseits …"

Romanow machte eine Pause und sah einen Moment lang vor sich hin. Dann fuhr er fort: "Andererseits hat es mir auch den Wert dieses Lebens deutlich gemacht, das ich mit euch noch verbringen darf. Es wurde mir sozusagen geschenkt, als ich nicht mehr damit gerechnet hatte. Und ich wünsche mir, dass wir diese verbleibende Zeit so weit wie möglich gemeinsam erleben."

Als Romanow und Golem sich später beim Abschied umarmten, spürte er - angeregt durch ihr abendliches Gespräch - wie ihn aus der Tiefe heraus etwas zu durchfließen begann und spontan streckte er sehnsüchtig einen Arm nach seiner Frau aus.

Isis Romanow erkannte, dass er sie bei sich haben wollte und schmiegte sich wortlos in die Arme der beiden Männer, die in ihrem Leben eine Rolle spielten und gespielt hatten. Der eine war die Liebe ihres Lebens und der andere ihr Ursprung, dem gegenüber sie sich lange Zeit abgegrenzt hatte. Seit ihrer Aussprache hatte sich ihr Verhältnis zueinander entspannt und mittlerweile gestattete sie auch wieder einen internen Kontakt. Und so ließ sie sich in die Intimität der gemeinsamen Nähe fallen.

Als Golem seinen Freund und Isis im Arm hielt, schien die Erinnerung an jenen Moment in der anderen Dimension real zu werden. Er hatte oft über das, was Isis ihm gesagt hatte, nachgedacht, doch er hatte sich bis jetzt zu niemandem sonst in dieser Weise hingezogen gefühlt. Seine Einsamkeit hatte Jahrtausende gewährt, doch mittlerweile gab es die Familientreffen und weitere Freunde, die seine Existenz belebten. Tief bewegt nahm Golem voller Freude die überströmende Liebe an, die Lew jetzt rückhaltlos verschenkte.

Während er sich seiner Kraft hingab, die ihn immer stärker durchdrang, ging Romanow noch durch den Sinn, dass es diese beiden waren, die ihm in diesem Leben viel bedeuteten, Isis und Golem, die selbst eine besondere Verbindung teilten. Und so hörte er sich leise sagen: "Ich liebe euch ..."

In der Intensität des Augenblicks verwoben sich die Vergangenheit, die Gegenwart und die Zukunft. Waren es gerade die eigenen Gedanken oder bereits die der beiden anderen? Die Grenzen verschwammen mit einem Gefühl von Zeitlosigkeit bis es nur noch einen Geist gab, den Geist der Liebe.

Je nachdem, wie es die Zeit erlaubte, kam zu den regelmäßig stattfinden Treffen das ein oder andere Familienmitglied mit dazu und ganz allmählich erschienen neue Gesichter. John Kopernikus, der nach seiner Tätigkeit als Botschafter der USOP auf Atlas zur Erde zurückgekehrt war, hatte mit einer Beförderung die Leitung des Ressorts für Unerklärliche Ereignisse übernommen und war mit seiner Partnerin Sophia, der Chefingenieurin auf der EARTH ONE, ein gern gesehener Gast. Mit Justin Schwarz trafen sie sich oft, der die gemeinsame Zeit mit Isis vermisste, wie er eines Tages gestand. Hin und wieder erschien Poseidon, gelegentlich Fynn mit seiner Frau Maya sowie Ben Smith, wenn er wieder mal auf der Erde weilte und natürlich auch Athena und Finn Schwarz.

Romanow waren diese Begegnungen wichtig geworden und er bestand darauf, sich neben seinen ganzen, offiziellen Angelegenheiten dafür immer die Zeit zu nehmen. Und an einem Neujahrsabend waren zu seiner großen Freude einmal alle in einer großen Runde versammelt.

Fynn und Maya sorgten für die erste Überraschung, denn sie erzählten, dass sie entschlossen waren, nach Sponsoren zu suchen, um ihre Reise in andere Galaxien in die Wege zu leiten.

"Was, ihr wollt uns wirklich verlassen?", brach Finn Schwarz das Schweigen.

"Die Lust auf ein Abenteuer hält meine Frau fest im Griff", erklärte Fynn mit einer so ergebenen Geste, dass alle lachen mussten, während sie ihn etwas pikiert ansah: "Du tust ja gerade so, als sei das nur mein Wunsch!"

"Ich bin stets der willige Erfüllungsgehilfe deiner Wünsche, meine geliebte Frau", murmelte Fynn Shan und zog sie an sich, während sich auf ihrem Gesicht bereits ein Lächeln zeigte.

"Wie hältst du es nur mit ihm aus, Maya!," lachte Justin Schwarz herzlich.

Golem hatte gleichzeitig Romanow und Poseidon auf telepathischem Weg um ihre Zustimmung gebeten, an diesem Abend über das neue Projekt zu berichten, da es noch nicht öffentlich bekannt gegeben worden war. Beide waren einverstanden und so berichtete Golem, dass die USOP gemeinsam mit Atlas unter der Leitung von Justin und Nergal, einem atlantischen Androiden der oberen Kommandostruktur, bereits dabei war, sogenannte Fernraumschiffe zu entwickeln. Zielsetzung war, die weiten Entfernungen schneller zu bewältigen. Dann wandte er sich an Shan: "Wie sieht es aus, Fynn: Hast du Interesse, wenn es soweit ist, die Leitung der ersten Expedition mit zu übernehmen? Es soll eine Viererspitze geben, bestehend aus einem Menschen und einem Androiden der USOP sowie zwei Vertretern des Imperiums Atlas."

"Ich bin interessiert", gab Fynn engagiert kund und warf seiner Frau einen fragenden Blick zu. "Was meinst du?"

"Das wäre phantastisch", stimmte Maya sofort zu. "Ich bin einverstanden."

"Ich lasse euch wissen, wann die Bewerbungen laufen", nickte Golem zufrieden.

"Warum liegt dir daran, Fynn zu schicken?", fragte Romanow wortlos.

"Er ist sozusagen mein jüngerer Bruder", erklärte Golem, *"und soll in meinem Namen die Reise antreten."*

"Ich verstehe", gab Romanow zur Antwort.

Isis, die anhand der gewechselten Blicke wusste, dass hier eine non-verbale Kommunikation ablief, beugte sich zu ihm und flüsterte: "Das ist nicht sehr höflich."

"Meine kluge Frau", flüsterte er zurück und zwinkerte ihr lustig zu. Dann wies er mit einem Nicken in Richtung Smith und Poseidon. "Ich bin allerdings nicht der einzige, der das tut!"

Ben Smith hatte registriert, dass er über das Projekt nicht informiert worden war. Da er zwar als Atlanter galt, aber nicht der oberen Kommandostruktur angehörte, konnte er nicht erwarten, über alles informiert zu werden. Im Prinzip war ihm schon seit langem klar, dass er in dieser Galaxie nie eine andere Position von Poseidon erhalten würde. Er entschied, dass es Zeit für eine Veränderung war und sendete einen internen Anruf an Poseidon: *"Ich schlage vor, als Botschafter des Imperiums Atlas auf diese Expedition zu gehen. Ich bitte um deine Genehmigung."*

Poseidon sah ihn einige Augenblicke unbewegt an.

"Ich bin einverstanden. Ein guter Vorschlag, Ben."

"Wir werden auch Ben Smith als Botschafter des Imperiums auf die Expedition schicken", sagte Poseidon jetzt hörbar für alle.

Maya und Fynn tauschten einen erfreuten Blick und Poseidon fuhr fort: "Es gibt eine weitere, interessante Neuigkeit. Der Übergang der Schöpfer wurde mir von der KI Neptun erst jetzt bestätigt. Ich habe Informationen erhalten, die darauf hinweisen, dass tatsächlich noch eine verborgene Technik der Schöpfer existieren könnte, die uns einen schnelleren Zugang zu den weiter entfernten Galaxien verspricht."

Nicht nur Justin Schwarz war seine Aufregung über diese Neuigkeit anzusehen und Isis bat: "Was weißt du noch darüber?"

"Es könnte sich etwas auf einem kleinen Planeten nahe Atlas befinden, der nicht vom Brand erfasst wurde. Ich schlage vor, Justin Schwarz und Golem begleiten mich, um nächste Woche mit einer Untersuchung vor Ort zu beginnen. Nergal wird mit uns vor Ort sein und wir werden danach entscheiden, ob das, was wir finden, für uns relevant ist."

"Ich werde dich informieren, was wir vorfinden, Lew", ergänzte Poseidon wortlos.

"Ich weiß das zu schätzen", nickte Romanow ihm zu.

Als Poseidon und Ben Smith sich verabschiedet hatten, blieben die anderen noch eine Weile.

"Athena und ich wären auch gerne mitgekommen", begann Finn Schwarz vorwurfsvoll.

"Nicht nur du!"

Isis gab den Blick gerne an ihren Mann weiter. "Ihr stimmt euch hier neuerdings hinter unserem Rücken wortlos ab und wir haben das Nachsehen!"

"Das ist alleine Poseidons Entscheidung gewesen", verteidigte sich Romanow. "Das mag uns nicht schmecken, aber wir werden damit leben müssen. Golem ist mit dabei und Justin – also werden wir in jedem Fall informiert werden."

"Ich akzeptiere, dass ich als First Lady hier in gewisser Weise fest eingebunden bin", begann Isis Romanow mit funkelnden Augen. "Dazu setze ich mich nach wie vor für die Golden Future-Androiden ein. Aber das allein füllt mich nicht aus. Es sind zu viele Alltagsroutinen in meinem Leben, die nichts Aufregendes mehr versprechen. Ich wünsche mir ab und an mehr."

"Gut", entschied Romanow, erkennend, dass es ihr ein dringendes Bedürfnis war und drückte sie liebevoll an sich. "Ich verstehe, was du sagen willst. Wir werden sehen, was sich an Herausforderungen ergibt und vielleicht wird dein Wunsch schneller als erwartet in Erfüllung gehen."

Als alle gegangen waren, ließen beide zufrieden den Abend noch ein wenig Revue passieren und er dachte plötzlich daran, dass Golem ihm einst erzählt hatte, dass Isis ein Wandler zwischen den Welten war; einerseits verwurzelt in der Menschheit und andererseits genauso fasziniert von einer hochentwickelten Maschinenwelt.

"Ich spreche noch einmal mit Poseidon", schlug er schließlich vor, während er sie zärtlich liebkoste. "Ich denke, er wird nichts dagegen haben. Aber du wirst alleine fliegen müssen – ich kann hier nicht weg."

Lew war als ein anderer zu ihr zurückgekehrt, sinnierte Isis, in seine Arme geschmiegt. Hin und wieder befand er sich in einer unerreichbaren Sphäre und dann wieder verströmte er sich in seiner Liebe zu ihr und dem Leben, das er wieder aufgenommen hatte. Dazu die neu gewonnene

Fähigkeit, mit Golem und Poseidon zu kommunizieren, was ein unerwartetes Machtmonopol aufgebaut hatte. Dann setzte er etwas andere Prioritäten, die den privaten Bereich Beziehung, Familie und Freundschaft betonten – Lew faszinierte sie mehr als je zuvor.

Was die Zukunft wohl für sie beide bereithalten würde? Mit der anstehenden Entdeckung auf Atlas waren weitere Veränderungen in der USOP zu erwarten. Ihr Golden Future-Programm war am Laufen und nicht zuletzt dank Mayas unermüdlichen Einsatz, die ihren Bekanntheitsgrad als Journalistin für informative bis provokative Artikel über die humanoiden Androiden ausnutzte, war es wieder auf einem guten Weg.

An den ruhigen Atemzügen nahm sie lächelnd wahr, dass Lew mittlerweile eingeschlafen war. Und so leitete Isis Romanow mit einem zufriedenen Gefühl, dass ihr Alltag noch das ein oder andere Abenteuer für sie bereithalten würde, ihren Ruhemodus ein.

Handelnde Persönlichkeiten

UNITED STATES OF PLANETS (USOP) im Jahr 10.002 - 10.004

Lew Romanow - 134 Jahre, Ex-Präsident der USOP in den Jahren 3.120 - 3.130 und erneut Präsident ab dem Jahr 10.000

Stella Armstrong - 154 Jahre, Verteidigungsministerin der USOP

General Minho Zhu - militärischer Oberkommandierender des Planeten Erde / ab 10.002 der USOP

Dimitrij Wolkow - 152 Jahre, Reporter und im Vorstand der größten Mediengesellschaft NEW NEWS TODAY

Arnaud Morel - 602 Jahre, Leiter des Forschungszentrums der USOP

Justin Schwarz – Chefwissenschaftler der USOP, genialer Wissenschaftler und Spezialist in der Androidentechnologie, 135 Jahre, Schöpfer der Androidenkörper von Athena, Isis, Fynn und Golem

Finn Schwarz – 43 Jahre, Spezialist für das Fachgebiet Cyborgs- / Androidentechnologie

Maya Shan - 60 Jahre, Journalistin, Kritikerin der liberalen Androidenpolitik, Reporterin des Mars Horizon (Mond), ab Sept 10.003 beim Last Hope Sunrise (Last Hope, Andromeda)

Androiden

Golem - Künstliche Intelligenz, die in der USOP eine Mitsprache über ein Vetorecht hat. Lange Zeit war er bei Veranstaltungen als Hologramm anwesend, bis die KI sich ab dem Jahr 3.179 als menschlicher, männlicher Androide mit dem Namen Apollo präsentierte. Im Jahr 10.000 nennt sie sich wieder Golem und ist ein gleichberechtigtes Mitglied des Nationalen Sicherheitsrats und des Parlaments bei vollem Mitspracherecht.

Athena - "Tochter" von Golem, aus einer Abspaltung der KI im Jahr 3.181 entstanden.

Isis Romanow - Ex-"Frau" von Golem, wie Athena aus der Abspaltung im Jahr 3.181 erschaffen. Heirat mit Lew Romanow im Jahr 10.000

Ben Smith – Botschafter von Atlas auf Last Hope, Andromeda; Ex-Präsident der USOP ab dem Jahr 9.990 für die Dauer von fast 10 Jahren

Poseidon - Nummer 1 oder Oberbefehlshaber des Imperiums von Atlantis in der Zwerggalaxie NGC 147, vom Hubble Typ dE5 im Sternbild Kassiopeia, 300.000 Lichtjahre vom Andromeda-Nebel entfernt.

Hades – Commander des atlantischen Flaggschiffs 84294843999, stellvertretender Oberbefehlshaber von Atlas

John Kopernikus - Abteilungsleiter des Ressorts für unerklärliche Ereignisse bei der USOP; ab 10.003 Botschafter der USOP auf Atlas; Ab 10.004 Leiter des Ressorts für unerklärliche Ereignisse auf der Erde

Sophia – Chefingenieurin an Bord der EARTH ONE.

Han - Leitender Androide auf der ATLANTIS; später ab 10.003 stellvertretender Abteilungsleiter im Forschungszentrum der USOP

Commander Jules - Commander der ADMIRAL RÖTTGER, ehemaliges Flaggschiff der USOP

Golem 2, Fynn – Im Jahr 10.003 erschaffener Doppelgänger von Golem mit späterer, eigener Existenz als Fynn ab 10.004.

Weitere Bücher des Autors Michael Rodewald

"Die Bitcoinverschwörung"   Band 1 der GOLEM-Reihe

Eine künstliche Intelligenz, die sich selbst erkennt und in Wettstreit mit ihren Schöpfern tritt. Lassen Sie sich überraschen, dass nichts so ist, wie es am Anfang erscheint und folgen Sie den Kommissaren in eine virtuelle Welt, die mehr Einfluss auf die Realität nimmt, als wir Menschen wahrhaben möchten. Alles zeigt uns deutlich, dass wir an einem Scheideweg stehen und es nicht sicher ist, ob die Menschheit als Gewinner daraus hervorgeht, denn Machtstreben und Geldgier stehen wie so oft dem Fortschritt im Weg. ▪ *auch als Hörbuch erhältlich* ▪

"GOLEMs Rückkehr"   Band 2 der GOLEM-Reihe

Wie viel Intelligenz darf sein, bis eine KI zur Gefahr für uns wird? Folgen Sie den Akteuren in eine Welt der Forschung im Spannungsfeld von internationalen Machtinteressen, Verschwörungen, aber auch persönlichem Zwiespalt, Eitelkeiten, Ehrgeiz und Egoismus.

"Das Zeitalter der KI beginnt" Band 3 der GOLEM-Reihe

Das Finale der Trilogie schildert den schwierigen Weg der KI GOLEM, als gleichberechtigter Partner der Menschheit anerkannt zu werden. GOLEM hat seine Grenzen durch seine Abhängigkeit von den Menschen erkannt. Die KI hat akzeptiert, dass das Erreichen ihrer Ziele eingebettet sein muss in das nationale und internationale Geschehen. GOLEM ist konfrontiert mit den Eitelkeiten der Regierungen, dem Gewinnstreben der Konzerne und einem wachsenden Unmut der Öffentlichkeit.
Wie auch in den letzten beiden Teilen warten überraschenden Wendungen auf den Leser: Totgeglaubte erscheinen auf der Spielfläche, Amors Pfeil trifft die, die am wenigsten damit gerechnet haben, aus Gegnern werden Verbündete, neue

Erfindungen sorgen für Aufruhr, persönliche Fassaden bekommen Risse und nicht zuletzt werden mutige Entscheidungen getroffen.

"GOLEM im Zeitalter der Cyborgs und Androiden"

Im vierten Band der GOLEM-Reihe begleitet der Leser / die Leserin die künstliche Intelligenz GOLEM weiter auf ihrem Weg, sich auf der Erde zu etablieren und ihre Existenz dauerhaft abzusichern.

Dabei erweist sich GOLEM als kluger und geschickter Global Player, im Hintergrund die Fäden in seinem Sinne ziehend, ohne dass die Menschen es in dieser Gesamtheit erfassen können.

Der größte Feind des Menschen ist jedoch der Mensch selbst – und so sollten sich die Leser/innen auf einige Turbulenzen gefasst machen, bei denen aber auch das Herz nicht zu kurz kommt. Die Welt befindet sich im Umbruch und es entstehen neue Machtgefüge, die mit den Alten konkurrieren.

Wie in allen Büchern der Reihe verbinden sich im "Zeitalter der Cyborgs und Androiden reale Entwicklungen und Informationen mit einer spannenden Geschichte, sodass man sich stets fragt: Was ist bereits Wirklichkeit und was bleibt Science Fiction?

"Gefangen im Zeitparadox"   Zukunftsreihe Band 1
von Michael Rodewald und Co-Autor Ralph Pape

Im Jahr 2153 wird die Welt von einem einzigen Staat, der UNITED STATES OF PLANETS (USOP) regiert, zusammen mit der Künstlichen Intelligenz (KI) "GOLEM."

Um eine Lösung für die Überbevölkerung auf der Erde zu finden, startet die EXTREMUS 1 von der Mondbasis in den Weltraum, auf der Suche nach bewohnbaren Planeten für die Menschheit. Durch eine nicht vorhersehbare Raumzeitverschiebung wird die EXTREMUS 1 und ihre Besatzung ins Jahr 1882 zurückversetzt. Der Science-Fiction-Thriller handelt von dem Zusammentreffen zweier Welten, wie sie unterschiedlicher kaum sein können. Nach der Landung ihres Shuttles auf der

Erde suchen sie nach einer Möglichkeit zur Rückkehr in ihre Zeit. Wie wird die Crew im Jahre 1882 im Wilden Westen überleben? Gibt es eine Rückkehr?

"GOLEM – Die künstliche Intelligenz: Das Artefakt der Ewigkeit" Zukunftsreihe Band 2

Die künstliche Intelligenz GOLEM ist im Jahr 2153 mittlerweile unverzichtbarer Bestandteil und gleichberechtigter Partner einer Welt geworden, die über einen besiedelten Mond verfügt, eine schlagkräftige Raumschiff-Flotte vorweisen kann und die außerdem damit begonnen hat, den Mars durch Terraforming zu erobern. Und dennoch reicht das alles nicht aus: Das Problem der Überbevölkerung auf der Erde muss dringend gelöst werden!

Nach ihrer Rettung aus der Vergangenheit (Print/E-Book: "Gefangen im Zeitparadox") machen sich Admiral Michael Röttger und seine Crew erneut auf den Weg in die Andromeda-Galaxie, in der bewohnbare Planeten gefunden wurden.

Dort werden sie mit einem Relikt aus der Zukunft konfrontiert, das von einer Katastrophe durch Experimente in einer fernen Zeit kündet. Erstaunliche Begegnungen, rätselhafte Ereignisse und ein Kontakt mit einer Technik aus einem viel späteren Zeitalter werfen viele Fragen auf, die nach Antworten verlangen.

Dazu wirft Amor in diesem Buch einen sehr außergewöhnlichen Pfeil: Ist es wirklich möglich, dass der Lebenspartner von Morgen ein Androide sein kann?

"GOLEM – Die künstliche Intelligenz: Die Zeiträuber" Zukunftsreihe Band 3

Im dritten Band der Zukunftsreihe stehen Athena und Isis im Mittelpunkt, zwei humanoide Androiden, die mit ihren biologischen Partnern eine Zeitkatastrophe verhindern wollen, die die Menschheit im Jahr 3196 völlig auslöschen soll.

Aber nichts ist nichts so, wie es zunächst scheint. Verborgenes kommt ans Tageslicht und Schwarz und Weiß vermischen sich in spannender Weise in einer Welt, in der der Wunsch nach

Unsterblichkeit vor seiner Vollendung steht. Welche Rolle spielen die Zeiträuber dabei und wer raubt letztendlich wem die Zeit?

"Das verborgene Imperium"   Zukunftsreihe Band 4

Der Planet Erde schreibt das Jahr 10.001.
Unsterblichkeit ist mittlerweile kein Thema mehr. Die verschiedenen Generationen und die künstliche Intelligenz Golem, ein humanoider Androide, der ein mittlerweile unverzichtbarer Berater der Menschheit mit einem Sitz im Nationalen Sicherheitsrat ist, plädieren für eine stete Erforschung und Erkundung neuer Planeten als Lebensraum. Lew Romanow steht dem Staaten- und Planetenbund USOP als Präsident vor. Seine schöne Androidenfrau Isis strebt als First Lady das Ziel an, eine Gleichberechtigung zwischen der Menschheit und den höherentwickelten Androiden zu erreichen.
Eines Tages kommt der Hilferuf eines Ex-Präsidenten aus einer anderen Galaxie herein. Und als der Erstkontakt mit einer fremden Rasse stattfindet, beginnt sich von heute auf morgen alles zu verändern.

Andere Bücher des Autors:

"Die Kraft des Blauen Ordens"

Findet Denis seine ersehnte Traumfrau, mit der er die Liebe und eine tabulose Leidenschaft erleben kann?
Geschieden, alleinerziehend und gerade auf die Trümmer einer schmerzlich gescheiterten Beziehung zurückblickend, wird er völlig unvorbereitet von einem Geheimbund rekrutiert, der im Hintergrund die Geschicke der Politik und Wirtschaft lenkt und darüber hinaus mit Kräften verbunden ist, die Denis anfangs an seinem Verstand zweifeln lassen.
Plötzlich hineingeworfen in das Haifischbecken der Politik wächst er an seinen Zweifeln, aber auch an seinem mächtigen Gegenspieler und dem Erwachen seiner inneren Kraft.

Wird Denis seine ungewöhnliche Bestimmung erfüllen? Die Leser/Innen erwartet ein Thriller, in dem auch eine feurige Erotik nicht zu kurz kommt.

"Die Unterwerfung"

War das der vielbeschworene Haken dieser, bisher so traumhaften, Zeit mit Daniel?
Geschockt und wütend beendet Martina die Liebesbeziehung und steht vor den Trümmern ihrer rosaroten Zukunftspläne.
Wider Erwarten spürend, dass sie unbekanntes, aufregendes Terrain betreten hat, begibt sie sich neugierig, einem unwiderstehlichen Drang folgend, auf die Suche, um Seiten in sich zu entdecken, die ihr bis dahin fremd waren.
Neue Freunde und aufwühlende Erfahrungen erwarten sie und am Ende erkennt Martina, dass Liebe nicht alles ist … aber alles nichts ohne die Liebe.

"Neue Wege"   Fortsetzungsroman von "Die Unterwerfung"

Glücklich darüber, dass sie nach sechs Monaten, in denen sie getrennte Wege gingen, wieder zusammengefunden haben, entdecken Martina und Daniel zu ihrer Freude sehr schnell, dass sie mittlerweile dieselbe, erotische Vorliebe teilen. Aber bald schon ergeben sich erste Irritationen, Eifersucht und Auseinandersetzungen. Denn Martina besteht darauf, ihre Beziehung mit ihrer Freundin Annika fortzusetzen. Und letztendlich kommen dadurch überraschende Entwicklungen in Gang, die zwei Paare in eine ungewöhnliche Beziehungskonstellation abseits der sogenannten Normalität führt. Kann so etwas gut gehen – oder verbrennen sich alle Beteiligten?
Wie auch schon im ersten Buch "Die Unterwerfung" mit dem Aspekt "Was ist eine normale Sexualität?" stellt dieser erotische Fortsetzungsroman die gesellschaftsüblich normale Monogamie in den Blickpunkt, ohne die Schwierigkeiten außen vorzulassen, die zwangsläufig entstehen, wenn sich Liebespartner im Rahmen ihrer Beziehung offen auch auf andere einlassen.

www.michael-rodewald-autor.de